武川佑

円《まど》かなる大地

Longway from Land of Aynu

KODANSHA

［北の内海世界］

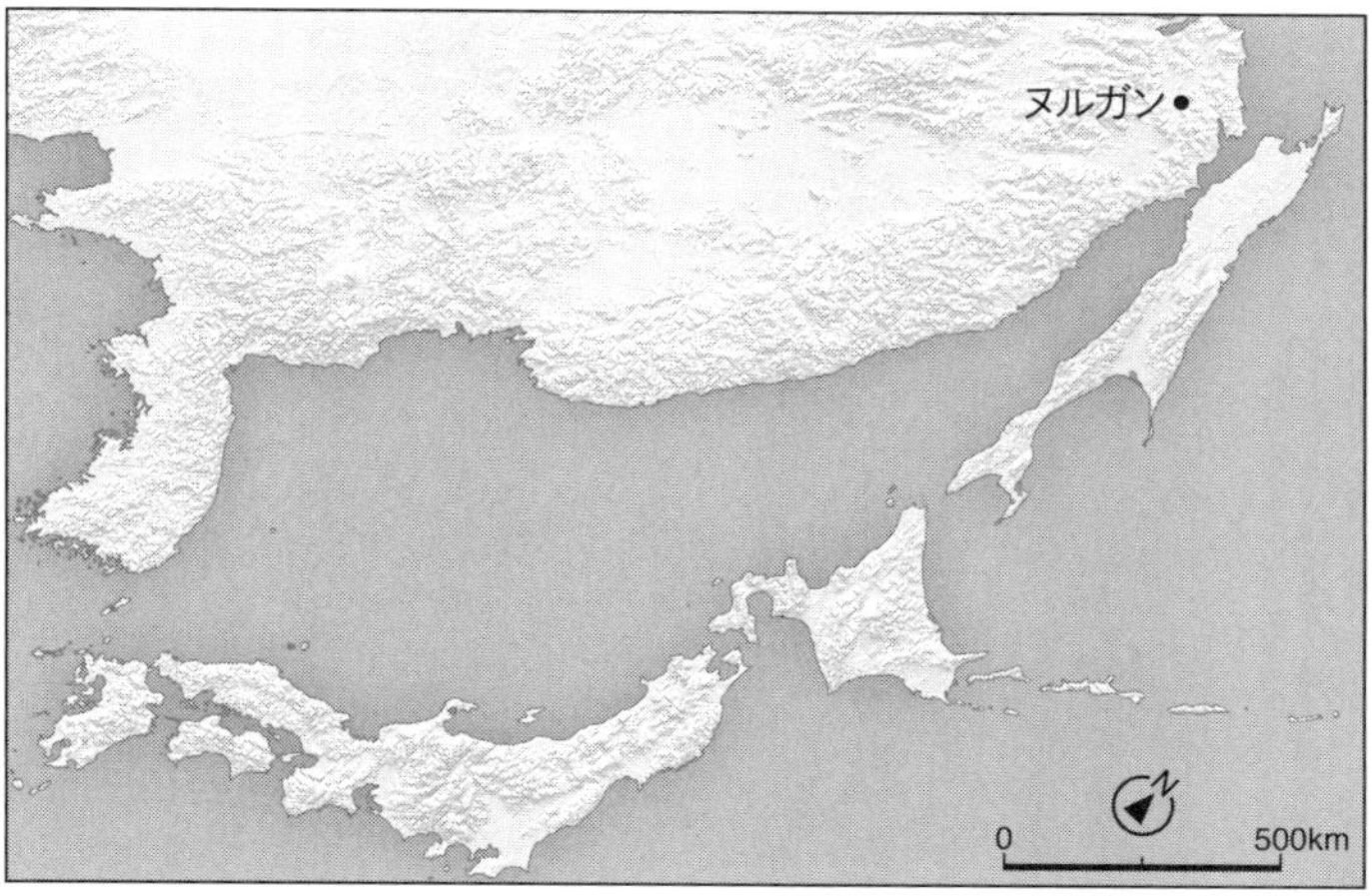

［作中舞台概要図］

目次

序　永正9年（1512）……7

〈第一章〉四ツ爪とシラウキ　天文19年（1550）3月……10

〈第二章〉シリウチの戦い　天文19年4月……48

〈第三章〉エサウシイ　享禄2年（1529）〜天文5年（1536）……87

〈第四章〉セタナイへ　天文19年4月……149

〈第五章〉宇曽利郷恐山　天文19年5月……212
〈第六章〉美しい山の麓　天文5年～天文6年（1537）……259
〈第七章〉浪岡御所　天文19年5月……284
〈第八章〉イオマンテ　天文19年5月……347
終　章　天文19年6月～……381

装画　禅之助
装幀　浅野良之（studio A）

『円かなる大地』主な登場人物

シラウキ
「悪党《ウェナイヌ》」と呼ばれるアイヌの壮年。

稲《いね》
蠣崎《かきざき》家当主・季廣《すえひろ》の次女。

下国師季《しもぐにもろすえ》
蠣崎家家臣で稲の許嫁《いいなずけ》。

小山悪太夫《おやまあくたゆう》
泊《とまり》村を支配する無頼の女傑。

蠣崎次郎基廣《かきざきじろうもとひろ》
元・勝山館《かつやまだて》城主。シラウキの友。

俊円《しゅんえん》
恐山《おそれざん》・圓通寺《えんつうじ》の僧。

アルグン
女真《じょしん》族。次郎の「有徳党《うとくとう》」の一員。

蠣崎季廣《かきざきすえひろ》
蠣崎家の当主。稲の父。

チコモタイン
シリウチコタンの長。

ハシタイン
セタナイコタンの長。

安東舜季《あんどうきよすえ》
安東家当主。檜山屋形《ひやまやかた》と称す。

北畠具永《きたばたけともなが》
浪岡《なみおか》を治める名家の当主。

石川高信《いしかわたかのぶ》
南部宗家《なんぶそうけ》の重臣。仏の異名を持つ。

円かなる大地

蝦夷カ千島ト云ヘルハ、我国ノ東北ニ当テ大海ノ中央ニアリ、
日ノモト・唐子・渡党、此三類各三百三十三ノ島ニ群居セリト、
一島ハ渡党ニ混ス、
其内ニ宇曽利鶴子別ト前堂宇満伊犬ト云小島トモアリ、
此種類ハ多ク奥州津軽外ノ浜ニ往来交易ス、
夷一把ト云ハ六千人也、
相聚ル時ハ百千把ニ及ヘリ、
日ノ本・唐子ノ二類ハ其他外国ニ連テ、形躰夜叉ノ如ク変化無窮ナリ、
人倫・禽獣・魚肉等ヲ食トシテ、五穀ノ農耕ヲ知ス、
九沢ヲ重ヌトモ語話ヲ通シ堅シ、
渡党ハ和国ノ人ニ相類セリ、
但鬚髪多シテ、遍身ニ毛ヲ生セリ、
言語俚野也ト云トモ大半ハ相通ス、

『諏訪大明神絵詞』（『新編信濃史料叢書　第三巻』）

その昔この広い北海道は、私たちの先祖の自由の天地でありました。天真爛漫な稚児の様《よう》に、美しい大自然に抱擁されてのんびりと楽しく生活していた彼等は、真に自然の寵児、なんという幸福な人たちであったでしょう。

『知里幸恵　アイヌ神謡集』序

序　永正９年（１５１２）

永正《えいしょう》九年のみじかい夏のはじめ、恨みの炎は天高く昇っていた。

火をかけられた館の中で、宇須岸《ウスケシ》城主・河野季通《こうのすえみち》は咽《むせ》び泣く家臣一人ひとりの手を取り、肩を叩いた。

「祖父《おじじ》どの、親父《おやじ》どのの代に下北より海を渡り、長年よう仕えてくれた。ぬしらを臣に持ち、果報者じゃった」

「ゆくあてのない牢人であった我らへの厚遇、地獄でも忘れませぬ」

死すくらいなら、この嶋で木を伐《き》り、町を作ろう。労苦をいとわぬ彼らを、季通は愛した。いまから最後の一戦へと身を投じる彼らへ、にっこりと微笑む。

「皆々、すぐに黄泉路《よみじ》で逢おうぞ」

今生別れの涙を拭い、家臣たちは目を赤くしたまま、得物《えもの》を携えつぎつぎ討って出る。館の梁《はり》が焼け落ちる轟音《ごうおん》とともに、広間に残ったのは、三歳の幼子・蔦姫《つたひめ》と彼女の乳母《うば》、そして傅《もり》役《やく》だけとなった。乳母は、オヒョウニレの木の内皮で織った樹皮衣《アットゥシ》に、唇のまわりには入墨を入れ、河野たち、のちに「和人」と呼ばれる者とは異なる格好をしていた。和人よりふるくからこの嶋に住む民で、乳の出がよく、穏やかな気性と、子守唄がうまいことから周囲の反対を押し切り、季通が雇った。

「三郎《さぶろう》、蔦のこと頼んだ」

傅役の富山《とやま》三郎は、怒りに顔を土気色に染めていた。

「夷狄《エゾ》どもをかならず討ち果たし、殿のご無念はかならずや」

「ならぬ」

「なにゆえ！」

乳母が彼女の民の言葉でなにか言った。季通は眉根を深く寄せた。

「我らはもっとお主らの言葉を学ぶべきであったな。これを娘へ」

季通は愛用の携行用の文箱《ふばこ》を、乳母に渡した。季通が仕えた主家の家紋が入った漆《うるし》塗《ぬ》りの小さな文箱だ。富山三郎の不服そうな顔は変わらなかった。

「形見であれば殿の御佩刀《ごはいとう》を」

「いや。これでなくてはならない」

乳母に抱かれ、目に涙をいっぱいに溜めた愛娘の、柔らかな頬へ、季通は掌《てのひら》を当てる。

「よう聞け三郎。我らは無遠慮に『伐り』すぎた。恨むな。憎むな。あらゆる声へ耳を傾けよ。礼を尽くし、そして――」

またどこかで天井が焼け落ちた。ここもいつ崩れるかわからない。季通は乳母と富山三郎へゆけ、と命じた。

「御免」と短く告げ、三郎が乳母を守って駆けだす。

燃える広間で独《ひと》り、季通は腹に短刀を押し入れ、真横にかっ捌《さば》いた。介錯する近習《きんじゅ》も逃がしたのを一瞬後悔し、また誇らしく思った。脂汗が噴き出し、身をじりじりと焼かれながら、季通は最期の声を振り絞る。

「アイヌとところしえの和睦《わぼく》を成せ、蔦よ」

季通の苦しみを哀れむように、太い梁が落ちて彼の体を押しつぶす。

焼け落ちた館の外では敵が、いや、このひろい蝦夷《えぞ》ヶ嶋《しま》に住む「人」たちが、勝利の歌を高らかに歌っている。

〈第一章〉四ツ爪とシラウキ　天文19年（1550）3月

一

――おやおや、子どもが独りで歩いているよ。
――おやおや、フー　ルシ　チペレ　チペレ。
――おやおや、はやくお帰り。

三月の末、雪もまばらな荒漠《こうばく》たる原野は、夕闇に沈みはじめていた。山々の黒木立の影は、刻一刻と地面を長く、黒く、染めてゆく。

川沿いの道を、小さな影がぽつり、動いている。

黒い鉢巻《ヘコカリプ》を巻いたアイヌの少女だ。シトマッという名で、八歳だった。

袖に黒い裂《きれ》を縫いつけた樹皮衣《アットゥシ》に、腰に女用の小刀《メノコマキリ》をさげ、額に小さな編袋《サラニプ》を掛けて背中に回している。

袋には、シトマッが摘んだふきのとうが十ばかり入っていた。

時期がはやくて小ぶりだが、春一番のごちそうに胸が弾む。

「お客も喜んでくれるかな」

婚礼は両人のみで行うのが通例だが、今回は特別。娘の母がわりの和人が、お客として遠くから来ている。女だてらに百五十人の長だという。立派なお客にはたくさんの御馳走でもてなすのが、アイヌの心づくしである。大人たちの間から姿をちらりと見たが、背が高く、アイヌにはない緋色に金の雲を散らした絹小袖《こそで》を着て、結いあげた髪に、翡翠の玉簪《たまかんざし》を差し、出鮫《だしさめ》柄《づか》の太刀を佩《は》いていた。

「なんて素敵なお客！」

少女の吐く息は白く、泥土が一歩ごとにしゃりしゃり鳴った。芽吹き前の木立の上を、梟《カムイチカプ》がゆっくりと旋回して鳴いている。

フー　ルシ　チペレ　チペレ。

それが合図かのように、体に沁み入る寒風が吹いて、木立から無数の烏が飛びたった。

シトマッは足を止め、あたりを見渡す。急に視線を感じた。

誰もいない。東の空はもう深い群青色で、星が瞬きはじめた。村《コタン》までのぬかるんだ道を、シトマッはほとんど駆けるように歩んだ。

そして止まった。

目の先に突然、足跡が現れた。

羆《ひぐま》の足跡だ。

シトマッの掌よりずっと大きい。泥に爪痕がくっきりと残って、まだ真新しい。

なんど数えても五つあるはずの爪痕は、四つしかなかった。

「四ッ爪熊《イネウレペッウシペ》……」

名うての狩人である祖父《エカシ》が、つねづね孫たちに言い聞かせてくれたことがある。

——良い熊は、向こうから人を避けてくれる。だからわしらも用がないときは避ける。そうやってわしらは野山にともに生きている。長い歳月を経た羆は人よりずっと賢く、高い山の上にいて、位の高い山の神《キムンカムイ》なのだ。

少女は腰を折って地面をよく見ようとした。もう暗くてはっきりとわからないが、八寸（約二十四センチメートル）はある。雄でもこんな大きな羆はまれだ。

真新しいその足跡は、泡雪をかぶった熊笹の藪の奥へ続いている。

熊笹が揺れる。藪の中になにかいる。近づいてくる。ふーっ、ふーっ、という荒い息遣い。

シトマッは後ずさった。背を見せ駆けだした瞬間、熊笹の雪が高く散った。塊が飛びだし、シトマッの脳天に重い一撃が落ちる。

最後、シトマッは祖父の言葉を思い返した。黒毛、赤毛の熊は性根が悪いから気をつけろ。だが、もっと恐ろしいのが別にいる。五本の爪のうち、外側の一本が内側に重なった四ッ爪熊がそれだ。やつは獰猛な悪い熊《ウェンカムイ》だと、祖父は言った。
——良い熊は避ければいいけど、悪い熊はどうしたらいいの？
幾多の熊を射当ててきた祖父は、急に眼を見開き、歯を剝きだし言った。
——生皮剝ぐ剝ぐ《フールシチペレチペレ》。
遭えばすなわち、死だ。

むっと血と臓物の臭いが藪から漂い、音だけが聞こえている。
ずるずる、ぱき、ぱき、ごぎり、ごぎり。
ぺちゃぺちゃ。
くちゃ、くちゃ、くちゃ。

◇

村一番の大きな小屋《ポロチセ》では、老若男女が婚礼の宴に酔っていた。高台に載せた漆塗りの椀《トウキ》を空ければ無限に酒が注がれる。今晩の客である小山悪太夫《おやまあくたゆう》は、視線の先に熊を見た。
熊と思ったのは大男だった。人の輪から離れ、入口近くの隅に独り座っている。歳はよくわからないが、若くはない。立てば六尺（約百八十センチメートル）はあろうか、曲げた膝が窮屈そうだ。場にそぐわない着古した薄茶の樹皮衣から突き出す裸足は、ばかでかい。若い男が声をかけても、面倒そうに手を振るだけだ。うねる黒髪から鋭い眼差しが一瞬悪太夫を見返し、つまらなそうに伏せられた。

「なんだ、あいつ」

思わず悪太夫が口にすると、炉《アペオイ》を挟んで座った、丸顔の男が首を動かし、ああ、と言った。

「訳ありの奴でな。悪太夫は気にするな」

四十歳ほどの男はこのシリウチコタンの長で、悪太夫とは旧知の仲である。アイヌの晴れ着である切り伏せ文様の裂に刺繍をほどこした木綿衣《ルウンペ》の上に、龍の刺繍が入った山丹《さんたん》産の鮮やかなターコイズブルーの袍《ほう》を肩に掛けた洒落者だ。かと思えば、頬から耳にかけて刻まれた深い四本の古傷に、凄味が宿る。

長は、チコモタインと言った。

「長であるあんたが保証するなら、妾《わたし》も気にせん」

郷村には一人や二人、ああいう鼻つまみ者がいるものだ。

悪太夫はすぐに忘れ、特別な炉の上座に座った、刺繍入りの晴れ着姿の若い男女を見た。

新郎はシリウチコタンの若者である。この日のために新調した真新しい鉢巻《マタンプシ》に長い髪と髭を伸ばし、大きな目は利発そうだ。隣の婚約者は、悪太夫が代官を務める泊村《とまり》のアイヌの娘だ。四つのころ両親を病で亡くし、和人に騙《だま》され下女として売り飛ばされそうになったところを、悪太夫が城主に直訴して助けた。悪太夫にすれば妹同然の娘は、いまは黒い鉢巻を祝い用に飾り巻きして、首に硝子《ガラス》玉や古銭を繋いだ首飾り《タマサイ》を掛け、悪太夫と目が合うと入墨の入った口元をほころばせた。

今晩は二人の婚礼の日である。

『判官《はんがん》カムイ』の孫は、心配性だな。妹の結婚について来てやるとは。アイヌはあまりそういうことはしない」

チコモタインがからかうので、悪太夫は椀の酒を舐めた。

「まああんたにゃ、多少無理を言った。ただ、和人にとって祝言は一族が集まる晴れの日さ」

呂律も怪しくアイヌの言葉で言って、手を叩く。「皆々、二人を祝って歌っておくれ、踊っておくれ」

じつのところ悪太夫は心配だったのだ。

西岸（日本海側）泊村から十五里も離れた東岸（太平洋側）のシリウチに嫁ぐのは、両者の縁を深める政略結婚の色が強い。そんな結婚に大事な妹を差し出したうしろめたさと、妹が受け入れられるかという心配で、自ら出張らずにはいられなかった。

女たちが手拍子を取って踊り歌《ウポポ》を歌いだす。

踊り手の女たちが輪になり、袖を擱んで羽ばたくように動かす。クルルウウと歌い手が巻き舌で鳴く。和人の悪太夫にも、それが鶴を模した舞だとすぐにわかる。

女たちの手のしなやかな動き、体の揺れが、なんとも心地よい。

妹が手を叩きながら、自分も踊りの輪に加わるべきか、目を泳がせている。

輪のなかから年配の女が手招いた。新郎の母親、つまり姑だ。輪に一人分の間があいた。

妹は立ちあがってごく自然に輪に入り、衣の裾をゆるやかに翻《ひるがえ》し、舞った。満面の笑みがこぼれた。

悪太夫は誰よりも大きく手を叩いた。

「目出度《めでた》い夜だ」

そのとき、入口から凍風が吹きこんだ。目を遣れば暗い顔の男が立っていた。

「チコモタイン、助けてくれ。うちの娘が……」

村の長であるチコモタインが歌をやめさせ、静かに問う。

「シトマッがどうした。ふきのとうを摘みに行ったのじゃなかったか」

「戻らないんだ!」シトマッの父は、ほとんど泣き叫んだ。「あたりを探したんだが、犬だけが戻って来た。人手を貸してほしい」

チコモタインがなにか言う前に、悪太夫は太刀を摑んで立ちあがった。

「可哀想に、この寒さじゃ死ぬぞ。妾も手伝おう。光貞《みつさだ》行くぞ」

悪太夫は背後に控えた腹心の男に命じた。手勢を十ばかり連れてきている。ポロチセから出、アイヌの男たちと茅束の明かりを手に周囲を探した。しかし春先のはだれ雪が、シトマッの痕跡を消してしまって、手掛かりは見つからなかった。

悪太夫が戻ってきたとき、村の一角で叫び声があがった。

脇から人影が走りだした。悪太夫も太刀を抜き走った。影は、ポロチセで見た熊男だった。腰に下げた矢筒《イカヨプ》から矢を抜き、アイヌ特有のイチイの小弓に番《つが》える。張力は和弓に劣るが、速射に優れる。

男の髭に覆われた口元が動き、小声でなにかを呟いている。大きな目に一瞬、濁った怒りの色が浮かんで消えた。

二人は理解している。「敵」が近くにいると。

ある小屋《チセ》の前で巨大な影が動いた。

「光貞、あそこを照らせ！」

茅束の明かりに、形が浮かびあがった。

体長六尺六寸（約二メートル）。八十貫（約三百キログラム）ほどか。毛並みや顔つきは四、五歳の若い羆だ。冬眠明けの春先にしては、肥えすぎている。逆立った赤茶色の毛。光る小さな目の先で、ねじ曲がった鼻づらの下が半開きになった。口元から、だらりとなにかが垂れさがる。

シトマッの父親が悲鳴をあげた。

長い髪の毛と、樹皮衣の切れ端。

ぬらぬら真っ赤に光るのは、剝げた皮膚の一部か。

「コフッ、コフッ」

木を打つような音。羆の警戒音だ。ねじ曲がった口が、奇妙に歪む。

悪太夫には、羆がにたぁ、と笑ったように見えた。

「嗤《わら》ってやがる」

熊男が弓を弾いた。矢は鼻先にあたり、骨に弾《はじ》かれる。男の舌打ちが聞こえた。

怒った羆が立ちあがる。

「ヴオオオオオッ」

八尺（約二・四メートル）をこえる高さ。立ちあがると、胸元に銀色の差し毛が大きく走っているのが露わになった。悪太夫は足が竦《すく》んだ。羆なぞいくらでも見た。狩りもした。だのに息が苦しい。吐きそうだ。

目を動かせば、隣の熊男も二の矢を継ぐのも忘れて、銀の差し毛を凝視していた。

「射ろ、射ろ」

追いついた男衆が弓を構える。見るや、羆はだっと踵《きびす》を返し、あっというまに熊笹の茂みに逃げ去った。何人かが声をあげて追いかけたが、無駄だった。

雪が強くなって、あたり一面が白《しら》む。

「なんなんだ、あいつは」

熊の毛皮を被った化け物だ、と悪太夫は凍る体で思った。


ポロチセにみなが戻り、急ぎ魔払《ケウエホムス》いの支度《したく》が進められた。人が羆に殺されたときに行う儀式で、悪太夫も加わった。祝言の空気は吹き飛んで、長い髭を生やした長老《チャチャ》たちを中心に、重苦しい空気でポロチセは冷えこんだ。

「追手の報せでは、ウェンカムイは海沿いに逃げた。蛇《じゃ》ノ鼻岬《はなみさき》の先は和人の地だ」

アイヌは羆をキムンカムイ、すなわち山の神と呼ぶ一方で、人を食った熊は悪い神《ウェンカムイ》と呼ぶ。

泣きつづけるシトマッの父に、誰かが慰めるように言う。

「シトマッの魂《ラマッ》は、無事に先祖の国に行ったよ」

死ねば魂は肉体を離れ、祖先たちの楽しく暮らすあの世へ行く、というアイヌの考え方だ。

シトマッの父の横に座った老人が、突然金切り声をあげた。シトマッの祖父だろう。早口のアイヌ言葉で、悪太夫には一部しか聞き取れなかった。「奴を殺せ」と叫んでいた。

誰かの戸惑いの声がする。

「殺すったって……」

シリウチコタンは、和人とアイヌがモザイク状に混住する嶋南で、アイヌ集落としては最南端にあり、和人の居住域と境目を接している。和人の土地に立ち入るのは比較的自由だ。中心である大館《おおだて》（のちの松前《まつまえ》）には、春夏は交易のためにアイヌの板綴船《イタオマチプ》が押しよせる。

だが、獲物を狩るとなると話は別だ。

和人は自分の土地と称する地の獲物に、アイヌが手を出すことを許さない。自分たちはどんどんアイヌの猟場《イウォル》を侵すというのに。

決断する立場である長のチコモタインは、さきほどから炉辺で腕組みをして目を瞑ったままだ。熟考しているようにも、なにかを待っているようにも見える。

そういえばあの熊男の姿がない、と悪太夫は気づいた。

彼はほどなく現れた。

刀帯《エムシアッ》に古式の太刀をさげ、左腰に山刀《タシロ》、矢筒と矢をさげている。わざわざ着替えたのか、文様の入ってない無地の藍の木綿衣に鉢巻、手甲、脚絆を巻いた軽装だ。弔い装束だ、と悪太夫は思った。

全身から、殺気が迸《ほとばし》る。

熊男はざわつく人々には目もくれず、ただチコモタインだけに言った。

「奴の胸には銀の差し毛があった」

チコモタインの眉間に深い皺が寄る。沈黙に苛立つように、男は強い声で繰り返した。

「あったのだ、銀の差し毛が。チュプエムコの血族だ」

チコモタインは低く言った。

「行け、シラウキ」

シラウキ、それが大男の名前なのだろう。聞くや、野に放たれた猟犬のように、シラウキは外へ走って出て行った。彼の右腰にさがる古びた女物の小刀の柄が、炉の火に一瞬照り返した。

とりわけ年長の老人が、昔話《ウウェペケレ》の結句のように言う。

「ウェンカムイにはウェナイヌを当てるのがいい」

悪神には悪党を。

彼がなぜウェンアイヌ、転じてウェナイヌ、悪党と呼ばれるのか悪太夫は知らない。ただ、彼の瞳に宿る怒り、放たれる殺気は人食い羆にちかしいものだ。

「悪」の一字を継ぐ自分もまた、おなじ類の人間だと悪太夫は思い、太刀の柄に触れた。

二

シラウキがシリウチコタンを出て四日目。

シトマッを食った「四ツ爪」を三日かけて追い、ミズバショウの咲く沢沿いで、いま足跡を見失った。一度踏んだ足跡を戻って別の道にゆく、止め足にまんまと騙された。しかも奴は、足跡の途切れる沢べりに、大量の糞を残していった。

シラウキは、拾った枝で糞をほぐした。消化しきれなかった長い黒髪と骨片が出てきた。わずかな衣の切れ端もあった。シトマッのものに違いない。奴は相当大胆で勇気があり、頭が切れる。こちらが追って来ているのに気づいている。

沢べりで、ハワシという男が泣き言を言っている。

「シラウキぃ。三日歩きどおしで、疲れたよ。今晩こそ仮小屋をつくって休もうぜ」

「お前だけ村に帰ればいい。おれは来いとは言ってない」

「だってお前、敵討ち用の衣に着替える余裕はあるのに、鍋も食糧も持って行かないんだもの。途中で鳥も射ないし、行者にんにく《プクサ》も摘まないんだもの。四ツ爪を討つまえに空腹で動けなくなるぞ。おれに感謝してほしいなあ」

アイヌは大きな荷を持たずともその日その日で獲物を取り、山野をゆく。だが、鍋がなくては煮炊きもできぬし、アワやヒエを食わねば力が出ぬ。それらを忘れて村を飛びだすほど、あの晩のシラウキは怒りに駆られていた。

それを追いかけて来たのが村いちの「おしゃべりハワシ」だった。狩りや山仕事は下手だが、弁舌がめっぽうたつ。

暮れなずむ空をこう、こう、と鶴が二羽、渡ってゆく。

日暮れがちかい。シラウキがしぶしぶ沢からあがると、ハワシは嬉しそうにした。

「よしよし。仮小屋を作って、飯にしよう」

二人は、四ツ爪に襲われてもすぐに登れる木の近くに、ハンノキを伐り倒しただけの仮小屋をつくった。鳥をぶつ切りにし、アワと一緒に粥《サヨ》にしてくつくつと煮る。甘い匂いが満ちた。

できあがると、シラウキは火の神《アペフチカムイ》に粥を捧げもせず、自分の匙を鍋に入れたので、ハワシが仰天した。

「待て、待て！　祈り《イノンノイタク》はどうした」

「カムイの世界は信じない」

ハワシはあんぐりと口を開けた。カムイは人を取りまき恩恵をさずけてくれるすべてのもので、天《カント》からやってくる。信じるとか信じないの話ではない。

「まるで和人の振るまいじゃないか。和人は鹿《ユク》を獲っても頭骨を野ざらしにするし、木幣《イナウ》のひとつも捧げない。木を伐れるだけ伐り出し、山を丸裸にしても知らん顔。そんな心がけだから、お前も『四ツ爪』に矢を弾かれるんだ」

矢が当たるかどうかはいかに日頃からカムイへ祈りや供物を欠かさないか、つまり人徳による。シラウキは眉を動かし、にやりと笑った。

「おれが悪党と呼ばれるわけがわかったろう」

二年前、シラウキはふらりと村に現れた。歳は今年で三十六。長であり村を開拓したチコモタインの、古い友人と言ってある。狩りや山仕事には手を貸さず、日がな酒を飲んでいるか、浜辺でぶらぶらしている大男を、長老たちは悪党と呼んで毛嫌いした。若者は、なぜ彼が長老に嫌われるのかわからぬまま、ただ気味の悪い中年男と認識している。そんななかハワシだけが妙に興味を抱いて、接してくる。婚礼の宴のときもみなの輪に入れとしつこかった。

「悪党かなあ。浜辺で海藻とりをする女たちは、シラウキはときどき、重いものを持ってくれるって」

ぴったり半分、粥を鍋に残し食い終えると、シラウキはさっさと横になった。いまは四ツ爪のことだけを考えたかった。

さきに食べてしまったことをカムイに詫び、粥を火の神に捧げて祈りを唱えるハワシの声がする。即席のイナウを炉辺に立てて、粥をすこし垂らし、あの世でシトマッが、お腹を空かせないようにと祈っている。

ぱちぱちと薪はよく燃えた。

「四ツ爪は大館に向かっている」

シラウキが考えを口にすると、ハワシが聞き返す。

「大館？　シリウチとは十二里も離れている、そんな遠くまで行くかな」

「間違いなく行く。巻かれて三日も無駄にした。先回りする」

嶋の最南端、和人の惣領が住む大館。雄熊はひとつの山からあまり動かないが、四ツ爪が雄熊なら、広範に歩き回っても不思議はない。

「途中には和人の城も村もあるのに、なぜ大館を目指すと言い切れるんだ？」

目を閉じたまま、シラウキは理由を言わなかった。瞼の裏に、四ツ爪の胸の銀の差し毛が焼きついている。

食事を終えたハワシが、片付けながら言った。

「四ツ爪を討つときは、あてにしないでくれな。おれは弓はとんと駄目だ。でも奴を送る《ホプニレ》ときには決して戻ってこられないよう、耳を塞《ふさ》ぎたくなるような悪言をたくさん吐いてやるよ」

正直な奴だ、とシラウキは思った。

まどろみの淵で、ハワシの躊躇いがちな呟きを聞いた。

「あんたはいったい、何者なんだい」

三

大館の奥御殿の一室で、十三歳の和人の少女は飾り棚の和人形を見つめていた。

ふっくらとした白い頰に、垂れ髪をした娘人形だ。纏《まと》う打掛《うちかけ》は金糸や銀糸の縫い取りがある豪奢な辻が花文様。少女も袖を通したことがないほどの、美しい布地だ。きっと京で織られたものだろう。

少女が生まれたときに、人形は、出羽国《でわのくに》檜山《ひやま》城の「御屋形《おやかた》さま」から祝いに贈られた。

溜息を少女はつく。口元は微笑を浮かべているのに、なんて悲しげな目をしているのだろう。いまにも涙が零《こぼ》れそうだ。

手鏡を取り、少女は己の顔を映した。こっちは数年前、アイヌのハシタインという長が少女の七つの祝いにくれた贈り物で、唐国《からくに》の陶磁器の手鏡だ。白地に藍で鶯と咲き誇る梅花が描かれ、鏡がはめこまれている。

鏡の顔は、人形とおなじく悲しげだ。

「稲姫《いねひめ》さま。御仕度整いました」

侍女が入って来た。

稲姫が、少女の名だ。

稲姫は懸守《かけまも》りを首からさげ、菜の花色の小袖を頭から掛けて被衣《かずき》にし、外出の支度を整えた。長い廊下を進んでゆくと、大広間から評議を終えた父が出てきた。

髪に白いものがまじりはじめた父は、じろ、と稲姫の外出着を見た。

「氏神さま詣でまで禁ずるつもりはないが、疾《と》く戻るように」

稲姫は口元に笑みを浮かべた。いつも唇が勝手にその形になる。

「承知しました」

父はさらに口を開く。つぎはなにを言われるのかと、稲姫は目を伏せた。

「市で下賤《げせん》な輩と交わるな。とくに夷人《エゾ》はならぬ。先日館に忍び入ろうとした夷人を捕らえたばかり。祖父《おじい》さま、父上の代にはこの大館の城下まで、彼奴《きゃつ》等は攻め寄せたのだ。くれぐれも用心せよ」

祖父の代の「夷人」蜂起は、いやというほど聞かされている。夷人は大館の城下まで攻め寄せ、蠣崎《かきざき》家は滅亡寸前にまで追いこまれた。ここ十年、大きな戦《いく》さはないが小競り合いはいくつも起きている、そうだ。

「用心します」

「ちょうど師季《もろすえ》が来ておるから、連れてゆくがよい」

示し合わせたように、大広間から直垂《ひたたれ》に侍《さむらい》烏帽子《えぼし》姿の若い男が、元気よく顔を出した。

「稲姫さま！　不埒者など、某《それがし》がすべて斬り捨てて御覧にいれまする」

下国《しもぐに》師季。歳は二十四。

十一歳上のこの男は、稲姫の許嫁《いいなずけ》だ。五尺五寸（約百六十六センチメートル）と背が高く、肩幅も広い。太い猪首に頰骨の張った四角い顔。逞《たくま》しく夷嶋の武士らしい。真っ直ぐな性格は父にも気に入られている。

「嬉しゅうございます」

思いとは正反対の言葉が、口から漏れた。唇が勝手に笑みを作る。

「姫に随行するのは、昨年弁天島《べんてんじま》の見物以来二度目。恐悦至極にて。いざ参りましょう」

「はい」

出がけに、廊下の奥に佇む母の姿がちらりと見えた。

物言わず、伏し目がちで、なにを考えているのかわからない、母。白い細面が幽鬼のようだ。稲姫は被衣を目深にし、母へ会釈だけした。

初潮が来て、子を産むことができるようになったら、と稲姫は考える。

——わたしも、母のようにほんとうのお人形になる。


天文《てんぶん》十九年（一五五〇）、大館（徳山館《とくやま》）に遅い春が満ちている。

大手門を潜ると、なだらかな坂道の向こうに、卯月四月の海が輝く。風はぬるみ、深い青色をした海峡の向こうの龍飛崎《たっぴさき》は霞んでいた。

先導する師季の若草色の直垂の袖が揺れ、明るい声がする。

「すっかり春めいてまいりましたな。御覧あれ、船も大入りにござる」

大館は夷嶋一の湊《みなと》。若狭や秋田湊、宮古湊を経てきた和船《わせん》はもちろんのこと、二本マストの大陸の帆船や、「夷人」の板綴船も十数泊まっていた。大路の両脇には大店《おおだな》のほか莫蓙《ござ》を敷いた即席の市が立ち、珍しい陶磁器や織物、毛皮、刀剣、漆器、米などありとあらゆるものが売り買いされている。

飛び交う言葉もさまざまで、聞き取れる言葉のほうがすくないほどだった。

「ハアーーーーア――」

べん、と弦がかき鳴らされた。辻芸人か、人だかりができている。割れた陶器がぶつかり合うような、嗄《か》れ声。息継ぎのたびに、肺病みなのか喉がひゅうひゅう鳴る。

町や、家臣のことはうっすらわかる。しかし大館の境である及部川《およべがわ》と唐津内川《からつないがわ》を渡ったことは数度しかない。その先になにがあるのか、稲姫は知らぬ。ましてや海向こうの「外《と》つ国」のことなど。

それとなく歩く速度を緩め、稲姫は人垣に目を遣った。遊行僧であろう、襤褸《ぼろ》どうぜんの改《かい》良衣《りょうえ》を着た痩せこけた男が、胡弓の胴を叩き、拍子を取っている。見物人が手拍子をするのに合わせ、しだいに拍子が速くなる。

ここぞ、と僧は息を吸った。

「愚僧生まれは宇曽利郷田名部《うそりごうたなぶ》、下北の風やませ風、吹かれ嬲《なぶ》られ彷徨《さまよ》い候。郷《くに》の殿さまなに言わしゃんす、馬子も女子《めご》もやせ細ってござる。そったら誰のせいだじゃ、おらぁわがんねじゃ」

聞き取れるようで、聞き取れない言葉。酷く訛っている。むずがゆいような、頰を張られるような心地だった。地名で、海向こうの下北の者なのだとわかった。

稲姫の脳裏に、冬の荒れ狂う海が思い浮かぶ。

「知ってっか、海の向こうを。見だか、海の向ごうを。見もせで死ぬんじゃねえど。木偶《でく》みでえに生ぎんなぁ、はんかくせぇ」

群集が笑い、長い袍に辮髪《べんぱつ》の背の高い異人が、口笛をぴーっと吹いた。

歓声が、稲姫の喉のきわまでせりあがる。

足を止めた稲姫に気づき、師季が大股で戻ってきた。群集と遊行僧をひと睨みし、言う。

「ああいうのを見てはなりませぬ」

いつもは明るい師季の冷えびえとした声に、どきりとした。

「はい……」

「とくに夷人《エゾ》はいけない。野蛮な犬じゃ」

人を犬と呼んではならない、と稲姫は思うが、言えば師季の機嫌を損ねるだろう。

現に、師季の目は、ぎらついていた。

「彼奴等は弓を取れば獣のように獰猛で、夜討ち朝駆けも厭わぬ。某の祖父と父はそれで茂別《もべつ》の館《たて》を失い、父は最期に『夷人』を殺し尽くせと申し、果てた。遺体は取り返せず、供養も叶いませぬ。ここ十年大戦《おおいくさ》がないのは、殿の御采配のたまもの」

「………」

のちの蠣崎家家史『新羅之記録』に夷、夷人、夷狄、狄と記され、すべて「エゾ」と読む、この大地に古くから住む人々は、稲姫ら蠣崎氏が「本州」から渡ってくる前から住んでいたそうだ。彼らは自分たちを「アイヌ（人）」と呼ぶが、アイヌをもじって犬と公然と侮蔑する和人もいる。稲姫が知るのはそれだけだ。実際にはさっきのように遠目に見るだけだし、言葉を交わしたことはもちろんない。

黙りこくる稲姫の顔を覗きこみ、師季は気まずそうにした。

「朝から血生臭い話を。怖がらせるつもりはございませなんだ。ただ、我らと夷人とのあいだには、百年の因縁があり申す。それを姫にも知っていただきとうござる」

約百年前、安東太《あんどうた》こと安東政季《まさすえ》という主君にしたがい、おおぜいの郎党の一人として稲姫の先祖、蠣崎氏は夷嶋に渡ってきた。本州の土地から敵に追われたためだ。蠣崎を含めた郎党は渡島《おしま》半島の海沿いに十二の館を建て、安東太が本州に戻ったあとも一部は嶋に残った。上《かみ》ノ国、下《しも》ノ国、大館の三つの区域にわけられ、蠣崎家ははじめそのうちの一つ、上ノ国守護職についた。

その後アイヌの長・コシャマインが蜂起し、アイヌとながい抗争状態となった。いっぽうでコシャマインとの戦いで功を挙げ蠣崎の娘婿となった武田信廣《たけだのぶひろ》は大館を攻め落として嶋の和人の覇権を握り、蠣崎家は、出羽国檜山屋形・安東家に使者を派遣して夷嶋の「国内守護」と認められた。

父・季廣《すえひろ》は武田信廣のひ孫、稲姫は玄孫《やしゃご》にあたる。

師季は元来、安東家の分家筋だが、下ノ国の館をアイヌに攻め落とされ、いまは蠣崎の直臣《じきしん》に甘んじている。それだけに夷人への恨みは深い。

「はい……」

人垣を離れ、稲姫は黙って師季のあとについた。

城の東、城山に沿って流れる川の一町（約百九メートル）上流に、蠣崎氏の累代を祀った神社がある。こんもりとした杜《やしろ》の、山頂の社殿に向かう石段に足を掛けるころ、にわかに曇り空となった。

生ぬるい風がざっと吹き、唸《うな》り声が聞こえた。

「コフッ、コフッ」

「……？」

風邪をこじらせた肺病の者の、喘ぐような声。

稲姫は石段で足を止める。声は、石段脇の鬱蒼とした下生えから聞こえてくる。

片言の和人の言葉が飛んだ。

「危ない、行っちゃだめだ！」

下生えが、激しく揺れた。ばきばきと音がし、黒く巨大な塊が転がるように突進してきた。

「姫ッ」

叫んだ師季が稲姫を抱きかばう。侍女が悲鳴をあげ、その場に座りこむ。

「ヴオオッ、オオオオッ」

地の底から響くような声。生あたたかい、肉の腐ったような臭い。師季の肩越しに見る「それ」は太い両腕を高く差しあげ、立ちあがっていた。赤茶色の逆立つ毛。開いた口から鋭い牙が見え、涎《よだれ》が垂れている。胸に、銀色の三日月のような差し毛。

羆だ、と気づくまで数瞬がかかった。

弦音が聞こえ、横合いから矢が飛ぶ。矢は外れたが、羆は怯んだように稲姫の五間（約九メートル）先で止まった。

黒い影が稲姫と羆の間に割って入る。はじめそれは狼かと思った。低い体勢で羆の脚へ山刀で斬りつける。羆がギャッと後ろに飛びずさった瞬間、長い蓬髪が散った。

「……カラキーキー、エコ……キーキー」

低く歌っている。

狼ではない。人だ。背の高い、アイヌの男だ。

羆が腕を横薙ぎに振り回すと、男はさっと引く。歌いながら、男は山刀を水平に構え、ふたたび羆の懐に飛びこんだ。

稲姫は思わず目を閉じた。男が潰されると思った。だが聞こえたのは、羆の悲鳴だった。

「ギャアアアッ」

山刀で前脚を斬りつけ、男は羆の開いた胸に矢を直接突き立てていた。

羆は脚をよろけさせながら背を向け、熊笹の茂みへと唸りながら姿を消した。

ほんのわずかのことだった。

師季の腕に縋りつき、稲姫は仁王立ちになった男の横顔を見た。

襤褸どうぜんの藍の木綿衣。額に渦巻き模様の白布を縫いつけた鉢巻をし、肩まである豊かな黒髪と髭の境目はわからない。右手に山刀、矢筒を腰帯からさげ、猟師というより、戦さ文度のそれである。巨軀に、眼差しばかりが鋭い。

「怪我はありませんか。無事でよかった！」

もう一人、男が石段を駆けのぼってきた。こちらもアイヌの男だが、身なりは市にいたアイヌとおなじ、袖と襟に裂を縫いつけた常の樹皮衣だ。背丈は師季より低く、うっすらと生えた髭から、二十歳ほどの若者と思われた。

師季が二人の男のアイヌを睨んで問う。

「ぬしらは何者」

若いアイヌが滑らかな和人の言葉で返事をしたのに、稲姫は驚いた。

「あの羆を追っています。急ぎます。それでは」

若いアイヌがぺこりと和人風に御辞儀をするときにはもう、獣のような大男は羆が逃げた笹藪に飛びこんでいた。若いアイヌもそれを追いかけてゆく。先は館の真下、深谷が天然の堀となっており、奥は行き止まりだ。すぐに羆に追いつくだろう。

稲姫は震える声を必死に張った。

「助けてくれた礼を。あとで我が大館においでください。稲の名を言えば、入れるようにします」

もしあの二人が現れなかったら、自分と師季は、羆の振り下ろす腕の一撃で、命を落としていただろう。礼を尽くせ、とは母がよく言う言葉だ。言いつけを守らねばと思った。

弾む声が、藪の奥から返る。

「わかったよ、またあとで！」

いま起こったことが夢であるかのように、稲姫はぼうと立ち尽くす。

男の身のこなし、嵐のような力、獣の吼え声、すべては稲姫の知らぬものだった。恐ろしさとどうじに、体じゅうの血が熱くなるような感覚に、稲姫は戸惑いを覚えた。


二刻ばかりあとの昼すぎ、二人のアイヌは本当に大館にやってきた。

「勇敢な者でした。あのような身のこなし、見たことがありませぬ」

稲姫がことのあらましを伝えると、母は、珍しく会ってみたいと言い、二人で館の前でアイヌを迎えた。羆は仕留めた、と若いほうのアイヌが和人の言葉で言う。話すことが得意らしく、もっぱらこの人のよさそうな若者が自己紹介した。

「シリウチコタンから来ました、ハワシ。こちらはシラウキ。大きな御城ですね。二階がついてら。見ろ、シラウキ凄いぞ。ポロチセよりでかい」

大館は張りだした山を平らにならし、いくつかの曲輪《くるわ》からなる。本曲輪に建つ主殿は、高欄つきの望楼櫓《ぼうろうやぐら》を備えた、最新式の造りだ。櫓からは津軽の海峡が広々と見渡せる。

城内の構造を把握しようとしているのか、シラウキはあちこちを見回し、目の前の女に目をくれもしない。ハワシが焦れて尻を叩いた。

「シラウキ。姫様《トノマッ》の母上《トットハポ》だぞ、御辞儀しろ」

「ハワシどの。シラウキ……どの。恐ろしい獣から娘を救ってくれたこと、礼を申します」

さきに母が言って、深々と頭を垂れた。大男も仕方なく、というふうに頭をさげる。

母の伏せた目に涙が光っていることに、稲姫だけが気づいた。

——泣くほどのことだろうか。

一瞬の違和感を、深く考えることはできなかった。挨拶を終えた母は居室へ戻り、アイヌの二人は大広間へと通された。下国師季をはじめ、主だった家臣が大広間の左右に並び、待ち構えていた。

上座の脇に稲姫は座った。父の着到を待つ。

大勢の臣の前に出るのは年に一度、年初に家臣から祝いの言葉を受けるときのみだ。稲姫は「よしなに」と微笑むだけ。それも声が小さくて「姫は恥ずかしがり屋にて」と笑われる。

あちこちから失笑が漏れる。夷人二人の身なりの汚さを笑ったのだろう。むっと臭う饐《す》えた体臭に、扇で扇《あお》ぐ者もいる。

ハワシはきょとんとし、シラウキは半眼で腕組みをして黙っている。

ついに師季が嘲《あざけ》った。

「殿に御目見えだのに、まるで獣のなりじゃ」

稲姫はいたたまれなくなって、顔を伏せた。おそらく二人は羆を追って山野を旅してきたのだろう。汚れた身なりも臭いも仕方ないではないか、と思った。

「夷嶋守護、蠣崎季廣さまの御成である。夷人《エゾ》ども頭を垂れよ」

家老が触れる。襖が開いて父が現れた。大股で円座に腰をおろし、脇息に肘をつく。家老が二人に「頭を垂れよ」と声高に言うと、父・季廣は手を振った。

「よい。それより仔細聞かせよ。誰《たれ》か彼奴等の言葉を解する者があるか」

「それには及びません、和人《シサム》の殿《トノ》。おれは、シリウチコタンのハワシと申します。アイヌは交易に出る男はだいたい和人の言葉がわかるし、おれは自在に話せます。四ツ爪——姫を襲った羆についてお話しします」

季廣は厳めしい顔を解いた。

「ほう、たしかに流暢《りゅうちょう》じゃ。それに東夷尹《ひがしえぞのかみ》、チコモタインどのの家中であるか。西夷尹のハシタインどのともども、名声は聞いておる。やり手らしいな」

「知っているのですか、チコモタインは弁舌も勇気もある男です」

「結構なことだ」

大館は、東西アイヌに挟まれるようにして存在している。

和人は東岸（太平洋側）のアイヌを東夷《とうい》または日《ひ》の本《もと》エゾ、西岸（日本海側）のアイヌを西《せい》夷《い》または唐子《からこ》エゾと呼ぶ。東岸はシリウチ（知内）のチコモタイン、西岸はセタナイ（勢田内）のハシタインという長がとりわけ有力とされていた。ハシタインは稲姫に祝いの手鏡を贈ってくれた長で、各地との交易に力を入れている。

緊張に頰を赤らめ、ハワシは話しはじめた。

「四ツ爪、ウェンカムイは御城の下の谷に逃げこみました。シラウキが突き立てた矢毒《スルク》が回って、息も絶え絶えでした。おれたちはウェンカムイにとどめを刺し、ホプニレをした。良い熊はお土産をたくさん持たせて飾りイナウで送るけど、ウェンカムイはそういうことはしない。

悪い御幣《ウエニナウ》を立て、定められた方法で解体し、頭は死んだ切り株に載せてテイネポクナモシリに行けと呪い言葉をありたけかけ、小便をひっかけます。内臓と肉は鳥に食わせ、人は決して口にしません。毛皮や骨は海に流しました。あいつの魂は草木も生えぬテイネポクナモシリに行った。もう戻ってこられない。安心してください」

ハワシがアイヌと和人、両方の言葉を混ぜて話すので、稲姫も家臣も、内容を理解するのに時がかかった。

どうやら二人は、羆を解体し捨てたらしい。

それがわかると、男たちは激怒した。

「我らの城域を穢《けが》し、勝手なことをしてくれたな」

「我らの土地は薪の一本、兎一羽まで我らのものじゃ。贖《あがな》え」

ハワシは縋るように稲姫を見た。

「なぜ怒っているんだ。イネ、教えてくれ」

「その……」

稲姫は口ごもる。ここは和人の土地だ。領地にあるものは和人のものであり、男たちの怒りはとうぜんだ。毛皮は高値がつくし、万病の霊薬となる熊の胆は、金とおなじ価値がある。

「おれたちはイネを助けたよな？　なぜ怒られる？」

「ええい、姫に直答《じきとう》し呼び捨てるなど、無礼者ッ」

家臣の一人が業を煮やし、ハワシの襟元を摑んで捩《ね》じりあげた。

ハワシは手足をばたつかせ顔を真っ赤にした。

「なぜだ、ウェンカムイはシトマッを食い殺した！　テイネポクナモシㇼに送らなければ、肉体を得て魂が戻ってきてしまう。シトマッは安心できない」

頬を殴られ床に転がっても、ハワシは諦めなかった。

「蠣崎季廣、おれたちの話に耳を傾けてほしい。おれたちのこと、しきたりを知ってくれ」

「殿にまで無礼を。許せぬ」

足音がばたばたと鳴り、怒声が満ちる。

低い声がした。シラウキという大男だった。こちらも和人の言葉だった。

「谷の最奥で朽ちかけた五輪塔を見た。あれはショヤ・コウジ兄弟の墓だな？　和人の土地で死んだアイヌも和人のものになり、鬼門封じに使われるのか。ひどい話だ」

ついに蠣崎季廣が口を開いた。

「館を焼き、十の村を焼いたはショヤ・コウジぞ。夷嶋の主は蠣崎じゃ」

シラウキは言い切った。

「この嶋も、嶋の獣も草も、誰のものでもない」

「話にならぬ、やれ」

季廣の命に、一人が太刀を抜いた。腕を斬りつけられたハワシの樹皮衣に血が滲み、悲鳴があがる。

「抜いたな。刀を」シラウキは太刀に手を伸ばす。「アイヌを知ろうとせんなら、和人の流儀でやるぞ」

体を捩じる一挙動で抜き放ち、ハワシに斬りかかった男の脛を薙いだ。ぎゃっと男が蹲《うずくま》る。

それを合図に和人もいっせいに太刀を抜いた。気合を入れて上段から踏みこんだ一人を躱《かわ》し、シラウキは肩口から斜めに斬りおろす。骨がへし折れる大きな音がし、血が噴きでた。

つぎにシラウキに斬りかかったのは、師季だった。重い太刀筋で刃を合わせ、押し合う。身長はシラウキのほうが高いが、師季は肩幅があり、直垂の上からでもわかるほど肩の筋肉が盛りあがっていた。

顔を真っ赤にし、師季が歯を剝く。

「死ね、犬め」

目の前の斬り合いに、稲姫は硬直していた。逃げたいのに体が動かない。強く袖を引かれ、よろけた。

ハワシが、稲姫の喉元に山刀のぶ厚い刃を突きつけていた。

「こ、この子がどうなってもいいのか!」

ハワシの金切り声に、師季が卑怯者と叫ぶ。

目の前の父は、ただこちらを見ているだけだ。口元が笑っていた。

助けて父上、と喉まで出かかった言葉がしぼむ。なぜ父が笑っているのか、理解できなかった。

大広間の出口へと引きずられて行く。シラウキも刀で師季を牽制し、退《ひ》いた。そのまま抱えあげられ、館を出る。馬を用意しろ、とシラウキが怒鳴るとほどなく馬二頭が曳かれてきた。稲姫は、シラウキの跨《また》がる馬の上へと引きあげられた。

掠れ声がようやく出た。

「わたしを、どうするつもりですか」

泣きだしそうな顔で、ハワシが謝った。

「怖い思いをさせてごめん。しばらく逃げたら解放する。約束する」

解放すると言われても、大男のシラウキの前に座らされ、左右から太い腕ががっちりと手綱を握っている。背中に男の体温と臭いを感じ、体がふたたび凍りついた。

「急ぐぞ」

アイヌの二人は馬を走らせ、兵のいる大手門を避け、南の出曲輪に向かった。館に来たとき注意深く観察したシラウキは、大手門以外に別の出入口があると気づいていたのだ。

ハワシが血の止まらない腕を押さえ、鼻を啜って泣き言を言う。シラウキが声を張る。早いアイヌの言葉で意味は解らなかった。

稲姫は顔をあげた。出曲輪の櫓に兵が登り、弓を引いている。

「あっ」

矢が放たれ、ひゅっと風が稲姫の頬を撫でた。後ろを走っていたハワシが落ちる音がした。振り返ると、落馬したハワシが駆けつけた兵に囲まれていた。

刀や鑓の穂先が、彼を狙って鈍く光る。

「止まるな、行って!」

ハワシが絶叫し、シラウキは馬の腹を蹴った。虎口を押しとおり、城下町の坂を風のように駆けおりた。手綱を繰って東に進路を取る。右手に見える青い津軽海峡から、濃い海風が吹いてきた。

稲姫は、振り落とされぬよう馬の首に縋りついた。脂と煙のまじったような男の体臭に吐きそうだった。

——父上は、なぜ助けてくれなかったの。

手を伸ばせば届くところにいたのに、笑って見ていた。

目頭が熱くなり、体が勝手に震える。人形の手足をもぐようにアイヌの男に殺され、バラバラに捨てられる自分が見える。

「シャモ　オヤシ……」

シラウキの吐き捨てるような声が、かすかに聞こえた。

四

海沿いの街道を五里東に駆け、シラウキは馬を捨てた。

先には蠣崎の館が二、三ある。大館から報せはまだ届かないにしても、和人の娘とアイヌの大男の取り合わせは、怪しまれると判断したのだろう。顎をしゃくり、山道へゆけ、と合図してくる。

館に駆けこめば助かる。震える声で、稲姫は請うた。

「ここで放してください。あなたがどの道を行ったか、言いません」

和人の言葉で男の声が返る。稲姫はアイヌの言葉をなにひとつ知らないが、アイヌはみな和人の言葉が話せるのか。

それとも、この男は和人と親しく交わったことがあるのだろうか。

「じき日が暮れる。いまあんたを一人にするのはかえって危ない。シリウチに着けばかならず母親のもとへ返す。あんたらの八幡大菩薩に誓ってもいい」

到底信じることはできないが、逃げれば捕らえられ、死ぬより酷い目に遭うかもしれない。言うとおり進むしかなかった。

夕暮れ時の薄暗い山道は、ところどころ根雪が残り、寒かった。裸足の裏が、見知らぬ感覚を告げる。湿って冷たい土、下草、枝。空気は青い匂いに満ち、梢《こずえ》ががさがさと揺れる。なにかの羽音、鋭い鳴き声。

数間先で枝を踏む音がし、一歩も歩けなくなった。

羆か。恐ろしい鬼か。

「ユク、鹿だ。平気だ」背後のシラウキが、はたと気づく。「あんた裸足か。気づかなかった」

自分の靴を脱ぎ、差し出す。なにかの皮でできているらしい靴は、泥にまみれ悪臭を放っていた。稲姫は首をかすかに振った。

「危ないぞ。枝を踏み抜いたら大怪我をする」

森は急速に闇へ沈んでゆく。もう道の先が見えない。もとより山に道などない。歩けなくなったら殺されるかもしれない、と気力を振り絞って足を動かしたが、すぐに木の根に足を取られ、まともに転んだ。

膝がずきずき痛む。自分の手足すら、もうよく見えない。一度は引いた涙がこみあげそうになる。

「う……」

シラウキの溜息がした。

「言わんこっちゃない。今晩は休む」

決めると男の行動は素早かった。

トドマツの木を山刀で伐り倒し、なにかを作りはじめた。切った木を梁とし、小枝を斜めにかけたところで、即席の寝小屋を作っているのだ、と気づいた。近くの沢へ連れていかれ、手足を洗うように言われた。

「傷をしっかり洗い、拭いておけ。膿《う》んでも知らんぞ」

できあがった仮小屋でシラウキは早業で火を熾《おこ》し、ふたたび外へと出ていった。

「夜は冷える。手足と背中を温めろ」

稲姫は、垂れ髪を絡めとられながら枝を潜った。中は、大人もゆうゆう横になれる広さがあり、枝で風が遮られてあたたかかった。

火に翳《かざ》すと、手足の擦り傷は浅く、血は止まっていた。帯に懐刀を差していたのにようやく気づき、慌てて襦袢《じゅばん》の中に隠した。連れ去られるときに男の腕をこれで刺してやれれば、と悔しかった。

「いざとなれば」柄《つか》を握って確かめる。「喉を突いて死ぬ」

口に出すと、いくばくか落ち着いた。

半刻ばかりして、シラウキは野兎を二羽さげて戻ってきた。

「飯にする」

すでに内臓は抜いたらしく、腹に真っ直ぐ切れ目を入れ脚の腱と骨を切り、皮を剝ぐ。小刀とシラウキの手が血で汚れ、濃い赤い肉が剝き出しになる。骨を折る。ぱきっ、という音に稲姫は思わず耳を塞いだ。

剝いだ皮を小屋の枝に広げて乾かしながら、シラウキが問う。

「なぜ怖がる、トノマッ」

毎日の膳には鴨肉、鱈《たら》の団子汁、正月の祝い膳には、嶋では穫れぬ珍しい白米や、鶴、白鳥があがることもあった。それらがみな生きて野山や海にいて、誰かが獲り、殺して厨《くりや》で調理されることは知っている。

知っているのと、見るのとでは、まるで違った。

稲姫は小さな声で言った。

「ごめんなさい」

シラウキは不思議そうに首をかしげたが、なにも言わなかった。

丸太を輪切りにした俎板で肉を叩いて細かくし、発芽したばかりの行者にんにくをみじん切りにしてまぜる。訥々《とつとつ》とシラウキは説明した。

「おれはもったいないから骨も叩いて混ぜるが、トノマッは食いつけんだろう。鍋があったらオハウ、つまり汁物にすれば、和人でも食べやすいが」そこでシラウキは外に出て樹皮を剝いできた。「白樺の樹皮をいただいてきた。鍋の代わりにする」

いただいてきた、誰に？　人家があるのだろうか、と稲姫は考える。

じろりとシラウキが目を動かす。

「山の神に礼を言って、いただいてきた、ということだ。お前の考えることは手に取るようにわかる。逃げたきゃそうするがいいが、夜の山はアイヌでも危ないから止《よ》したほうがいいとおれは思うね」

舟形にした樹皮の鍋で、ふつふつと湯が沸く。叩いた兎肉を団子状にして行者にんにくと鍋で煮ると、なんとも言えぬいい匂いが満ちた。

「飯に見えてきただろう。お前が客だ。お前から食え」

火からおろした鍋に、木を削った匙を差し出された。

腹は減っているのに、どうしても皮を剝かれた兎の骸《むくろ》が脳裏にちらつく。腹を満たさねばもたないと匙をとり、肉の団子を吹き、口に入れた。肉汁が口一杯にねっとりと広がり、吐きそうだった。なんとか二すくい口に納め、匙を置いた。

「イセポはお前に食われるために、体をくれた」

男の声は責めるふうではなく、悲しげだった。

「ごめんなさい」

目を落とせば、鶴や小花の刺繡の入った自分の小袖は、血や泥で真っ黒に染まっている。

「ごめんなさい……ハワシどのも、わたしのせいです。わたしが招いたから……」

くるり、くるりと火が踊るように燃える。シラウキは頭を搔いた。

「糞ッ、そういうつもりじゃ」

シラウキは咳払いした。出だしはおそるおそる。声を詰まらせながら、男は歌いだす。稲姫が知る今様《いまよう》や、湊の作業歌とも違う、呟きのような歌だった。

ホレ　コレンナ　ホレ　ホレンナ
ホレ　ホレ　ホレ　ホレンナ
ホレ　ホレ　チカプ　タ　クネ
とり　タ　クネ　ネワネ　ヤクン
ホレ　コレンナ　タパン　テワノ……

声が幾重にも重なるように響き、小屋をめぐる。山刀を持って羆に立ち向かうときも、この男は歌っていた。途中「鳥」と聞こえた気がしたが、すぐに音の響きに消えていった。

途中で歌が止んだ。歌詞はわからずとも、男が躊躇ったのはわかった。

「つづきは……?」

すっかり冷めた汁を、シラウキは啜《すす》った。

「ない。食って寝ろ」

シラウキは長い手足を折りたたみ、松葉に埋もれるように背を向けて寝転がった。はじめて、この男は馬から降りてから自分に一度も触れていないことに、稲姫は気づいた。

薪がはぜ、梟が鳴いている。遠くの峰で狼の遠吠えが一つ、二つ、聞こえた。呼び合う声は長く尾を引き、遠のいていった。

〈第二章〉 シリウチの戦い　天文19年4月

一

起きると、昨日の兎皮は靴になっていた。

「ほんとうは乾かしてなめすんだが。草履を編む蔓もまだ伸びてないし、これで我慢しろ」

毛を裏側にして、樹皮の紐で足首を縛ると、それらしくなった。

高い山の尾根を越え、いくつもの沢を渡り、四日目。大きな川と開けた地に出た。獣道がしだいに人の道となり、川向こうに四、五軒、板葺きの和人の家が見えたとき、稲姫《いねひめ》は心から安堵した。

「あんた」シラウキが丸一日ぶりに声をかけてきた。「屋敷から出たことがないトノマッは、山歩きなど半日もせず音をあげると思ったのに、我慢強いな」

稲姫はシラウキの横に並んだ。川ぞいの道はブナが風にそよぎ、日なただと暑いくらいだ。家々の向こう、北側に白く雪を残す山々が輝いている。

大館の北、嶋南一高い山の名を稲姫は尋ねた。現在地を知っておきたかった。

「大千軒岳《だいせんげんだけ》はどこですか」

シラウキは来た道を示した。馬を捨ててから直線状に北東に進んでいるらしい。

「二年に一度、七月になると、及部川を遡った大千軒岳の麓の奥の院に、母上と詣でました。山歩きのこつは、そのときに教わりました」

シラウキは目を剝いて稲姫を見た。驚きようが大仰なので、思わず笑ってしまう。

「嘘だろう。大館から大千軒岳まで七里はある。アイヌでも時期によっては難儀する道だ」

「登りはしません。麓までです。奥の院で夜通し祈願し、つぎの朝に川沿いを帰ります」

「山とはすべてカムイの衣の裾と言うくらいだ、ここらの沢や川はすべて、大千軒岳から流れでる。アイヌは泉源の山とも言い、それほど位《くらい》の高い峰だ。北に越えれば天の川。東に越えれば知内川。南に越えれば及部川となる」

「この川はシリウチ川ですか?」

「そうだ。あの雪をかぶったのが七ツ岳。右側の山は和人はなんと言ってたか……」大男は不思議そうに問う。「いきなり喋るようになったな、あんた」

理由は二つある。

ひとつは、男がどうやらシリウチまでは、本当に稲姫を生かしておくらしいと理解したこと。もうひとつは、生理現象だ。

この三日間、稲姫は大便を我慢していた。小便は茂みで用を足したが、どうしてもその先は躊躇われた。とうとう今朝、我慢できず厠《かわや》に行きたいと訴えたが、シラウキは手にした杖がわりでフキの茂みを示した。このまま垂れ流すよりは、と稲姫は観念して茂みに駆けこんだ。生えだしたばかりのフキでも、稲姫がしゃがむとすっぽり姿が隠れるほどの高さがある。用を足すと、恥ずかしくて死にたくなった。目の前のフキの葉に丸い天道虫がいて、しゃりしゃりと小さな虫を食んで、尻から糞をした。

遠くからシラウキの声がする。

「土をかけて埋めろ。獣が寄ってくる」

最初から穴を掘れば楽だった、と思いながら太い枝を拾って土をかける。ふと上を見あげると、若緑色の葉を透かして青空が見えた。

自分も天道虫もおなじだ。

不思議と、すこし気が晴れた。

それがまだ甘い考えだということを、稲姫はすぐ理解することになる。

川向こうの小屋の前に筵《むしろ》を敷き、仕事をしていた青年が、シラウキに手を振る。シラウキも手をあげた。

「砂金取りだ。獲れた金をシリウチに持ってくる。蠣崎《かきざき》よりずっと前に渡ってきた和人で、武士じゃない。渡党《わたりとう》という」

蠣崎より前に和人が夷嶋に入っていたのを、稲姫ははじめて知った。風に髪を揺らし歩む男を見あげる。

「シラウキどのは、なぜ大和言葉が上手なのですか。和人のことも詳しい」

しばらく杖で下草を払う音だけがし、やがて答えが返った。

「和人の朋友《トクイェ》から習った」

「トクイェ？　アイヌの言葉ですか？」

「そう。大事な友、だった」

「だった？」

「もう死んだ」

「そう、ですか」

この四日間考えつづけたことを、稲姫は勇気を出して言った。

「アイヌの言葉を覚えたいです。トクイェとは、友ですか。鹿はユク。わたしの足を守ってくれる兎はイセポ。筆と紙があれば書き付けられるのですが」

「お前、一度聞いたきりで覚えたのか、すごいな」

母に譲られた携行用の文箱を持っていたら、と歯がゆかった。黒漆塗りに蠣崎の主筋《しゅうすじ》にあたる安東《あんどう》家の家紋、檜扇に鷲羽の紋が金蒔絵で入れられた上等なもので、母は稲姫に文箱を渡した夜、こう言った。

――これから毎晩、一文でいい。書きつけなさい。なにがあったのか、なにを思ったのか。それはあなたの力になる。

あのように強い眼差しをした母を見たのは、あの夜だけだ。

「アイヌに文字はない。筆記具はほとんど使わない」

「母上はなんでも書き記しなさいと言いました。自分がアイヌの言葉やならわしを知っていたら、ハワシどのをあんな目に遭わせずにすんだのに」

はっきりと、シラウキの顔が歪んだ。

「忘れろ。あんたは和人の館に帰る。アイヌの言葉など覚える必要はない」

怒らせてしまった。

稲姫はとぼとぼとシラウキのうしろを歩いた。歩幅の差もあって遅れてゆく。しばらくすると下腹が痛みだした。股からなにか流れだす感覚があり、裾をそっとあげると脛《すね》にまで赤褐色のねばっこい血が垂れていた。初潮が来た、と頬が熱くなる。

「こんなときに、どうしたら」

しゃがみこんだ稲姫を顧みて、シラウキが「イチャッケレ」と悪態をつき戻ってくる。

「まだ糞をするのが嫌なのか?」言いかけシラウキは鼻を動かした。「煙臭い」

強い南風が吹き、川面に波が立つ。ブナの木立の向こう、遠くに黒煙が見えた。はじめほそい筋だった煙は、勢いを増して谷筋に流れてくる。自然にこんな黒煙があがるはずがない。

「シリウチでなにかあった。急ぐ」

稲姫は茂みで襦袢の裾を裂き、股に巻きつけた。すこしなら持つだろう。胸が不安で押しつぶされそうだった。

二人は一刻ほど川沿いをくだった。黒煙は濃くなるばかりで、大きく蛇行する川を折れ曲がったところで、人の叫び声が聞こえた。

稲姫はシラウキの袖を引いた。

「押し太鼓の音。蠣崎の兵です」

蠣崎では、決まった太鼓の打ちかたがある。一、二、一、二と鳴らせば退きの合図。つづけて打つときは攻める合図。押し太鼓だ。

いつか母が言った言葉を思い出した。なぜだろう、母のことばかり思い浮かぶ。

──音曲はつねに戦さと結びつく。勝鬨《かちどき》をあげる歌、兵を鼓舞する甚句《じんく》、太鼓の音とともに人は獣となって戦場《いくさば》へ往《ゆ》く。

「これが、その音……」

連打が谷間に鳴り響く。二人は走った。刃物を打ち合わせる音が聞こえてくる。斜面の上を、背負子《ニイエシケ》や背負い紐《タラ》で持てる限りの荷を運び、アイヌの女子供が走ってゆく。

若い娘がシラウキに気づいた。十七、八歳で、背が高かった。彼女となんどかやり取りをし、シラウキが頷く。

「和人が攻めてきた。みな砦《チャシ》に逃げる。あんたもそこへ行け」

父が兵を出したのだ。助かるかもと嬉しいはずなのに、稲姫は逃げるアイヌから目が離せなくなった。頭から血を流した老人、腕に矢が刺さったままの少年、泣き叫ぶ子を三人、四人連れ走る少女の顔は青く腫れあがっている。

シラウキの声で我に返った。

「おいトノマッ！　ヤイホムスについて行け。彼女は和人の言葉が達者だ」

シラウキと話した若い娘がヤイホムスというのだろう、彼女は斜面を器用に降りてきて、和人の言葉でこう言い、手を差し伸べた。

「行こう」

手を取れず、稲姫は首を振った。

「わたしのせいです。わたしのせいで――」

「いま言い合う場合じゃない。おい、触るぞ恨むなよ」

頭を掻きむしり、シラウキが稲姫を抱きあげた。硬くてあたたかい体だった。足をばたつかせ稲姫は訴えた。

「放してください、わたしが戻れば兵はきっと退きます」

「甘い。和人は足の不自由な老婆や子供も殺した。ネキリだ」

ネキリ。根切りとは、皆殺しの意味だ。

「父上がそんな」

煙に巻かれ、シラウキは女衆と山の斜面を走った。アイヌの女たちが、シラウキに問う。ハワシ、という言葉だけ聞き取れた。「ハワシはどこにいるのか、はぐれたのか」というようなことを尋ねたのだろう。シラウキは答えなかった。

川下を見ると、平地に切り拓かれたアイヌの村が焼かれていた。

「ああ……なんてこと。制札《せいさつ》はないのですか」

和人同士の戦さでは、郷村や寺が銭を払って乱取《らんど》りや狼藉《ろうぜき》を禁じる立て札を大将に発給してもらい、村の入口などに立てる。シラウキが眉を吊りあげた。

「シャモがアイヌ相手に制札など出すものか。高値をふっかけ、馬鹿にするだけだ」

なぜ、と言いかけ、アイヌを「犬」と呼ぶ下国師季《しもぐにもろすえ》の顔が浮かんで、稲姫は口を噤《つぐ》む。

「和人の兵はあんたを出せと長に言い、知らぬと答えると火を点けはじめたそうだ。逆らう者は殺された。あんたを攫《さら》ったおれのせいだ」最後、シラウキは呟いた。「おれのせいで、また戦さになる」

砦は和人の詰城《つめじろ》と似た造りをしていた。土を削って土塁をなし、空堀も備え、村の住人二百人がゆうに入れる。集会や、災害のとき逃げ場として使われているが、唐渡之嶋《からと》（のちの樺太）や大陸、そして和人の築城技術を取り入れた、れっきとした戦さのための「城」だ。

立派な青い袍を着た男が進み出る。小柄だが自信に満ちた態度、頬に刻まれた深い傷、シリウチの長だと稲姫にもわかった。長は流暢な和人言葉で言った。

「あなたが稲姫どのか。長のチコモタインだ。シラウキが手荒なことをしたようだ。許してくれ。あなたを害するつもりはない。父母のもとへ返せるように手筈《てはず》を取りたいが――」

稲姫はシラウキの腕から降り、チコモタインへ頭をさげた。

「蠣崎季廣《すえひろ》が次女、稲と申します」

蠣崎、稲、という言葉がさざ波のように広がる。

「焼き討ちなど非道です。兵を退くようわたしが伝えます。砦の外に出していただけませぬか」

チコモタインは眼差しを木柵の先へ向ける。

「そううまくはいかぬようだ。シサムトノマッよ」

一番外側の曲輪で、女の悲鳴が起きた。みないっせいに走りだす。

木柵の下は急斜面になって、シリウチ川のほとりに蠣崎兵が百ほど集まっていた。馬に乗った将が進みでる。伊予札《いよざね》の胴丸に日輪の前立の兜の将は、兜の庇《ひさし》で顔がよく見えなかったが、声は下国師季のものだった。

師季の胴間声は、よく通った。

「蝦夷長《エゾのおさ》、チコモタイン。其の方らは本国守護蠣崎季廣さまの次女、稲姫さまを奪った。見よ、罪人の成れの果てじゃ」

長い棒の先に吊りさげられたなにかが、高々と掲げられた。

慟哭《どうこく》が、山間に響いた。

「ハワシ!」

土気色をした丸い塊は、ハワシの首だった。

片方の目を見開いて虚空を見つめ、鼻から口にかけて乾いた血がこびりつく。落馬したときはまだ致命傷ではなかったから、捕らえられて殺されたのだ。豊かな髪と髭は罪人の証としてすべて剃られ、拷問のためか耳は千切れていた。

「ああっ……」

血の気が引き、稲姫はその場に座りこんで立ちあがれなくなった。

女たちが泣き叫ぶ。髪を振り乱し、柵に縋って絶叫している老女はハワシの母親だろうか。

地獄から響くように、押し太鼓が三つ鳴る。

「シャモ　オヤシ」と、誰かが呟いた。言葉が口々に伝播し、怒りが高まっていく。

まず男が、兵に向けて礫《つぶて》を打つ。はじめ戸惑っていた女たちの中から、少女が進みでて、礫を手にした。目の上を腫らした、弟妹の手を引いて走っていた少女だ。眼差しに怒りを滾《たぎ》らせ、斜面を登りはじめた兵の頭めがけ、礫を打つ。頭に命中し、転がり落ちる兵を見てみなが沸《わ》いた。

◇

太刀と矢を携えた男たちが、土塁の外へ出る。

長とシラウキがなにごとか囁き合い、シラウキが頷いた。

先頭に、シラウキが立つ。

一挙動で太刀を抜く。二尺一寸、太刀としては短い刀身で、片手で扱えるよう、腕貫緒《ぬきお》を手首にかけて固定するようになっている。実際片手で扱うには、相応の腕の長さと筋力を必要とする。

地面を蹴る。

畝状の竪堀《たてぼり》を一気に滑り降り、シラウキは敵最前に突っこんだ。和人の雑兵はほとんどが簡素な腹巻や鉢金で胴や頭を守っただけの、軽装の者ばかりだ。足を狙って太刀を振るえば、鮮血が脚絆に滲み、悲鳴があがる。体格にそぐわぬ軽い身のこなしでシラウキは鑓《やり》を避け、敵へ突っこむ。鑓の穂先をいなし、体勢を崩した兵を踏み台に、高く跳んだ。

数人後ろの足軽頭《あしがるがしら》に摑みかかる。力ずくで倒し、兜の𩊱《しころ》を引きちぎり、首を露わにした。もがく腕を踏みつけて馬乗りになる。

「和人はこう言うのだな」シラウキは太刀を首に押し当てた。「シリウチアイヌ、シラウキが御命《おいのち》頂戴つかまつる」

切っ先は滑らかに喉元へ吸いこまれた。横に引けば鮮血が噴きだす。力をかけて骨を断ち、首を落とした。

勢いづいたアイヌの男たちが、いっせいに敵に打ちかかった。砦から礫と矢の援護もあり、雑兵を押し返しはじめる。

シラウキは竪堀の上に立ち、敵が薄いところを示し、自らも入れかわり立ちかわり攻め来る和人を斬った。噴きだす汗は、衣が乾くひまさえ与えない。二刻戦いつづけ、山向こうに陽が落ちたころ、和人の兵は鉦を鳴らして攻め手を止め、山を降りた。

砦に戻る斜面の途中で、まだ十代のアイヌが死んだ友の体を引きあげられずに泣いていた。遺体は腹の斬られたところから内臓が飛びだしている。いつもシラウキを怠けもの《トランネプ》と馬鹿にしていた青年だった。

仲間の青年が、青ざめた顔でシラウキに問う。

「宝剣《イコロ》を胸の上に置いて祈ると魂を呼び戻せるって婆ちゃんが」

「死んだ者は生き返らない」

シラウキもむかし、おなじことを願ったが叶わなかった。シラウキは死者の引導渡しの言葉を唱えた。

「祖父たち先祖たちに喜んで迎えられるそのことだけを心して、今はすでにカムイであるから後顧の憂いを持つことなく、自分の行く道筋だけに思いを走らせなさい」

青年が泣きながら友の目を閉じさせた。

「親友だった」

砦に帰りつけば、歓呼の声がシラウキを迎える。

シラウキはチコモタインを抱き寄せ、背を叩くふりをして耳元で囁いた。

「おれを村に呼び寄せたのは、このためだったんだな」

低い笑い声がした。

「恨むかね」

シラウキは星の煌《きら》めきはじめた空を見あげた。

「いや。あの凶事《きょうじ》を知るのは、いまや、おれとあんただけ。望み通りあんたの太刀《エムシ》となろう」

雁だろうか、鳥が翼を広げ悠々と飛び去ってゆく。シラウキの瞼がかすかに震えた。

曲輪の奥で女たちが「トノマッが倒れた」と叫び声をあげた。

二

目を覚ますと、稲姫は木綿衣を掛けられ、茣蓙の上に寝かされていた。押し太鼓の音、鬨の声と打ち鳴らされる鑓の穂先、矢が空を切る音、怒号、悲鳴、歓喜の声。音の氾濫で大量の経血を流し、気を失ったのだった。ここは砦のもっとも高い曲輪らしい。火の周りに年長の男たちが集まって、奪ってきた蠣崎の旗を焼いている。

自分もじきにああなる、と稲姫は思った。

ヤイホムスともう一人、目を腫らしたおなじ年頃の少女がいた。真っ先に和人の兵に礫を打った娘だった。父母はどうなったのか。目の上を殴ったのは誰なのか。問うまでもない。

数年前、出羽の檜山屋形の求めに応じ、蠣崎が津軽《つがる》に出兵したことがあった。そのとき稲姫は無事を祈って、下国師季に御守りを渡した。師季は首級《くび》を二つ挙げ、屋形じきじきの感状を得た。目出度いことと稲姫自身も喜んだが、その首級にも家族がいたろう。一度でもそれに思い至ったか。

これが、戦さだ。

食うために兎を殺す。虫がより小さい虫を食み糞をする。それとはちがう。

「う……」

稲姫が身を起こすのを、二人は手伝ってくれた。腰には経血を吸うための帯布が巻かれている。気を失っているあいだに、手当てしてくれたらしい。腹から下が重く、四肢に力が入らなかった。

「かたじけのう」

頭をさげると、二人はにこにこと笑った。

男たちの輪から、大きな男が抜け出て歩いてくる。シラウキだった。

「いまチコモタインと長老たちが、話し合いをしている。女、しかも月のものの女は加われない決まりだが、事が事だ。来い」

少女が文句を言ったが、シラウキは低く一喝した。

ヤイホムスと少女に付き添われ焚火に寄る。白い髭を生やした老人たちの眼差しが、針のように身に刺さる。神聖な場所を汚され怒っている。

中央に胡坐《あぐら》をかいた長のチコモタインがいて、わずかに微笑んだ。シラウキは長の後ろに控えるように腰をおろす。

「具合の悪いところをすまぬ。いまあなたの処遇について話していた」

「わたしを返してくださいさすれば兵は退きましょう」

何度言ったかわからぬ文言は、即座に否定された。

「残念だが、信じられぬ。これまで和人は戦《トゥミ》さで幾度も約定を違えた」

「そんなはずは」

稲姫が知っているのは、和人とアイヌは長く争っている。それだけだ。

「ア、アイヌも攻めてきたではありませんか。大館はいっとき落城寸前だったと聞きます」

「あなたはなにも知らぬのだな」チコモタインの声が大きくなる。「和人は戦さをやめると嘘をつき、そのたびに宴の席に呼んでアイヌを皆殺しにした。コシャマインの強さを目の当たりにした武田信廣《たけだのぶひろ》は、矢留《やど》めをしようとアイヌを宇須岸《ウスケシ》ちかくの七重浜《ななえはま》に誘いだし、コシャマインと息子を殺した。いまあなたが言った大館まで攻め寄せたアイヌ、ショヤ・コウジの兄弟は、信廣の子・蠣崎光廣《みつひろ》がおなじく騙し討ち、兄弟の死体を大館の谷へ投げ捨てた」

大館の谷奥、五輪塔の「祟り神」だ。不吉なことが起こると呻き声がするので、五輪塔が建てられたと、稲姫は聞いた。あれは、騙し討ったアイヌの大将を捨てた場所だったのだ。シラウキが父に言ったことはほんとうだった。

目をぎらつかせ、チコモタインは唾を飛ばした。

「すべて蠣崎の所業だ！　まだある。二十年前にはタナサカシ、――」

後ろに座るシラウキが長を遮った。

「それくらいでいいだろう。相手は娘だ」

激情を恥じたように、チコモタインは頭を振った。

「ああ……すまぬ。大きな声で。ともかくあなたをいま和人側に返すことはできない。話し合いで決まった。季廣どのは、シリウチを攻める口実を探していた。言いかたは悪いが、こたびの件は蠣崎にも都合がよかったのだ」

稲姫の心臓が早鐘を打つ。攫われようとする娘を、父は笑って見ていた。

戦さの駒に使われた――稲姫は小声で反論した。

「父は戦さを好む人ではありません」

チコモタインが優しく言い含める。

「道中、あなたも見たかもしれないな、砂金取りを。川で取れる砂金は、ここシリウチに集められる。おれは砂金を財源とし、樺太や大陸など、独自に交易を行っている。『夷嶋守護』を自負する蠣崎季廣どのは、それがずっと気に食わなかった。いくども使者を寄越し、砂金を分けろと言ってきた」

彼が語るところによれば、東岸アイヌでも最大の勢力を誇るシリウチは、蠣崎季廣にとって脅威だった。最初は甘言で懐柔しようとしたが、長のチコモタインは巧みにそれを躱した。

季廣とチコモタインの綱引きのもと、「ここ十年の平穏」は保たれたといっていい。

稲姫誘拐は、アイヌに戦さを仕掛ける好機と季廣は見なした。

娘を救うという大義名分がたつ。

「我らは交渉のためあなたが要る。しばらく留まっていただくが、アイヌはあなたを大切にもてなす。以上だ」

体が小刻みに震える。抱えられ、稲姫は焚火のそばを離れた。男たちが話し合いを再開したが、いつ稲姫を殺すかと相談しているように思えた。

――アイヌは和人を恨んでいる。いずれわたしは殺され、首を晒される。

一段低い中曲輪に降りる。ずっと付き添っていた少女が、袖を引いた。ゆるくうねる髪をして、頰にそばかすがあり、背丈は稲姫とそう変わらない。丸い目がよく動いた。

「イネ、イネ。ネウサラ　セコロ　クレヘ　アン」

ネウサラ、と自分を示してゆっくりと繰り返す。それが少女の名前らしい。

「ネウサラ……」

おうむ返しに呟くと、顔がぱっと輝いた。稲姫の手を引き、焚火のほうへ歩いてゆく。女たちが煮炊きをはじめていた。女たちが稲姫を見て一瞬顔を強張らせる。ネウサラが早口でまくしたて、女たちは困ったように顔を見合わせ、火のほうを振り返った。

火の前には老婆が座っていた。

箸のような平らなへらを掲げ、先で椀の中のものをすくい落とし、なにかを唱えている。口を囲うように入れた入墨が目を引いた。ちらと稲姫を見、老婆がなにか言い、手招きする。

女たちは稲姫を火の脇に座らせた。手や膝をさすってくれ、衣をかけて温まれと言ってくる。火に照らし出された老婆の顔をまじまじと見て、稲姫は気づいた。木柵に縋りつき、泣き叫んでいたハワシの母親だと。

稲姫は額を地面に擦《す》りつけた。

「母上さま、御許しください、ハワシどののこと……」

嗚咽が喉を裂き、あとは言葉にならなかった。

皺だらけのハワシの母の手が頭に載せられ、ついで稲姫の両手を握って上下させる。優しい、呟くような声がなにか言っている。言葉の意味がわからず、しゃくりが止まらない。

男の低い声が聞こえた。

『泣かなくていい。あの子の残した道具はみんな焼けてしまったけど、それはあの子と一緒に先祖の国へ道具の魂も送られたということだ。ハワシの魂はいま不自由していないよ。大丈夫』」

女たちの輪から外れた暗がりに大男が立っている。シラウキだった。

人は死ぬと魂だけが残り、あの世へと行く。その人が愛用していた道具にも魂があって、刃物で傷をつけたり、焼くとその道具も死んで魂があの世へ行ける。シラウキはそう説明した。

心配しなくていいと、老婆は慰めてくれたのか。いや。稲姫が泣いても状況はなにも変わらないのだと、示したようにも思えた。

ハワシの母とシラウキは、曲輪の端で長いこと話しこんでいた。この男もハワシと戦さの詫びをしに来たのだろうか、と稲姫は思った。

粥が炊けた。涙が涸《か》れ、ぜいぜいと息をつく稲姫を心配して、女たちがかわるがわる覗きこむ。椀によそったキビの粥を持たせられると、掌に熱が伝わってきた。

「どうしてあなたたちは優しくしてくださるのです。わたしもシャモで、敵です」

理由を尋ねることができないのが、もどかしい。

粥が炊け、長老らの話し合いに入れてもらえない若い男たちも集まってきた。みなが大事そうに粥を匙で掬うのを、稲姫はじっと見た。

「いただきます、というのはどうしますか。誰に感謝しますか」

ネウサラが匙を横にし、額に掲げる動作をする。稲姫が真似て匙を額の高さにあげると、みなの顔がほころんだ。注目されつつ、匙で粥を口に運ぶ。キビの甘みが口に広がり、目が覚めるような感覚があった。熱が満ち、腹の痛みがふっと和らぐ。

「こんなときでも……美味しいです」

ネウサラが、顔を覗きこんで問う。

「ケラアン?」

発音が和人の言葉と違うので、なんどか聞き返し、なるたけ正確に言おうとした。

「ケラアン」

わっと女たちが笑う。

なぜ彼女らは、敵の娘へ笑いかけるのだろう。

彼らの道理は、和人と異なるように思われた。その道理を知りたいと稲姫は思った。

話し合いが終わり、年かさの男たちも曲輪にやって来た。ネウサラがさっと稲姫の手を取り、向こうに行こうと目線で示す。彼女の弟妹も連れ、曲輪の北側、薪や矢が積まれた陰に小走りで回った。

「あの、ネウサラ」

並んで座り、身を寄せ合う。目が闇に慣れてくると曲輪の外の世界が見えた。

た。

「わ、……」

深い夜空に無数の星が散り、欠けた月が山々の稜線を浮かびあがらせる。芽ぶきだした山々の地肌が、銀色に光っている。根雪だろう。凍えるような風が吹きどこかの谷で梟が鳴いていた。

大館からはつねに人家が見えた。夜には対岸の津軽の漁火すら見えることもあった。

ここに、人はいない。どこまでも厳しい山野がつづく。

ネウサラの妹が拙い言葉でなにかを問うた。ネウサラは首を振る。妹がべそをかき、弟もつられて泣きだした。小さな腕に弟妹を抱き、ネウサラは柔らかく「ホルルル……」と歌う。シラウキの歌とは違う旋律だった。

オッホルルルルルオッホへ　　　　(私の赤ちゃん)
タパンクコロシ
オッホルルルルルオッホへ　　　　(お前が聞きたくて)
エヌルスイクス
オッホルルルルルオッホへ　　　　(お前が泣くなら)
エチシペネクス
オッホルルルルルルオッホへ
ヤクン　クイェ　ワ　エチヌレ　クス　ネ…　　　　(私が言って聞かせてあげよう…)

繰り返されるルルル……という音が心地よい。やがて歌が途切れた。横を見れば、天を凝視するネウサラの頬に銀色の筋が光っていた。

「ネウサラ」

たまらず手を伸ばし、痩せた肩を抱く。

「ごめんなさい。ごめんなさい」

言いながら、自分への怒りがこみあげる。謝ってなにかが変わるか。なにも知らぬ女子と哀れまれ、自分が楽になりたいだけではないのか。

ネウサラの手を握ると、痛いほどの力で握り返してきた。

「わたしは知りたいです、この嶋のほんとうの姿を」

二人は固く手を握り合った。か弱いけれども、ここに力がある。けっして誰にも侵させたくないと、稲姫は思う。

三

晩、チコモタインはシラウキだけに話してくれた。

各地を放浪していた根無し草のシラウキを、シリウチに招いた二年前から、彼は和人との合戦に備えていたこと。毎年の飢饉に苦しみながらも、食糧を秘かに五つの庫《プ》に隠したこと。だが、庫は先日、村とともにすべて焼かれたこと。

いつも堂々としているチコモタインの目に力がない。

「砦に残った兵糧は、二百人を二月《ふたつき》もたせる分しかない」

チコモタインは、村を開拓した頃からの盟友の名を挙げた。シラウキもよく知る勇敢な男だった。

「彼は甥を大館に間者として潜ませていたが、蠣崎に捕らわれた。甥を助けるため、庫の存在を和人に漏らした。その責をとって、焼き討ちのとき和人を食い止めて死んだ」

「そうか……」

シラウキはチコモタインの背を叩いた。

「おれは明朝、和人の大将を叩いて、兵を退かせる。そのあとの方策はあんたに任せる」

「恩に着る。策は――ある」

「好《よ》し。おれはあんたの太刀だ」


翌朝はやくから、敵はふたたび攻めてきた。

シリウチ勢も、シラウキが二十人の男を率いて討って出る。後方では何人かの老婆がまじないの言葉を唱えて男たちを送る。

背に熊毛を背負い、羆討ちのため着ていた衣を着替え、樹皮衣の上に本小札《ほんこざね》で威《おど》した前合わせの胴丸を着たシラウキは、片っ端から太刀で和人を斬り伏せた。

歌が、口をついた。

「エコタヌタㇷ゚カラキーキー……」

男たちが矢を射る。平根と呼ばれる狩猟用の幅広の鏃《やじり》ではなく、戦さ用の尖《とが》り矢を使う。尖端にはトリカブトの矢毒が塗ってある。羆をも殺す毒は、掠っただけで、つぎつぎ敵が悶え苦しんで倒れた。

アイヌがトリカブトの毒を調合するやりかたは村でも秘伝とされ、シリウチではチコモタインのふるい友である男が一手に担う。その男の調合では毒ゼリなどを混ぜて毒性を強めていたから、すぐその部分を除去しない限り、半刻もせず命を落とすことになる。

「附子《ぶす》毒だ」と慄く和人の兵のなかへ飛びこみ、シラウキは雀を散らすがごとく斬り捨てた。算を乱す兵を叱咤する敵将・下国師季の姿を、三十間（約五十四メートル）先に捉える。シラウキは口の端を持ちあげた。

「お前が目当てだ」

唸り声をあげて突進した。師季の馬廻り五騎ほどはさすがに精強で、巧みに馬を操って大将を守ろうとする。シラウキは和人の言葉で怒鳴った。

「こちらには稲姫がいる。命がどうなってもいいか」

師季が顔を真っ赤にして叫んだ。

「ぬう、どこまでも汚い奴。わが妻に指一本触れてみろ、八つ裂きにしてやる」

「お前、あの娘の婿か」

「姫になにをした。言え」

師季の声は震えていた。シラウキは挑発して手招いた。

「力ずくで聞きだしてみたらどうだ」

「許さぬ」

下馬して師季は太刀を抜き、中段に構える。手出し無用と周囲に言い置き、歩を進めた。対するシラウキは太刀を水平に構え、左手を前に出す。こうすると太刀の挙動が相手に見えにくい。

「…………」

一騎討ちに持ちこみ、大将である師季の気勢を折る。それから稲姫の返還をちらつかせ、交渉する、とチコモタインは言った。

二人はすり足で距離を詰めた。先に動いたのは師季だった。若さが出た。

「せやっ」

踏みこんで突きを繰りだす。踏みこみが浅い。シラウキは下からすくいあげるように太刀の峰をあてて軌道を逸らした。空いた懐に潜り、胴の上帯を摑んで足を払う。背中から転がされた師季に乗りかかり、喉元に切っ先を当てた。

「うぐ……」

力量の差は歴然だった。師季もそれを悟ったらしく、目を閉じた。

「首を獲れ」

シラウキは呆れた。ほんとうに和人の武士というのはすぐ死にたがる。

「姫の母君である御方《おかた》さまにも御願いされたというのに」涙を浮かべて師季は嘆いた。「姫を守りたかった。口惜しや。辞世《じせい》を姫に届けよ」

「辞世？　なんだそれは」

組み敷かれてなお、師季はふてぶてしく笑った。

「これだから！　世を去る無念を、武人は和歌にして遺《のこ》すのだ」

「見ろ、師季とやら。稲になにも悪いことは起きていない」

シラウキは太刀で砦を示した。木柵の縁に稲姫が立って、声をあげた。

「師季どの、わたしは無事です。父上に兵を退くよう伝えてください」

師季は滂沱の涙を流した。

「おお、姫。御無事で」

「兵を退け。惣《そう》大将の蠣崎季廣に伝えろ。交渉が成れば稲を解放する。お前たちは兵を退く」

「首を獲らぬか。夷人《エゾ》のくせに大和言葉が達者であるし、腕もたつ。お前何者だ」

シラウキはいらいらと組み伏せた師季の足を蹴った。

「お前が考えるほど、アイヌは莫迦《ばか》ではない。それだけだ。兵を退くか。どうだ、答えろ」

「なるほど夷人もいろいろあるらしい」嘲笑というより、感嘆の声だった。「一度兵を退いたとて、御屋形さまは交渉などはせぬ。つぎはすべての館に陣触れを出し、万の兵で貴様らを根切りにする」

「ならばふたたび戦うまでだ。交渉役を呼んで兵を退け！」

師季は観念した。馬廻りに助け起こされ、黄色い胃液を吐いた。

「おれに殺されておけば、まだましだったと悔やむだろうよ」

◇

日暮れ前に和人たちは陣を退き、戦勝に砦は沸いた。みな歌を歌い、手拍子を叩き、女たちは袖を振って踊っている。これから本曲輪でチコモタインの演説がある。

本曲輪へ向かう道すがら、稲姫はヤイホムスと和人の言葉でひそひそと話した。

「すべての館に陣触れを出す、師季どのはそう言うたのですか」

「そう。アイヌは勝てないよ。わたしは人買いに売られそうになったところを和人の姉さんに助けてもらい、育ててもらった。和人とアイヌ両方知っているからわかる。アイヌに兵はいないし、鍛冶もない」

和人は、師季のように戦いを生業《なりわい》とする武士がいて、雑兵も武装している。アイヌに「兵」という概念はない。男が狩猟用の弓を持ち、戦うのだ。

「ヤイホムスどのは、シリウチの人ではないのですか」

「生まれは泊村。ここへは十日前に嫁いできたばかり」

泊村とは、海岸沿いに最大十二あった館のうち、最北の勝山館《かつやまだて》からさらに北上した西岸の村だ。和人とアイヌが混住する地域なのだろう。ヤイホムスの冷淡さは、それゆえだ。

「万はさすがに大げさですが、まことにすべての館の兵が集まれば百、二百ではすみません。五百は兵が集まるかと」

蠣崎勢が退くのとほぼどうじに、アイヌの船がシリウチの浜に辿り着いていた。彼らは交易に来ていたべつの村のアイヌで、急に追いだされたと言った。逆らう素振りを見せたアイヌは、問答無用で斬り殺され、十人ばかり、首を晒されたという。

やはり父は、本気でアイヌと合戦におよぶつもりだ。

本曲輪へ向かう一歩が、重い。稲姫は見捨てられた。だがいま悲嘆にくれても事態は変わらない。考えろ、と稲姫は自身に言い聞かせた。

「長は援軍を呼ぶつもりみたい。だからわたしは昨日色々と聞かれた」

そういえば昨晩、ヤイホムスだけは男たちの軍議に残っていた。

「もしかして、援軍のあてがあるのですか」

「大沼《ポロト》、長万部《オサマンペ》、嶋南のあちこちにアイヌの集落はある。けれどシリウチほど大きく、戦さに駆けつけられるほど精強な集落は――たったひとつ」

あっ、と稲姫は父の言葉を思い出した。ハワシとシラウキとの対面で、たしか父は、アイヌの長を二人、挙げた。

東夷尹、チコモタイン。

西夷尹、ハシタイン。

「セタナイの、ハシタインどの」

稲姫の七つの祝いにと手鏡を贈ってくれた主だ。よく知っているね、とヤイホムスは驚いた顔をした。

「セタナイとは、どこにあるのですか」

「勝山館よりさらに北へ二十五里。わたしの泊村はその道の途中にある」

ヤイホムスによれば、セタナイへは本来なら海沿いの街道をぐるりと迂回するが、途中に大館があるため、現状海沿いの道は使えない。山中を突っ切ることになる。距離およそ三十二里。天候にもよるが、片道八日はかかるという。

「片道八日、往復で約半月も……」

仮にハシタインを説得できたとして、蠣崎の兵がふたたびシリウチに押しよせるのに、まに合うだろうか。

「西岸アイヌは強い。わたしもお爺さんお婆さんから、昔話をたくさん聞いた。勝山館にいちばん近い江差《エサウシイ》の長のタナサカシと、娘婿のタリコナ。二人は勝山館に攻めこんで、和人を百人討ち果たした。いまから二十年くらい前よ」

タナサカシ。昨日チコモタインが言いかけ、シラウキが止めた名だ。

そんな戦いがあったのを、稲姫ははじめて知った。二十年前なら、まだ祖父の義廣《よしひろ》が屋形として生きており、父は二十代だったろう。勝山館は数年前、城主の謀反があったと聞いた気がする。いまは腹違いの姉が嫁いだ南条という家臣が城将となっているが、二十年前がどうだったかわからない。

「ああ、エサウシイの名は軽々口にしてはいけないよ」

魔除けなのか、ヤイホムスは黒糸と白糸を撚《よ》って、硝子玉を通した紐をいじった。

「なぜです？」

「恐ろしいことが起き、エサウシイは突然全滅した。なにが起きたか、老人たちは決して言わない」

早く来いと太い声がこちらを呼ぶ。青ざめた顔を伏せ、ヤイホムスは紐をいじる。

「セタナイへ行けと言われるのは、きっとわたしだ。トゥミがこんな恐ろしいとは知らなかった」


残照が消え、紅色の雲が闇に消えゆくころ、静まり返ったアイヌを見回し、チコモタインが、おごそかに口を開いた。

低く、地を這うような声だ。

はじめ、ヤイホムスは小声で訳して聞かせてくれたが、すぐに眉間に皺を寄せ首を振った。

「言っていることが難しすぎる。長老が炉辺で夜通し語る叙事詩《ユカラ》とおなじ、古く、深い言葉」

稲姫は、演説を聞く人々を一人ひとり見た。焚火に照らされ、悄然としていた彼らの横顔に朱が差し、目の光が輝きを増しはじめる。青ざめていたヤイホムスの目にも、かすかに光が宿った。

「言葉がわからなくても、わかります」

アイヌが受けた屈辱の歴史を、チコモタインは叙事詩として語っている。

演説は、四半刻（三十分）つづいた。

人々が無言のうちに奮い立ち、熱が夜空に放たれるのを確認したチコモタインは、大きく息を吸い、なにかを宣した。

どよめきが起きた。稲姫は「セタナイ」という単語だけを聞きとった。

ヤイホムスが囁く。

「セタナイのハシタインに援軍を頼む、と」

やはり。チコモタインは、シリウチと蠣崎間ではじまった争いを、全土に広げるつもりだ。

敵である父・季廣と望むものはおなじ。戦さだ。

一瞬稲姫を見、チコモタインはアイヌと和人、両方の言葉で言った。

「セタナイへの使者はシラウキに行ってもらいたい。はじめて明かすが、おれとシラウキはエサウシイの出だ」

ざわ、とみなが顔を見合わせる。

指名されなかったとヤイホムスが安堵する横で、稲姫は必死に考えを巡らせた。

二十年前に突如として全滅したエサウシイ。和人が関わったに違いない。

膝に置いた拳を、きつく握り締める。唐物の手鏡に映る、自分の虚ろな表情。父に見捨てられ、なにも知らぬまま死にたくない。

――お人形に、なるな。

自らに言い聞かせ、稲姫は立ちあがった。

「わ、わたしも、参ります」

長の厳めしい声が返る。

「何度も言ったぞ。あなたは交渉ののち、蠣崎に引き渡すと」

「いいえ。陣触れを出す以上、父上は自ら出陣する。それがいかな意味かわかりますか。人質を殺されてでも、敵を討つという覚悟です」

稲姫はもはや、人質として効力がない――。

チコモタインの眉がわずかに動く。彼の横に座るシラウキは、黙って腰にさげた小刀を撫でていた。

「わたしは、ハシタインどのとやり取りをしたことがあります。説得の力になれましょう」本当は贈り物を貰っただけだが、強く出た。「シラウキどのが道中和人の地を通るとき、わたしを連れていれば、和人の兵は手出しできませぬ」

曲輪の坂を女たちが駆けのぼって来て、稲姫を囲む。ネウサラが稲姫の袖を握って、懸命に「イネ」と首を振る。女たちが口々に言う。

「イネ。ケウトゥム　ピリカ。トノマッ　ピリカ　メノコ　エネ」

いい子だ、良い和人だと言われたのはわかった。

拳を握り、怖れは去れと念じる。

「怖いです。ですが、わたしは行くと決めました」

長のチコモタインが両手を広げた。

「良い和人の娘イネに感謝する。アイヌと和人の架け橋になってほしい」

◇

シラウキはそっとその場を離れ、曲輪の外れに行った。

冷たい夜風が、身に沁みた熱狂を冷ましてゆく。

月光に照らし出された山の木々のあいだから、密やかな声がする。

ホチコーク、ホーチコーク。

アオバズク《ホチコク》の鳴き声は、村から離れたところで人死にがでる暗示と言われている。

ふと後ろから声がかかる。ヤイホムスだった。

「鳴いていますね」

「ああ」

「シリウチの人はおかしいですよ。人質は手元に置いておかなきゃ意味がないのに。茶番でイネをおだてて危ない橋を渡らせる。なにが良い和人だ」ヤイホムスは石を拾って曲輪の外へ投げた。「戦さは、ああやってじじいがはじめるけど、実際に戦って死ぬのは、若いわたしたちだ」

ヤイホムスは、四十なかばの長のことを、皮肉をこめて「じじい」と言った。シリウチに嫁いだばかりの彼女だからこそ、見えることがある。

「チコモタインはセタナイに援軍を頼むことをいつ、思いついたんです。昨日今日じゃない。まるではじめから――」

シラウキは、チコモタインから「食糧はもって二月」と聞いている。計画はすでによくない方向に進んでいる。

「止めておけ。誰が聞いているかわからない」

シラウキを見あげ、ヤイホムスは食いさがった。

「ずるい人！　わからないのはあなたもよ、シラウキ。『呪われた地《エサウシイ》』で、あなたとチコモタインだけが生き残ったの？　あなたがウェナイヌと呼ばれていることと関わりが？　半月《チュプエムコ》とはなに？　わたしの結婚式でシトマッを食ったウェンカムイを、あなたは『チュプエムコの血族』と言った」

娘の賢さに内心驚き、シラウキは短く言った。

「あの地で起きたことを話すときは、永遠にこない」

冷たい風に、ホチコクの声が流れていった。

四

稲姫は、ネウサラの樹皮衣と樹皮沓を借り、アイヌの娘に扮した。豪奢な絹の小袖の娘とシラウキとでは、目立ちすぎる。みな護衛を連れて行くべきだと言ったが、シラウキが突っぱねた。

「なにも知らんアイヌの親子の山菜穫りのふりをしたほうが、目立たない」

シリウチを出るとき、ヤイホムスが稲姫にそっと耳うちをしてきた。

「なにかあったら、泊村の悪太夫《あくたゆう》を頼って。わたしの育ての姉さんよ。百五十人をたばねる強い人だ。きっとイネの力になってくれる」

「わかりました。わたしもその人に会ってみたい」

道程は次のようである。

和人の勢力域からできるだけ離れいったん木古内《リコナイ》まで北上し、二人はそこから北西に進路を取った。蛇行する木古内川にそって半島中央部を目指し、峠を越えれば、こんどは日本海側に注ぐ天の川沿いにくだってゆく。そうすると四日ばかりで西岸和人の最北端、勝山館の近くに出る。あとはセタナイまでひたすら海沿いを北上する。

片道八日の旅路だ。

初日は天気もよく、砂金取りの仁伍《じんご》という青年を山越えの案内役に毛皮二枚で雇い、木古内川の上流へ遡った。街道はなく、アイヌや山師たちの小道を辿る。

砂金取りを生業とする山師は、蠣崎氏に従う者もあれば、武士との関係を断つ者もいるという。仁伍の一家は後者で、川から川へ嶋じゅうを転々とし、砂金を採取する生活をしている。

「おれたちはアイヌよりも嶋の山を知っている。沢のひと筋、イチイの一本すら頭の中に入っているのさ」

この間道はかつてコシャマインとの戦いの折、和人方の惣大将・武田信廣が使った抜け道で、武田を先導したのも自分ら山師だ、と仁伍は言う。まだ和人は来ぬと安心していたコシャマインたちは、武田信廣に急襲されて混乱に陥り、七重浜で激闘となったそうだ。

「おれたちは、和人の武士にもアイヌにもどちらにもつかない。銭がすべてだ」

嶋には和人とアイヌ以外にもさまざまな者がいる。城下の市にいた大陸商人や、アイヌに似た樺太の民。がなり声の遊行僧は、いまどこを旅しているだろう。

幸い稲姫の初潮は昨日で止まり、体も軽い。

「兎がイセポ、鹿がユク、鳥が……」

単語を復誦していると、仁伍が隣に並んだ。

「チカプ。色々あるぜ。チカッポは小さい鳥だな。アマメチカッポは雀。サロルンは鶴、文の形で覚えたほうが勝手がいい。たとえば、腹が減って飯が食いたいときは、クイペ　ルスイ。クが自分。イペがものを食うこと。ルスイが『したい』ときにつける」

驚いて見あげると、仁伍は得意げに日に焼けた頬を動かした。

「母ちゃんがアイヌだから、どちらも話せる」

嬉しくなって、稲姫は耳で覚えた単語を片っ端から仁伍に問うた。

「チカプ　タ　クネはどういう意味ですか?」

「cikap ta ku=ne　チカㇷ゚は鳥、タはだったらいいなあ、みたいな感じだ。ルスイより、もうすこし遠く、うっすら思うような」

大館を出て初めての晩、シラウキが歌った歌、あれは「鳥になりたい」と言っていたのか。稲姫を攫った羆のような大男が、鳥になりたいだなんて。軒先にならぶくちばしの黄色い小雀を思うとおかしかった。

「ふふ、シラウキどのが、チカㇷ゚」

振り返ると、大男はばつが悪そうに口を尖らせた。

「あんた、人が変わったな。戦さになると一皮むける男と、腑抜けになる男がいるが、女もそうなのか」

「変わった？　そうですか……？」

ふいとシラウキは横を向いてしまった。仁伍が首を捻る。

「鳥になりたいとは変わった文だな。鳥は射当てるものだ。チカㇷ゚　クチョㇿッチャ。射るだけで当たる当たらないは別なときはクトゥカン」

「チョㇿッチャが射当てるの意ですか？　シリウチの人はアクと言っておりました」

「お前、耳がいいな。どっちも言う。アをつけると射られる、当たったという意味になる。アチョㇿッチャ」

茫々の草地の、目の前の一束を刈り取った心地。稲姫の足どりは一歩ごと軽くなる。

翌日は、木古内川からいよいよ山に入り、峠越えとなる。昨日とうって変わり小雨が降るなか、道なき山道を二刻ほど登ったころ、仁伍が立ち止まった。

「ニシパ」

霧に霞む山の上を見上げ、二人は頷く。

「ああ。金気の臭いがかすかに」

人の太刀か山刀が雨に濡れてわずかに臭うのだ。すでに抜刀している。留まるわけにもいかず、半刻ほど進んだが、いっこうに姿を見せない。仁伍が焦れた。

「ひたひた、つけてきやがる。気味が悪い」

「師季どの……が気づき、追手を出したのでしょうか?」

シラウキに小声で問うと、大男は矢筒から矢を取り、弓に番えた。

「いや。奴ならすぐ襲ってくるはずだ」

雨足が強くなり、切れこんだ斜面から霧が濃く立ちのぼってくる。そのとき、枝を踏む音がした。上だ。斜面を駆けおりてくる。

「ニシパ、上っ」

霧中に人影がはっきりと見えた。振りおろされる一撃を、シラウキはぎりぎり太刀で受けた。数合打ち合い、シラウキは叫んだ。

「次郎《じろう》、お前次郎なのか。生きていたのか!」

濡れた落ち葉に足を取られ、シラウキが斜面を転がり落ちる。水音が聞こえた。

「稲、逃げるぞ」

仁伍が稲姫の手を引いた。人影はシラウキの落ちた崖下へ向かったようだった。

「シラウキどのを助けなくては」

「冗談じゃねえ、敵は相当の手練《てだ》れだ。おれの役目は道案内だけだ」

ひゅっと音がし、矢が飛んできた。仁伍の肩に当たり、手が離れる。弓を射た男が駆け寄って刀を振りあげると、仁伍は這いずり、自ら崖下に落ちていった。

稲姫は独り逃げた。墓標のように木立が並び、道がわからない。

笑い声とともに、前に影が二つ、現れた。稲姫は懐刀を抜いた。

「ち、近づかないで」

二つの人影が不思議そうに問う。和人の言葉だった。

「娘、和人か？」

「どうなってんだ。頭《かしら》を呼べ」
七、八人ばかりを引きつれ、頭らしき男が現れた。
「シラウキめ、逃げ足の速い奴」悪態をつき、頭は稲姫を見て声を裏返した。「驚いたなあ、ウェナイヌのシラウキに娘がいたとは」

脚絆と腹巻をつけ、顔は霧で見えない。背になにか長い筒状のものを背負っている。最初にシラウキを襲ったのはこの男だ、と直感が告げた。顔は見えずとも、強烈な殺気が感じられる。

嘘をついてもすぐに勘づかれるだろう。怒らせぬほうがいい、と稲姫は判断した。

「む、娘ではありません。わたしは蠣崎季廣が次女、稲。手出しすれば、夷嶋の全兵を敵に回しますよ」

一瞬の沈黙ののち、破裂するような笑い声が轟いた。

「これは、御無礼つかまつった！　アルグンの奴が、アイヌが大館から蠣崎の姫を攫ったと報せてきたが、まさかシラウキの仕業《しわざ》だったとは。大変な御労苦と察する」

綺麗な武家言葉だ。蠣崎の動静を的確に得ていることからも、野盗の類ではない。

「あなたをシリウチに留め置かなかったのは、シリウチが陥《お》ちても全滅を避け、あくまで抗戦するためか。チコモタインめ、策士よ。まあおれの知ったことではない」

「あなたは一体誰です」

男は答えず、部下たちに行くぞと声をかけ、歩きだした。

「じき日が暮れる。夜の山は、あなたには危険すぎる。ついて参られよ。おれは和人とアイヌのトゥミに興味はない。雨が止み、夜が明ければどこへなりとも行くがいい」

「素性も知れぬ者を、信じられるとお思いですか」

「好きになされよ。崖から落ちて死んでも、おれは一向に構わぬ」

男の痩せた背中が、濃い霧に包まれてゆく。

「おいでになれば、夜明かしに多少面白い話をしてさしあげられるだろう。ウェナイヌのシラウキと、チュプエムコの話を」

〈第三章〉 エサウシイ 享禄2年(1529)〜天文5年(1536)

一

北の果てへは二十日、東の果てまでおなじく二十日かかるという広大なその島には、ふたつの名前がある。

ひとつはアイヌモシㇼ。またはヤウンモシㇼ。

もうひとつは蝦夷《えぞ》ヶ島。

アイヌはアイヌモシㇼと呼ぶ。アイヌという言葉には「人間」という意味もあるから、「人が住む大地」だ。いっぽう和人は蝦夷ヶ島と呼ぶ。簡単に夷嶋（島）と呼ぶこともある。日の本から見て夷《い》すなわち東、狄《てき》すなわち北の果ての異民族、蝦夷《エゾ》が住む島だからだ。「日の本」とはなにか、と和人に聞いても明確な答えが返ることはほとんど、ない。

その嶋に、和人の暦で享禄《きょうろく》二年（一五二九）だという今年も、遅い春は訪れた。

十五歳のシラウキは、白く濁る大澗湾《おおまわん》を右手に、コブシの花咲く海沿いの道を南へ向かっていた。磯の香り、そして嬉しい報せに胸を弾ませながら。

身長は五尺七寸（約百七十二センチメートル）を越えて伸びつづけ、手足も長い。うねる髪は肩ほどの長さで、髭はまだ薄かった。姉が刺繍をしてくれた藍色の鉢巻《マタンプシ》をあげ、樹皮衣の上に文様を刺繍した藍染めの木綿衣《チヂリ》を重ねて着ているのは、姉が「和人に舐められぬよう、上等な身なりで行け」と言ったからだ。シラウキを産んでほどなく母が病で死に、姉は母のぶんも二倍働いている。

向かうのは、シラウキが住むエサウシイから南へ二里半、和人の住む勝山館《かつやまだて》である。和人のおおくは渡島半島の海沿いに住んでいて、勝山館はそのなかでも最北端、アイヌの住む場所と混じり合っている。シラウキはその勝山館で十日に一度たつ市に、頼まれたものを買いに行く。

太い眉の下の伏し目がちな大きな眼が、湊へ戻ってくる無数の漁舟をじっと見る。

「姉さんの土産に、青い硝子玉を買ってやろうか。ニシン《ヘロキ》のほうがいいかな」

着飾るより食べることが大好きな姉は、ニシンのほうが喜ぶかもしれない。それとも、魚はわざわざ買うものじゃないと怒るだろうか。

海面が白く濁っているのはニシンの群れがいる証だから、夜明け前から刺網漁の丸木舟が湾にたくさん出ていた。アイヌはキュウリウオを春の魚《パイカハチエヘ》と言うが、和人は鰊《にしん》を春告魚と呼んで喜ぶ。

浜で和人の女たちが作業歌を歌い、戻ってきた舟に走り寄ってゆく。

〽破れ褌は将棋の駒サ　ぽろりこぼれりゃ金の山

舟の鰊を木箱や籠に積み替える歌だ。

父はよく、こう言う。

「母さんは、お前を産んですぐ死んじまった。母さんは歌の名手で、お前はその声を継いでいる。だから歌ってくれ。弓や剣なんざせんでいい」

シラウキはアイヌの物語や歌が好きだ。男が炉辺で夜通し語る長大な叙事詩《ユカラ》、女が語る神謡《カムイユカラ》や昔話《ウウェペケレ》はほとんど暗記してしまった。常套句を用い、炉でお婆さんが「むかし私はね……」と登場人物となって語るのも耳で覚えた。語ることとはべつに、自分の旋律に気持ちをのせて歌う即興歌にも、ちかごろは心惹かれる。

シラウキと違って物語るのが苦手な姉は、よくこう言って笑う。

「あんたの記憶力は恐ろしいほどだ。海や山のカムイや人の英雄も、怪鳥も魔神も。すべてがシラウキの中に住んでいるよ」

ちかごろは和人の歌にも興味がある。このあたりに住むアイヌはたいてい、和人の言葉もわかる。年寄りは嫌がって覚えないが、若い者は和人との交易に必須と考えている。

シラウキは笑って、浜女の旋律で替え歌をつくった。

〽破れ褌の中身は子熊《ヘペレシノッペ》のおもちゃ　食いつかれりゃ金玉千切れるぞ

大澗湾へゆったりと流れこむ天の川の向こうに、夷王山《いおうさん》が見えてきた。大山まるごとが勝山館、すなわち城だ。和人の大将である「御屋形さま」が住む大館につぐ大きな城で、難攻不落と言われている。夷王山の隣山の古館（花沢館《はなざわだて》）とともに、木を伐り、山肌を削っていくつも曲輪を造ってある。曲輪ごとに見張りの櫓を立てて、周りを堀で囲んだ城はじっさい、敵を幾度も退けた。

敵とは誰か。

和人よりずっと前からこの大地に暮らす、シラウキたちアイヌのことだ。

むかしから、ヤウンモシリに「和人」はぽつぽついた。海峡を渡った津軽半島に十三湊《とさみなと》という大きな湊があって、和人たちは自在に海を渡ってきた。大和朝廷から流された罪人、あるいは征夷大将軍・源《みなもとのよりとも》頼朝に「征伐」された奥州藤原氏《おうしゅうふじわら》とその家人たち、あるいは砂金を求める金掘衆が、それぞれの事情で夷嶋へ渡り、住みつく者もおおくいた。

彼らは渡党と呼ばれ、寒さの厳しい大地で生きるためにアイヌと交易をした。

和人の「武士」が大挙してやってきたのは、長老たちの話が正しければ、いまからわずか百年ほどまえのこと。安東太《あんどうた》（安東政季《まさすえ》）という偉い士《さむらい》とともに郎党がたくさんやってきて、渡島半島の海ぞいに大館、花沢、脇本《わきもと》といった和人風の呼び名の十二の館、すなわち城を建てはじめた。後年、安東太は海峡を渡って帰っていったが、おおくの武士が夷嶋に残った。その代表が、大館を治める蠣崎《かきざき》氏である。

アイヌのあいだでよく言われる和人の悪口は、こうである。

「親分の安東が隣の島《サモロモシリ》（本州）へ帰ったというのに、子分の蠣崎は居残ってやがる」

長老たちの話では、はじめアイヌと和人はうまくやっていたという。

だが和人の数が増え、土地を開拓して城館を建てはじめると、アイヌの陸海の猟場《イウォル》が侵され、争いの種となりはじめた。

両者の争いは、和人の暦で長禄《ちょうろく》元年（一四五七）、頂点に達した。

コシャマインの蜂起である。

嶋に名を轟かせた大長・コシャマインが率いる大軍勢でも、花沢館は陥ちなかったそうだ。

以来、夷王山の麓を流れる天の川は、和人とアイヌの境目である。

シラウキは天の川を渡り、山麓の市へと向かった。

アイヌは和人の作る鉄、鍋をはじめ太刀や小刀、鏃が必要だったし、和人はアイヌの獲るさまざまな毛皮や鮭、昆布、矢の尾羽が必要だった。コシャマインの因縁はあれど、しぜんと市は賑わった。

道の端々に筵を敷き、呼びこみの声がかかる。とれたてのイワシやカレイ、初物のアワビまで並べて、魚以外にも大館から運んできた着物や、漆器や陶器などの日用品が山と積まれていた。シラウキは黒く輝く漆器が大好きだ。金で模様が描かれた漆塗りの杯を通りがけにうっとり眺めた。

市は小袖姿に髪を結った和人がおおいが、刀帯に太刀をさげたアイヌの男も数人いる。冬に獲った毛皮などを舟に積んで売りに来るのだ。

「お前、タナサカシの息子だろう」

そのうちの一人、豊かな髭と背中まである髪の男がシラウキを呼んだ。別の集落のアイヌで、市でなんどか見た顔だ。

彼は眉を深く寄せ、囁いてきた。

「今日ははやく帰ったほうがいい。親父どのにも知らせろ」

「なにをだい？」

「一昨日からどうも、和人の兵がおおい。なにかある」

男は市の端をちら、と見た。刀鍛冶の開いた店先で数人、和人の兵が談笑している。彼らが曳く馬にはキビやヒエの入った袋が山と積まれていた。

因縁をつけられるのは嫌だが、シラウキも用事がある。男に礼を言って刀鍛冶のほうへ歩いて行った。男はなんども「気をつけろよ」と言ってくれた。

禿げ頭で痩せぎすの鍛冶屋の店主へ、シラウキは笑顔を浮かべた。

「切れ味のいい山刀が二本欲しい」

あえて流暢な和人言葉を聞かせるように大声で喋った。とたん脇にいた兵たちがどっと笑う。シラウキはそちらを見ない。

店主は、おどおどとシラウキと兵を交互に見た。

「戦さに使うのじゃ、ないですよね。夷狄《エゾ》に太刀は売るなと御城主さまに言われとるんで」

和人はアイヌのことを「夷人」や「夷狄」と書き、エゾと呼ぶ。夷とは東方の、狄は北方の野蛮人という意味だ。その名で呼ばれたいアイヌなど一人もいないが、いまは揉めたくないからシラウキは笑みを浮かべたままでいた。

「違うよ。熊送り《イオマンテ》に使うんだ。おれが育てた子熊だから、丁寧にカムイモシㇼに送ってやりたい。いくらだい」

和人の兵の一人が、横合いから口を出してきた。

「十貫だよなあ、親父。夷狄に払えるのか」

いくらなんでも高値すぎる。店主は小声でシラウキに言う。売れるものなら売りたいが、揉めごとは避けたいという葛藤がさがり眉にありありと浮かんでいた。

「一本二百文ですんで……御銭《おあし》さえ払ってくれるんなら」

「銭はあるよ。ありがとう」

和人の兵の態度よりましだが、これでもまだ吹っ掛けられていると思う。だがシラウキは言い値で銭綴りを店主に渡した。銭と引き換えに受けとった真新しい山刀を二本、裂に包んで背負い袋に入れたところで、和人の兵がまたどっと笑った。

「志海苔《シノリ》のオッカイみたいにやっちまえばいい！」

シラウキは、さっと怒りの眼差しを向けた。

「……静かに立ち去ってやろうと思ったのに」

シノリのオッカイ。すべてのアイヌが心に刻む言葉だ。

約七十年前のコシャマインの戦い。アイヌと和人の長い対立の一端となったこの合戦は、シノリの鍛冶屋がアイヌのオッカイ、つまり青年から刀の代金を騙しとり、怒ったオッカイを殺したことが発端だった。アイヌには貨幣の概念がないから、和人との交易にはつねにこういう嫌がらせがつきまとう。それを見越したであろう父は、今日は銭を持っていけと、どこかで手に入れた宋銭を、しかも欠けのない良貨を持たせてくれた。

だのに和人がこうして、蒸し返す。

大長・コシャマインの呼びかけで東岸（太平洋側）は鵡川《ムクアプ》、西岸（日本海側）は余市《イヨチ》までのアイヌが蜂起した。

十もの館を陥落せしめたコシャマインは、しかし敗れた。

卑怯なやりかたで、騙し討ちにされたのだ。

和人の惣大将は、武田信廣《たけだのぶひろ》という武士だった。もとは牢人にすぎず、この戦いで花沢館主・蠣崎季繁《すえしげ》の娘婿になった。

神速で押し返した武田信廣は宇須岸近くの七重浜でコシャマインと決戦に及んだが、勝敗がつかなかった。そこで信廣が矢留め、すなわち停戦を騙ってコシャマインを呼びだし、コシャマインと息子を討ちとった。

アイヌにとって、コシャマインやシノリのオッカイは決して忘れられぬ。その語《ことば》を出して蔑む者を、決して許してはならぬ。長老たちはそう語り継ぐ。

目を血走らせた和人の兵がシラウキを取り囲む。黄ばんだ歯を剝きだし、煽ってきた。

「コシャマ犬《いぬ》がどうなったか、知らぬではあるまい」

こめかみが激しく脈打つ。こいつらは人の名を正しく呼びすらしない。男性名の〜アイヌをもじってわざと「犬」と変える。

「黙れ。アイヌは今度こそ勝山館を陥とす」

言うや、横っ面を殴られた。鼻血が出た。シラウキも腹へ膝蹴りを二発ぶちこんだ。すぐに二人がかりで羽交い締めにされ、背中から重い一撃を食らう。鑓の柄で殴られたのだ。脳天が揺れ、足がふらついたがなんとか立った。

「狸《モユク》の屁ほどでもねえぞ」

ただの喧嘩と違って加減がない。脳天や、腹を力いっぱい殴られ、シラウキは膝をついた。頭が割れ、目に血が入る。内臓がねじれる感覚にまずいなと思ったとき、敵が刀を抜いた。遠巻きに見ていた者たちからも、ざわめきが漏れる。

「陣触れが出たんだ。今日殺《や》るのも、幾日後に殺るのも、変わんねえよ」

朧《おぼろ》な視界に刀を振りあげる和人が映り、あのオッカイもこうやって死んだのかと思った。

海風が、さっと吹く。

胴間声が飛んだ。

「ようシラウキ。でかい図体でだらしのねえ」

声のしたほうを見遣ると、さっきのアイヌの男と鍛冶屋の店主が先導し、若い男が五人ばかり、勝山館へつづく坂道を降りてきた。目を眇《すが》め、顔ぶれを確かめた瞬間、安堵の息が漏れた。

「次郎《じろう》」

若者はみな和人で、シラウキとおなじ、十五、六歳、元服したばかり。先頭に立つ青年、次郎が手を挙げた。身長は五尺五寸（約百六十七センチメートル）と和人にしては高く、丁子《ちょうじ》染《ぞめ》の素襖《すおう》の上半身を脱いで、芥子《けし》色と弁柄《べんがら》色の片身がわりの小袖を見せている。細面に並ぶ切れ長の目を動かし、次郎はすぐに事態を把握した。

「城下の乱暴狼藉は常なら検断《けんだん》奉行に裁かせるが、ちょうど腹が立っている。加勢するぞ」

次郎の一言で、仲間が坂道を走りおりる。和人の兵たちは彼らが加勢してくれるのかと一瞬勘違いしたらしいが、次郎は高く跳んで、刀を構えた和人の兵の腕を蹴った。

「蠣崎次郎。友のため参る」

次郎は、夷嶋守護・蠣崎義廣《よしひろ》の甥。御一門衆である。勝山館主だった実父がはやくに死んで、家臣が養父兼城代をつとめているが、ゆくゆくは勝山館を継ぐと見なされていた。連れているのは、おなじ年頃の家人の息子らである。

名を聞いて和人の兵たちは仰天し、慌てて馬に乗って逃げだした。

熊の毛皮の羽織を着た一人が「卑怯者」と追いかけたが、次郎が止めた。

「捨て置け権蔵《ごんぞう》。あとでつきとめ、責は取らせる」

「おうよ」

背のすらりと高い男がシラウキの横に膝をつく。鉢巻を汚さぬように外し、竹筒の水で傷口を洗い、手拭で額を縛ってくれた。勝山館の武士の息子で、紺平八郎《こんへいはちろう》といった。

「派手にやられたのう。可哀想に」

「ありがとう平八郎」

困りごとがあればおれに報せろと野次馬を安心させ、次郎が戻ってきた。

「お前、ぼうっとしすぎだ。先手を取らねば負けると教えたろう」

そういう次郎の右目の上も殴られたのか、真紫に腫れあがっている。

「その目、どうしたんだ」

「ここは人目がおおい。いつもの飯屋で話す」

アイヌの男と鍛冶屋の店主に礼を言い、シラウキは次郎たちとともに市を離れた。いつものごとく、天の川のほとりの掘っ立て小屋へ足を向ける。和人の婆さんとアイヌの娘がやる飯屋で、二人の間柄はわからないが、婆さんの作るヒエ餅を、娘が作るニシンの汁《オハウ》に浮かべて食うのが滅法美味い。

今日も飯屋はがらんとしていた。次郎は床几《しょうぎ》に座ると、大きな声で言った。

「婆さん、オハウを六人分」

「へえ。毎度」

ほどなく餅が浮いたニシンの汁を、娘が持ってきた。無愛想でまったく喋らないが、この日はじめて入墨の施された口を開いた。和人の言葉だった。

「あんたたち仲良しなのに、喧嘩したの」

シラウキが次郎たちと知り合ったのは二、三年前のこと。やはり市で、和人の子とアイヌの子が喧嘩になった。理由はもう覚えていないが、シラウキと次郎はそれぞれの大将格だった。浜辺で合戦の真似事をして決着がつかず、腹も減り、この飯屋で飯を食ったら揉めごとなど忘れてしまった。

湯気の立つ汁を啜り、次郎はむっつりと言う。

「違うわい」

それ以上次郎が説明しないので、平八郎が愛想よく後を継いだ。

「義父《おやじ》さんに盾ついたから殴られたのですよ。おかしいでしょう。オハウ、美味しいです。ありがとう」

こういう気遣いができるため、平八郎は女にもてる。娘は口を動かしかけたが、変な顔をして土間へ引き返した。

みなで額を突き合わせる。さっき兵を追いかけた熊毛の羽織の青年が言う。ずんぐりむっくりと小柄で、子熊のような丸顔。権蔵といい、猟師の顔役の息子だ。

「天の川からこっちへは、しばらく来ないほうがいいぜ、シラウキ」

ほかの青年たちも神妙な顔をして頷く。シラウキは訳を問うた。

「陣触れが出たと兵が言っていたが、本当か。去年みたいな戦さになるのか」

コシャマインの蜂起以来、アイヌと和人の争いは絶えることがない。去年の夏も、セタナイとオサマンペのアイヌが蜂起した。エサウシイは長であるタナサカシが決断し、蜂起に加わらなかった。和人にいくつか小屋を焼かれたが、人は死ななかった。だから今日もシラウキは市に来られた。

次郎は餅を飲みこんで、げっぷをした。

「陣触れは、大館の本家が勝手に出した。去年の戦さと飢饉が尾を引いとるのに、愚策極まるとはこのこと」

「何処《どこ》を攻める」

「エサウシイ」

「なぜだ」シラウキの声はうわずった。「去年の戦さ、おれたちは無関係だ」

宥《なだ》めるように、次郎が肩に手を置いてくる。

「だからだ。和人も一目置くアイヌの顔役であるエサウシイのタナサカシが、去年はなぜ起《た》たなかった。本家は、タナサカシこそがアイヌの惣大将で、大戦さの準備をしていると睨んだ」

タナサカシは元々エサウシイより北のセタナイの生まれで、若いころエサウシイに移り住んだ。そのためセタナイや西岸の村々に顔が利き、勇敢な長と尊敬を集めている。

「十日後、大館から兵が着到し、勝山《われら》も同陣する」

「そんな……熊送りどころじゃない」

熊送りがあるのか、と次郎は眉を顰めた。

「アイヌが熊送りをするのは通例冬だろう。春にやるなど聞いたことがない」

次郎の言うとおりだ。今回の熊送りはシラウキの姉の夫、義兄のタリコナが十日ほど前急に言いだし決まった。

イオマンテとは、「飼い熊の霊送り」の儀式である。春先の穴熊猟で母熊を獲ったあと、アイヌは残された子熊を一〜二年、大切に養育する。その後冬に盛大な儀式で子熊の魂を神の国《カムイモシリ》に送りかえすのだ。前夜祭と本祭の二日間、村は歌い踊りつづけ、長い冬の楽しみにもなっていた。

「たくさんの御馳走と贈り物を持たせて、カムイモシㇼに送るんだ。次郎たちにも見せたいな」

シラウキも、次郎たちに祭りの盛大さを常々自慢した。

それを聞いたのか、普段は無口な父・タナサカシが、昨晩突然言った。

「和人の友がいるそうだな、イオマンテに客人として呼ぶといい」

夜、男衆が集まる炉の下座に座ったシラウキは、驚いた。炭がばちんと弾け、父の隣に座った娘婿のタリコナが、不快感をあらわにする。

「和人など呼んで、大事な儀式を台無しにされたらどうする、舅《しゅうと》どの」

ほかの男たちも、和人を呼ぶのは反対だと、タリコナに同調した。

タリコナは唐渡之嶋《からと》（のちの樺太《からふと》）のアイヌで、流れてきたのを父が気に入り、姉の婿になった。各地を放浪していただけあり博識で、樺太や千島、大陸にまで知己がいるらしい。なにより弓を引かせれば無双の腕を誇った。タナサカシにあやかった名をもらったタリコナは、つぎの長として遇され、男たちの支持も厚い。

半眼を閉じた父の頬を、炎が赤々と照らしている。

「相手を知らぬことは、敵を増やすことだ」

それでもタリコナは頷かず、ついに父も譲歩し、子熊を送る本祭ではなく、酒を捧げ火の神への祈禱をする前夜祭なら和人を呼んでもよい、ということになった。

前夜祭の招待についてシラウキが話すと、みな困ったように顔を見合わせた。当然だ。戦さを控えた敵方の集落を訪ねて行くなど、人質にとってくれと言っているようなものだ。それはシラウキにもよくわかる。本来なら嬉しい報せも、空しいだけだ。

「すまん、このことは忘れてくれ。おれは帰るよ」

次郎が鰊汁を飲み干し、言った。

「おれは行くぞ」

権蔵たちが目を丸くして止める。

「殿が御許しになるはずがない」

「アイヌに捕まったらただではすまぬ。命を取られるかも」

「ならお主らは来んでいい。お主らの親父どのの立場が危うくなる。おれ一人でゆく」

六人分の飯代を数えて婆さんに渡し、次郎は店を出て城のほうへ歩きはじめた。シラウキたちは慌てて後を追う。

次郎は路傍《ろぼう》の石を蹴った。

「義父《おやじ》などとっとと死ねばいい。エサウシイのタナサカシとはいちど腹を割って話してみたいと思うておった。恐らく春にイオマンテを行うのは――」言いかけてやめる。「いま話すことではないな」

もしかしたら、とシラウキは次郎の腫れあがった横顔を見る。勝山城代である養父に戦さをすべきでないと進言し、殴られたのかもしれない。

天の川の岸辺で別れるさい、次郎は白い歯を見せ笑った。

「シラウキ、村でなにかあったら、おれを守れよ」

天の川の河口は春の陽を浴び、二羽の海猫が戯れながら、シラウキたちの頭上を悠々と越え、霞む海の先へ飛んでゆく。迷うことなくシラウキは頷いた。

「もちろんだ」

二

翌々日昼すぎ、次郎はほんとうにエサウシイへやってきた。

しかも平八郎と権蔵もついてきた。どうしても供《とも》をすると言って聞かなんだ、と侍烏帽子に括《くく》り袴《ばかま》姿の次郎は、村の入口で肩を竦《すく》めた。右目の腫れは引いていた。平八郎と権蔵も、いつもよりこざっぱりした身なりをしている。

「紺家は武田信廣公に取り立ててもらった、蠣崎に大恩ある家。次郎が行くなら、おれも供をするが筋じゃ」

「おれは猟師だから、一度アイヌの解体法《ばらし》を教えてほしいと思ってたんだよなあ」

気負う平八郎と、興味本位の権蔵、次郎を守りたい気持ちはおなじだ。

シラウキは嬉しくなって三人に飛びついた。

「よく来てくれた。みんな喜ぶよ」

すでにおなじ年頃の青年や娘たちは、遠巻きにちらちらとこちらを窺っている。平八郎が微笑んで女子に手を振るが、女子は平八郎ではなく権蔵に熱い視線を送った。

「なぜじゃ」

平八郎は悔しがり、奥手の権蔵はもじもじと次郎の後ろに隠れてしまう。シラウキは噴き出した。

「アイヌでは手先が器用で、狩りが上手い勇敢な男がもてる」

エサウシイは海に向かって突きだした地形と鴎島《かもめじま》（弁天島）が浅瀬で繋がり、天然の良港である。樺太や千島のアイヌ、遠くは山丹の黒竜江（アムール川）の女真族の船もやってくる。それぞれの顔つきや服装、言葉はよく似ていて、すこしずつ違った。張りだした山裾から湊の近くに集落は集中して、おおいときで三百人ほどが暮らす。

村は儀式の準備の真っ最中で、中心部では祭壇となるヌサの設《しつら》えが行われていた。

ヌサに敷かれるオヒョウで模様を編んだ花茣蓙《チタラペ》へ、次郎が吸い寄せられるように歩いてゆく。ミズキやヤナギの木をさまざまに削ったイナウに興味をもったらしい。アイヌの男がイナウを作るのを見せてくれた。六尺ほどに伐った枝の上半分の外皮を剝《む》き、頭印を刻む。三か所から木肌を薄く削った長い「削りかけ」を作り、三つの房《ふさ》にして束ねる。目的や用途に応じて削る向きを変えたり、削りかけのものを縒《よ》ったり、短い刻みや印を入れたりとさまざまなイナウを定められた数用意する。

イナウケマキリを手前にすう、と動かせば白い木肌がくるくると削られるのに、次郎は感嘆の声をあげた。

「よい手際だ。なるほどこれをあの茣蓙の場に捧げ、清めるのか。紙垂《しで》とおなじような役割だろうか」

イナウを削っていたアイヌの男はほう、と次郎を意外そうな目で見た。イナウはカムイへの捧げ物であり、イナウを通じて普段は見えないカムイに言葉を届けることができる。

「すこしは考えのある和人もいるものだ」

「一口に和人と言っても色々ある。アイヌ人《びと》がそうであるように」

「たしかにそうだ」

あれはなんだ、これはなんだ、と次郎はつぎつぎ質問してきて、シラウキは説明に苦労した。やがてヌサの九つのカムイに捧げられた九本のイナウの真ん中に男たちが拝礼《オンカミ》して置いた、一間（約百八十センチメートル）以上もある高い二叉の枝に、次郎は目を留めた。

「あの枝は二叉の部分になにか掛けるのか？」

次郎がアイヌの大切な儀式に興味を持ってくれることが、嬉しい。そういえば、シラウキは和人の神についてあまり知らない。武士が好んで拝む八幡神や衆生を救ってくださる仏という神について、こんど聞いてみようと思った。

「あれはユクサパオニ。本祭で熊の頭骨を安置するんだ。そうだ、いまのうちにチュプエムコに会いに行こう」

広場の向こう、高床式に丸太を組んだ檻《ヘペレセッ》に、送られる熊、チュプエムコがいる。シラウキがちかづいていくと、ムームーと甘えた声をだして、檻に手を掛けて鼻づらを突き出す。

チュプエムコは二歳の雌熊である。

頭から尻まで三尺六寸（約百九センチメートル）、体重は二十二貫（約八十二・五キログラム）と、三、四歳の成獣よりふた回りほど小さかった。

まっさきに権蔵が声をあげた。

「おう、立派に肥えて。大事に育てられたのう」

「まだ子犬くらいのころから、おれがとぎ汁を飲ませて育てたんだ。胸元に半月みたいな銀の差し毛があるだろう？　だから半月《チュプエムコ》」

「めんこいなあ、チュプエムコ」

権蔵は猟師の息子だから手慣れたもので、拳を差し出して自分の匂いを嗅がせ、チュプエムコが安心したのを確かめると、胸の銀の差し毛を掻いてやった。喉を鳴らし、チュプエムコは気持ちよさそうに小さな目を細めている。

「ほれほれ、ここがええか」

シラウキは、遠巻きにしている次郎と平八郎を見た。

「おっかないのか？　武士の子だろう？」

「こ、怖いことなどないわい」

そろそろと近寄って、警戒したチュプエムコが鼻に皺を寄せると、平八郎はざっと飛びずさった。見ていた子供たちが声をあげて笑う。小さな女の子が椎の実を平八郎に渡した。

「ニセウ」

チュプエムコがくれ、とねだる声をあげる。

「ニセウ？　どんぐりのことをアイヌの言葉ではそう言うのじゃな」

おそるおそるどんぐりを握った手を差し出すと、チュプエムコは喜んで実を食う。かりかり、と器用に噛む音を聞いて、平八郎の表情が和らいだ。

「言葉もわかるのか。ニセウと聞いたら耳が動いた」

「いくつかはわかる。もうやらないが、ちいさいころは相撲《ウコテレケ》もした。ちゃんと手加減をする」

「なんと。賢いのだなお前」

次郎だけは離れた場所から、じっと檻の中のチュプエムコを見つめていた。

「わざわざ殺生するのは、どうもな。和尚は殺生はいかんと仰っておった」

シラウキには、次郎の戸惑いがわからない。

「まえも説明したじゃないか。魂をカムイモシリに送るんだ。肉や皮、内臓も一切無駄にしない。カムイたちの贈り物だから、腹を満たしてくれる」

アイヌの世界では天《カント》からカムイの魂が人の世界に現れるとき、熊ならば黒い衣、狐なら赤い衣というように、それぞれの衣、すなわち肉体を纏い動物の姿になって現れる。その衣はなんどでも得ることができ、人間に恵みとして与えることができる。動物のカムイが人の世界を訪れることを「稼ぎにゆく《イラウケトゥパ》」という言葉があるくらいだ。

自分を納得させるように、次郎は首を振った。

「お主らには、お主らの考えがある。それを神仏の教えで否定するのは身勝手か」

そんなとこにいたのか、とアイヌの言葉で声が飛んだ。振り返ると、タリコナがやってきた。長い豊かな髪に、アイヌには珍しく切り揃えた髭をしたタリコナは、三人の和人の青年を上から下まで舐めるように見、次郎の目の前に立った。アイヌの言葉で言い、顎をしゃくる。

「本当に来るとは勇敢なのか、阿呆《あほ》なのか。ポロチセへ来い。長へ挨拶をしろ」

言うや背を向け、歩きだす。シラウキたちもつづいたが、権蔵が平八郎に耳うちした。

「感じの悪い男じゃ」

先を進むタリコナが和人の言葉で釘を刺す。

「聞こえているぞ。お前らの言葉はわかる」

「ひえっ」

ポロチセは長であるタナサカシの住む家であり、集会所も兼ねている。前夜祭はここで行われる。入口の蓆《むしろ》を潜《くぐ》り中に入った次郎たちは、五十畳ほどもある広さに驚いたのか、木組みの天井を見あげた。最も高い棟木まで二間（約三・六メートル）ほどもある。

「これはもう御殿じゃな」

太い丸太で柱や梁を組み、壁や屋根をヨシで覆ったチセは、たとえば隙間風の吹く婆さんの飯屋よりずっと温かく、窓から差しこむ日で明るい。土間式の室内は茣蓙を敷いて、中央に大きな長方形の炉がある。アイヌの生活はすべてこの炉を中心に動く。

シラウキは正面の一番大きな窓を指した。

「ロルンプワラといって、カムイのための窓だから、人は覗いてはいけないよ」

「心得た」

もう一方の窓には、中の様子を見たがって村人たちが押すな押すなの騒ぎである。

横三尺六寸（約一・一メートル）、縦二間（約三・六メートル）ほどの炉の、左奥の上座に、父タナサカシが座って待っていた。樹皮などで編み、削りかけで飾った儀礼用の冠《サパンペ》を被り、白髪交じりの髪と髭に顔が覆《おお》われている。黒の木綿衣には、珍しい朱の裂の切り伏せ文様が縫いつけられている。父の、次郎たちへの敬意の表れだ。

父は、手をゆっくりと動かし、炉の逆側、客座を勧めた。

「エオロハンケコ」

「遠いところよく来た、と言っている」

客座に進んだ次郎は、刀を取って平八郎に渡した。手をつかずに武士風に胡坐をかいて座り、素襖の袖をさっと払った。拳を前につき頭を深々垂れる。

「蠣崎義廣が甥、蠣崎次郎と申す。此度《こたび》は格別の御厚情、深甚《しんじん》にて候」

平八郎と権蔵も、次郎の後ろにおなじく胡坐で座った。迷った末、シラウキはもっとも下座に控えめに座した。権蔵が背負っていた風呂敷を置き、中から行器《ほかい》を取り出す。外で「シントコだ」と声があがる。アイヌは和人から得た行器を宝《イコロ》として大事に扱い、シントコの数は家の格を表すとされる。いまも父の背後の部屋の角、神聖な場所とされる宝物置場には蒔絵や家紋などが記された黒漆の行器が山と積まれている。

平八郎が行器を押し出した。下座に控えたシラウキは、両者の言葉を交互に訳す。

「大長どのへ、お納めくだされ」

「遠慮なくいただこう」

タリコナが嬉しそうに受けとり、宝物置場に運ぶ。

タナサカシは灰色に濁った目を見開き、ゆっくりと言った。

「宝物はいらぬのだ」

訳しながらシラウキは、父の声が震えていることに気づいた。

「わしらの言葉に耳を傾けてほしい。そして知ってほしいと願っている。息子がお主の話を楽しそうにするのを見て、お主ならと思った」

炉の熾火《おきび》がしゅうしゅうとかすかな音を立てる以外、言葉が途絶えた。

長い沈黙ののち、次郎は口を開いた。

「若輩なれど、某も大長とおなじ思いでおります。蠣崎本家とおれは違う。シラウキは友です。おれたちは互いの声を聞き、知るべきだ」

訳しながら、胸が熱くなった。

水を差したのはやはり義兄だった。

「和人はあとから来た。元の土地へ帰ればいいだけのこと」

タリコナがさらに言葉をつづけようとしたのを、父が遮った。

「次郎よ、今日は楽しんでゆきなさい。我らは客をもてなしたくて心待ちにしていたのだから」

次郎の口元がほころんだ。

別のチセから、女たちが酒を醸す歌が聞こえてきた。

「かたじけなし」

前夜祭がはじまる。

前夜祭は、火の神に対するカムイノミからはじまる。

炉の四方にイナウを一本ずつ立て、祭主すなわちタナサカシの座には逆さに削った捧げ台となるイナウ（チェホロカケプ）を立てる。

神窓に面した座は花茣蓙を敷いて、供物が備えられる。イナウと、酒粕《シラリ》の膳《オッチケ》、捧酒箸《カムイノミパスイ》を渡した漆塗りの椀《トゥキ》などが用意された。

酒をそそぐ役目の女性《イヨマレクル》が小樽に酒を運んできて、まず祭主であるタナサカシ、ついでタリコナと男衆、ついで客座についた次郎たちの椀に酒を注いでゆく。炉では火が勢いよく燃え、集まった三十人ばかりの人いきれで蒸していた。

まず祭主がパスイで酒粕をすくってイナウに載せ、火の神によい酒ができたことを報告する。それから酒器とカムイノミパスイに持ち替え、唱えごととなる。

父の低く、それでいて柔らかなたゆとうような声が、祈りを紡ぐ。

大きな声ではない。呟くような声は狐の甲高い鳴き声に、川のさらさらと流れる音に、狼の吼え声にとつぎつぎ形を変えてゆく。

「今から　明日まで　私たちのする祈り　祈りでも　何でも　神々が　よく見守って　下さって　無事に　終わるように　見守ってくださるように……」

祈りはつづき、人々は順繰りに重ねた椀を載せた膳を回し、カムイノミパスイで酒をさまざまなカムイに捧げて祈るのだが、タリコナは順番を変え、膳をまず次郎に回した。

「蠣崎どのは夷嶋守護といって、偉い血筋のかた。祭主のつぎに祈るがよいだろう」

侮蔑の色を浮かべた無数の目が、次郎たちを見る。嫌がらせだ、とシラウキは義兄を睨んだ。作法を知らぬ次郎に恥をかかせようというのか。膝を浮かせたとき、次郎の声がした。

「無作法のほど御寛恕《ごかんじょ》を」

十寸ほどの長さの板状で、鱗文様などが刻まれたカムイノミパスイは、酒をすくうために先端が薄く窪んでいる。漆塗りの椀にこれを渡し置いて一度頭上に掲げる。つぎに右手でカムイノミパスイの尻を持ち、左手に椀を持つ。カムイノミパスイの先で酒をすくい、炉の火の上で先端を左右に揺らして、煌めく酒の雫《しずく》を振り落とした。

火の神が応えるように、炎が鮮やかに踊った。

「ばかな」

囁きが聞こえた。義兄がこちらを睨んだが、シラウキは首を横に振った。自分ではない。父の声がする。

「次郎、シラウキを連れて神窓へ回ってくれるかね」

「はっ」

いったんチセの外に出ると、白波の立つ海は、日暮れどきの斜陽に輝いていた。

「お前なあ」次郎が大仰に溜息をつく。「作法を教えておいてくれよ。恥をかかされるところだったぞ。糞っ、タリコナあいつ、いつかほえ面かかせてやる」

シラウキは素直に謝った。

「ごめん。義兄さんがあんな意地悪をするとは、考えが足りなかった。でもどうやってパスイの使いかたを知ったんだ?」

「造作もない。勝山館にもアイヌは住んでいるし、飯屋の娘にも尋ねた。備えあれば憂いなしだ。祈りの文言は、自分で考えないと意味がないらしく残念だ。つぎこそは」

シラウキの感嘆の眼差しに、次郎は居心地悪そうに首筋を搔いた。

「おれはお前の姉に挨拶したかったんだよ。女は儀式には出られぬのか。和人もおなじだが、女をのけ者にして厭なものだ」

「カムイへの唱えごとは男の役割だから、のけ者にしているわけではないけれど……カムイノミが終われば御馳走が来るから、そのとき姉さんも来るよ」

神窓の前へ回ると、父が二本のイナウを窓越しに渡してきた。思わずシラウキは父に聞いた。

「いいのですか」

父は無言でイナウを差し出す。シラウキは次郎に説明してやった。

「イナウを子熊の檻に捧げる大事な役目だ。オンカミして受けとって」

頭をさげてイナウを受けとる。前夜祭の重要な役目に、自分と次郎が選ばれたことが嬉しかった。広場を横切り、二人は真っ直ぐ檻へ向かう。ふいに次郎が言った。

「軍備《いくさ》えをしているな。お前たち」

「えっ……」

「お前、ポロチセと檻と祭壇以外は案内するなと言われているだろう」

シラウキは黙る。次郎の言うとおりだった。騙すつもりはなかった。大人たちが次郎を見て、決心を変えてくれたらと願っていた。

急激に夕闇が濃くなる広場で、次郎の声だけが明瞭だ。

「よく聞け。冬にやる儀式を、なぜ急に春にやるのか。簡単なこと。熊の肝が高く売れるからだ。どうせもう、チュプエムコをばらしたあとの肝の買い手は決まっているんだろう。エサウシイも戦さのための銭が欲しいのだ」

熊の肝は、毛皮以上にアイヌに富をもたらす。それはシラウキも知っている。

和人は熊の肝を万病に効く薬として珍重し、ときには砂金以上の値がつく。チュプエムコの肝は、「京」というところへ運ばれると、タリコナが話していた。

「チュプエムコは銭のために殺される。おれが考えるに、和人が肝を買うからアイヌは古い風習を引き継ぎ、熊送りをはじめた。魂をカムイの国に送るとは方便だ」

「カムイモシリを方便とは、いくら次郎でもひどい」

「カムイの国などあるわけがない。アイヌも和人も莫迦《ばか》だ。父上の法要に来た高僧が仰っていた。殺生をする武士もアイヌも神仏の怒りをかい、みなひとしく地獄へ落ちると」

和人に殴られたときのように、目の前が真っ暗になった。

「地獄……」

子熊は親熊から預かったものとアイヌは考え、大切に育てる。最初に子熊に食事を食べさせ、食べ終わってから人の食事を作った。腹を壊した日は一緒の床で温めてやり、明け方まであやしてやった。そうやって大きくなったチュプエムコが、戦費のために殺され、カムイモシリへは行けないとしたら。

それどころか、カムイモシリが「ない」のだとしたら。

地面が崩れるような感覚に、シラウキは次郎の袖を摑んでいた。

「地獄ってなんだ。地下の国《テイネポクナモシリ》か」

アイヌにも、悪いことをした者や人を食った獣がゆく国がある。地下の、草木も生えないじめじめした淋しい場所で、二度と出られない。だが次郎は首を振った。

「そんな生ぬるいもんじゃねえ。閻魔王《えんまおう》に罪を裁かれ、永遠の責め苦を受ける」

「嫌だ、チュプエムコをそんなところへ行かせない」

ほとんど泣きながら叫ぶシラウキに、静かな声が返る。

「どうすべきかは、お前が一番わかっているはずだ」

呆然と檻にイナウを捧げ、ポロチセに戻ると、カムイノミは終わり、女たちが御馳走や酒を配りはじめていた。キビの団子《シト》、スケトウダラの塩煮、ヒメザゼンソウのおひたし。穫れたばかりの山菜の香りが満ち、厳粛な空気から一転して、チセには笑い声が満ちた。

権蔵と平八郎が団子を頬張り、美味いと笑う。

「とんでもない飯を食わされるかと思うた」

胸をなでおろす平八郎を、権蔵が小突く。

「阿呆だな平八郎。おなじ所に住んでいるんだ。獲れるものも食うものもおなじに決まっている。おれはオハウというのは体が温まって好きだ」

「言われてみればそうだな。醤《ひしお》か味噌味になるしょっぱい和人の飯より、元の味がよくわかる」

手拍子が打たれ、女たちがつぎつぎ歌を披露し、踊り《リムセ》をはじめた。鶴が翼を広げるのを真似た踊り、鯨《フンペ》の潮吹き歌、男が踊る弓の踊り《クリムセ》。すぐ権蔵と平八郎も見よう見まねで踊りの輪に加わった。

山盛りの団子を配っていた姉が、シラウキの顔を覗きこんできた。

「あんた疲れたのかね。顔色が悪いよ」

すかさず次郎が話に割って入る。

「姉上どのですね。シラウキから、あなたのことをたくさん話に聞きました。フキ穫りに行って沼にはまった話、狐に騙されて帰って来られなくなった話」

姉は顔を真っ赤にし、シラウキを叱りつけた。

「やだ！　あんたなに話してるの。罰としてなにか歌いなさい。歌えば元気になる」

「……糞をしてくる」

逃げるようにポロチセを出た。星空を見あげ、シラウキは考える。

イオマンテで送られる熊は、檻から出されて花矢を射られ、二本の丸太で首を圧迫して窒息させられる。熊の魂はカムイモシㇼで楽しく暮らし、ときどきまた地上に遊びに来ていると信じて疑わなかった。

もし、そうでなかったら。夜が明ければ本祭、チュㇷ゚エムコは「死んで」地獄に落ちる。

「チュㇷ゚エムコを逃がさなくては」


夜更けまで歌い、踊り、ポロチセは寝入る男たちのいびきに満ちている。

シラウキはそっと次郎の肩を揺すった。

次郎はすぐに目を開き、手元の刀をとった。眠ったふりをしていたのかもしれない。

「チュプエムコを逃がす。手伝ってほしい」

「よし」

寝こけている平八郎と権蔵を残し、二人はポロチセを出た。夜明け前、海鳴りだけが聞こえ、東の山々が形をとりはじめる。人の気配はない。

すぐシラウキに気づき、チュプエムコが腹が減ったと、甘えた声で鳴きはじめる。

「しーっ、静かに」

檻に登って昨日立てたイナウを外し、上部の丸太を二人で外す。出してもらえるのを察してチュプエムコがきゃっきゃと鳴いた。次郎がはじめて「めんこいな」と言った。

チュプエムコを連れ、黙したまま二人は山へ向かった。明け方のブナの林はすでに生き物の気配に満ちていた。小鳥が枝のあいだを飛びかい、遠くの峰で狼《ホロケウカムイ》が吠える。

二つ山を越え、沢を渡ったところで夜が明け、次郎がようやく口を開いた。

「和人の信じる仏教では、釈迦が一番偉い。人は死ぬと川を渡り、極楽往生するか、地獄へ落ちるか決められる。血の池や針の山、極寒の地獄など、罪に応じたさまざまな地獄がある。畜生地獄は、そのうちのひとつだ」

村にも和人の僧が訪ねてきて、「南無阿弥陀仏一百万遍功徳成就処」と書いた小札を配っていたのを思いだす。その札には「南無阿弥陀仏」と百万回唱えたにひとしい功徳があるらしいが、大人たちはみな「アミダブツ」という人は知らぬと、相手にしなかった。

南無阿弥陀仏と唱えれば極楽往生できるということなら、唱えないアイヌは、みな地獄へ落ちるのか。

はじめて、シラウキは生きていることが怖いと思った。

この世が怖いと思った。

拾った枝で、いきなり子熊を打った。

「行け、行けよ！」

枝を振り回すと、涙が溢れた。なにが悲しくて泣くのか自分でもわからなかった。

「そんなところに、行かせてたまるかっ」

チュプエムコはわけがわからず、短くウーウー、と鳴きながら、シラウキの周りをうろうろ歩き回る。金切り声をあげてシラウキが暴れると、ようやく後ずさった。

絶叫を朝焼けの空に放つ。

「ヤイトゥパレノ　パイェ　ヤン（無事で行け）」

低く唸りながら、チュプエムコは熊笹の藪に入り、なんどもこちらを振り返った。鼻を動かして惜しむようにシラウキの臭いを嗅ぎ、ずんぐりした体はやがて藪に消えた。

シラウキはぜいぜいと肩で息をついた。体が重く、頭が痛んだ。

カムイすべてが、こちらを見ている。その視線が身を食い破る。地面を割って黒い手が足を摑むかのような感覚だった。

「助けてくれ次郎」

震えるシラウキの体を、次郎が抱いて囁く。

「泣くな。ぜんぶおれが罪を被るから安心していろ」

三

平八郎と権蔵を叩き起こし、次郎は辞去の挨拶もせず二里半離れた勝山館へ帰った。起きだした大人たちが檻にチュプエムコがいないのに気づき、和人の鼻たれどもが子熊を逃がしたとエサウシイは大騒ぎになった。

当然本祭は取りやめとなった。

勝山館に使者を出し、次郎を問い質《ただ》すべきとの話も出たが、「アイヌが難癖をつけてきた」と戦さの格好の口実になりかねない。シラウキを疑う者もいたかもしれないが、子熊一頭よりも、迫る戦さのため追及は及ばなかった。

タリコナだけは二人きりのときに、凄んできた。

「うまくやったつもりでも、おれの目は欺《あざむ》けぬ。お前は騙されているんだ」

「そうは思わない」

義兄の目に一瞬悲しみが浮かぶ。

「和人は汚いやり口で、なんどもアイヌを騙してきた。弟だから心配しているんだ」

数日ののち、工藤何某率いる兵八十が、天の川を渡り、エサウシイに攻め寄せてきた。

「我こそは工藤兄弟、夷嶋守護蠣崎義廣さまの御命にて、夷狄《エゾ》を討つ」という名乗りが聞こえてきた。村よりも高い場所に構えた砦《チャシ》に詰めたシラウキは、浜の和人の陣を見おろした。

初陣《ういじん》である。

父のタナサカシが号令をかける。

「天の川の南まで押し返すぞ」

弓を取ったアイヌの男たちは、砦から三々五々討って出た。イチイの枝を桜の樹皮で補強したアイヌの弓は和弓より小ぶりで引きが浅く、速射に優れている。山の斜面を駆けくだり、シラウキも矢を立てつづけに放って、何人も和人を射た。途中の畝堀を登ったところで、平八郎、権蔵と顔を合わせた。背格好ですぐに二人とわかった。

一瞬おたがいの目に迷いが走ったのち暗黙のうちに目をそらせ、それとなく避けた。

殺し合わなくて、ほっとした。

「次郎は」

戦うふりをしつつ聞くと、蓑《みの》をかぶった権蔵が教えてくれた。

「次郎はおれらと分限《ぶんげん》が違うもの。立派な鎧兜で本陣にいる」

和人の武士には「格」があり、序列がある。城主を継ぐさだめの次郎は、身に着けるものも、戦いのときにいる場所も違う。

アイヌの反撃は凄まじく、日暮れ前には和人はエサウシイから兵を退いた。

タナサカシは、豊かな髭をひと撫でして口を開いた。

「勝山館まで攻めあげる」

夜討ちは、アイヌのもっとも得意とするところ。策は当たった。夜討ちを受けて和人の軍は潰走し、アイヌは勝山館にまで攻めのぼって、工藤兄弟のうち兄の首を挙げた。これは敵わぬと勝山館の城代は矢留めすると言い、タナサカシを勝山館に招いてきた。

タリコナはじめ、みなが反対した。

「舅どの、行くな。コシャマインもショヤとコウジの兄弟も、そうやって停戦を偽った和人に騙し討ちされた」

タナサカシは、じっと婿を見つめた。

「大地と海に境がないように、人もそうあるべきだ。わしは、和人をもう一度信じてみたい」

「舅どの、死ぬぞ」

「あとはお前に任せる」

タナサカシはわずかな仲間とともに勝山館へ行き、酒宴のさなかに討たれた。首は城下に一月晒され、胴体は大澗湾に投げこまれたと聞いた。

激怒する長老たちをタリコナは鎮め、こう言った。

「おれたちアイヌは、より賢くならなくてはならない。力を蓄えなくてはならない。これより数年は、来るべき『大戦《おおいく》さ』へ備える時間とする」

シラウキはチュプエムコのため、どんぐりなどの木の実を集めて近くの窪地に秘かに置いておいた。数日して見にいくと食べた形跡があった。チュプエムコは雌だからおそらくそう遠くはいかないだろうし、チュプエムコが食べたのだと思う。飢えずにいると思って、ほっとした。

次郎から文《ふみ》が来たのは、戦さが終わって半年が経った、冬のはじめだった。

戦いの直後は交易が途絶えたが、厳しい冬に備えるため、十月には市が再開し、次郎の文は商人を通じて届けられた。

待ち合わせに指定された、エサウシイと勝山館のちょうど中間地点にある沢の、さびれた御堂へ、シラウキは一人で向かった。

すでに次郎と平八郎、権蔵が来ていて、一人で現れたシラウキに驚いた。

「お前《め》、親父を殺されて和人《おれたち》が憎くねえのか」

御堂はむかしこのあたりで和人、アイヌ両方に恐れられた小山悪四郎《おやまあくしろう》という士《さむらい》を祀ったものだ。関東下野国《しもつけのくに》の小山氏の出であるといい、安東氏より古くに夷嶋に渡って、花沢館からエサウシイ一帯を拠点とした。無双の怪力でアイヌからは「判官カムイ」と怖れられ、いっぽうで慕われた。その判官カムイが死んだのは長禄《ちょうろく》三年(一四五九)、悪四郎の武名を危うんだ武田信廣が、悪四郎の弟をそそのかし、殺させたと伝わっている。

御堂は、悪四郎を悼んだ和人とアイヌが、彼の遺品である脛巾《はばき》を祀って建てたという。ちかごろは両者とも手入れをする余裕がなく、脛巾は失われ、木造の御堂は朽ちかけている。悪四郎を彫った座像が見守るなか、四人はぼそぼそと話した。
「悲しいよ。でもみんなが止めたのにもかかわらず、父さんは勝山館に行った。覚悟があったのだと思う」

次郎を村に招いた父は、「もう一度」和人を信じる、と言った。チュプエムコを逃がしたのがシラウキと次郎だと、悟っていたのかもしれない。父は和人と戦い何人も殺した。そういう者も先祖のいるあの世に行けるのだろうか。シラウキはつとめて考えないようにした。

外はごうごうと寒風が鳴って、堂内も隙間風ですら寒い。

半年会わなかっただけで、次郎も平八郎も権蔵も背が伸び、体に肉がついてきた。みな髭を整え、髷を結って、「益荒男《ますらお》」らしくなってきた。立場がそうさせるのか、次郎はとくに大人びて見える。細面に頰骨が張り、目の下の隈は思慮深さすら感じさせた。

「みんな大人っぽくなった」

そう言うと、権蔵が噴きだす。

「髭面のお前《め》のほうがずっとじゃ。六尺ちかいんじゃないか」

本題に入るのが怖くて、四人はわざと他愛もない話をした。

「次郎は初陣でなんという名前になったんだ」

和人の武士は成人の証に、諱《いみな》という正式な名を貰う。

「基廣《もとひろ》」

「へえ。蠣崎次郎基廣。格好いいじゃないか」

シラウキが褒めると、途端に平八郎が口を尖らせた。

「夏に大館で次郎が御目見えしたのじゃが、御屋形さまはなんのかんの理由をつけて次郎に会わなんだ。噂じゃが『廣』の通字《つうじ》をやるのが嫌じゃったと」

「こんな屈辱があるか！　わかるかシラウキ」

嘆く平八郎、権蔵の勢いに押され曖昧に頷く。

蠣崎家は、婿養子に入った武田信廣にちなんで代々「廣」の一字を諱に使う。非常に強権的だと伝え聞くいまの屋形の名は蠣崎義廣。次郎は屋形の甥にあたる。屋形は、甥っ子が「廣」の一字を使うのが気に食わぬらしい。

片眉をあげ、次郎は舌打ちした。

「けちがついたわ。お前たちは基廣とは呼ぶな。次郎のままでいい」

「うん。おれも次郎のほうが呼び慣れているし」

「これを渡しておく」

ことり、と次郎が板間になにかを置く。

父・タナサカシの小刀だった。使いこまれて照りが出たイチイの木肌に渦巻と波模様が彫りこまれたそれは、ほかに二つとない。きっと、養父である城主や家臣に内証で、遺品を持ち出してくれたのだろう。迷ったすえ、手に取った。

「ありがとう。次郎」

こんどはシラウキが、編袋から皮包みを取りだして平八郎の前に置いた。

顔を強張らせて包みを開いた平八郎が、なかの遺髪と布切れを見てわっと泣きだした。

「兄上っ」

平八郎の兄はエサウシイ攻めで死んだ。その兄の籠手の一部と遺髪である。シラウキがこっそり取っておいた。先の戦さでエサウシイで死んだ和人は、死体や遺品を引き渡すことはむずかしく、アイヌも和人も戦死者は傷をつけた遺品とともに莫蓙に包まれ、ひとかたまりに谷に埋められた。それが死者の体の一部や遺品に思い入れを強くもつ和人の気を逆なでしているのに気づく者はすくない。

平八郎は泣きながら、籠手に傷がつけられている、と憤りを見せた。シラウキがそれは籠手の魂を兄者の元へ送るための印だと説明すると、戸惑いながらも理解してくれた。

「そうじゃったか。シラウキありがとうなあ。兄上、よかったなあ」

次郎が瓶子《へいし》を取った。素焼きの盃《かわらけ》に酒を注いでくれる。次郎の目に見守られ、シラウキは盃を取って酒を干した。

風に屋根板が軋む音がする。秋から冬にかけて「たばっ風」という北北西から吹く季節風に海は荒れ、雪に覆われた大地はゆっくりと眠る。人はひたすら耐える。

四人は、風の音に耳を澄ませた。

ついに次郎が、口火を切った。

「おれは先の戦いでアイヌを二人、殺した」

平八郎と権蔵も正直に言った。だからシラウキも告白した。

「おれも和人をたくさん射当てた。途中から数えていない」

突風に、次郎の掠れ声が重なる。

「うんざりだ。祖父や親父らの起こした戦さに巻きこまれるのは」

先頭きって言いにくいことを言える次郎は凄いな、と思った。

「おれも嫌だ。次郎も平八郎も権蔵も、殺したくない。次郎が『互いの声を聞き、知るべきだ』と言った意味がすこしわかったよ。いま平八郎がアイヌのしきたりをわかってくれたように、おれたちは戦ってはいけない」

三人の顔に安堵の色が広がった。平八郎がシラウキの肩を抱いて、鼻を啜る。

「おなじ思いでよかった」

ごうごうと風が鳴る。次郎の声は落ち着いていた。

「変えよう。おれはじきに勝山館の城主になる。平八郎は侍大将に。権蔵は市の顔役に。お前もタリコナの右腕になる。力を蓄え、おれたちの代で争いをやめる」

シラウキもこの半年、おなじことを考えていた。

「やろう。和人もアイヌもどちらも偉くない国を作ろう」

次郎は自分の盃を、車座になった四人の真ん中に置き、酒を満たした。小刀で腕を浅く切り、血を落とす。つぎに平八郎と権蔵がおなじようにした。さいごにシラウキの番がきた。和人が重い誓いをするときに、自らの血を用いることはシラウキも知っていたから、どきどきした。

父の小刀で腕を切り、血を注ぐ。

盃を回し、四人の血が溶けたものを順番に飲む。さいごに次郎が飲み干し、盃を叩き割ったとき、あれほど強く吹いていた風がぴたりとやんだ。

次郎がアイヌの言葉をまじえて低く言う。

「おれたちはトクイェだ。トゥミなき世のために生きる」

おう、と頷き合った。

平八郎の瓢箪酒を回し飲み、酔いが回ったところで権蔵が赤ら顔を向けてきた。

「なんぞ歌っておくれよ。この前恥ずかしがって逃げよった」

「逃げたわけじゃ……」

次郎をちらっと見ると、次郎は上気した頰をゆるめた。

「なぜアイヌは文字を持たぬか常に不思議に思うておった。ユカラも文字に残せば、古きアイヌの生きた姿を後の世に伝えられるのにと。だがシラウキの語りや歌を聞くと、カムイや古きアイヌが、いまここに生きているような心地がする。コシャマインが大口をあけて酒を飲み、ショヤとコウジの兄弟が弓の舞をするのを見ている気持ちになる。そうやってアイヌは生きつづけているのやもしれぬ」

シラウキは感嘆して次郎を見た。

「そんな難しいこと、考えたことなかった。古老の語りや婆ちゃんの歌を耳で覚える。何代も何代も、そうしてきた」

シラウキはすう、と息を吸い入れる。

肺が震え、自分が大気に溶けこむ感覚は、シラウキの心を鎮めてくれる。

過去の英雄が、神々が、草木が、狐と狼と梟、そして熊が、わたしを歌ってくれと耳元で囁く。ただその声を聞き、祖先が語り継いだ文言が口から自然と溢れだす――以前はそうだった。

だがいまは、怖い。

だから代々語り継がれる叙事詩ではなく、叙情歌《ヤイサマ》を、歌った。決まった「自分の」旋律に、個人的な気持ちを口ずさむ、そういうものだ。

ホレ　コレンナ　ホレ　ホレンナ
ホレ　ホレ　ホレ　ホレンナ
ホレ　ホレ　チカプ　タ　クネ　(鳥になりたい)
とり　タ　クネ　ネワネ　ヤクン　(鳥になりたい　そうしたら)
ホレ　コレンナ　タパン　テワノ　(今から)
クキ　ホプニ　クキ　ホプニ　(私は飛ぶ　私は飛ぶ)
ネワネ　ヤクン　ホレ　ホレンナ　(そうしたら)
ホレ　ホレ　ホレ　ホレンナ

何巡も節を紡ぎ息が切れたところで、次郎の呟きが聞こえた。

「音曲は、トゥミからもっとも遠いところにあるべきだ」

四

勝山館の戦いから七年が過ぎた、天文五年（一五三六）。

シラウキは二十二歳になった。

背は六尺ちかく、村でもっとも背が高い。エサウシイに来る遍歴の武芸者から剣法を習い、大陸の兵法者《へいほうしゃ》から兵法を学んで、名を知られた存在となっていた。一方でぼうっとしたところがあり、ふらりとどこかへ出かけてゆくので、「行方知れずのシラウキ」と呼ばれていた。

寒さもようやくゆるむ四月、シラウキはエサウシイから南へ向かった。雪解け水が満ちる沢をいくつか渡り、山の方へ向かう。馬を繋いだ木に、権蔵が待っていた。

「あとをつけられなんだか？」

「大丈夫だと思う」

シラウキ、次郎、平八郎、権蔵の四人は、毎月朔日《ついたち》、小山悪四郎の御堂に集まり、情報交換をすることになっている。今日は次郎と平八郎はいなかった。猟の得意な二人だけなら黴《かび》臭い御堂に籠る理由もないから、こんもりとした天狗岳を右手に、椴川《とどがわ》を遡りながら山の奥へ向かった。このあたりは夷嶋ではめずらしいヒバの群生地で、途中木を伐り出すアイヌの男たちに会った。

男たちは、シラウキと権蔵を珍しそうに見て、手をすり合わせ、上に向けて二、三度上下させるオンカミをして挨拶する。しまったと後悔しながら、ここにいたことをほかに言わないようにと男たちに口止めした。

ヒバの林はほかの林より樹冠が茂って中は薄暗く、静かだ。

樹齢百年はありそうな木肌を撫で、権蔵が言う。

「まだわからんが、御城代が病で死にそうじゃ。もう床《とこ》から起きあがれない。それでばたばたして、次郎と平八郎は来られなんだ」

御城代とは、次郎の養父だ。

シラウキもヒバの幹に手を置く。この七年、ただ力を蓄えていたわけではない。

「『計策』の第一歩だ」

数日ののちに次郎の養父は病死し、主君・蠣崎義廣の裁可を得て、次郎基廣が城主を継ぐことに決まった。

城主としてまず、次郎は、小山悪四郎の御堂の建て直しを命じた。和人とアイヌ、両者に恐れられ、慕われた悪四郎の御霊を慰撫することで、まず両者の友好関係を演出した。

次郎は次の手も打つ。自分の妹をシラウキに嫁がせたいと言ってきた。

はじめて聞いたとき、シラウキは次郎を叱った。

「お前は大事な妹を人質に出すような真似《まね》をして平気なのか。妹が可哀想だ」

次郎は、こうと決めたら梃子《てこ》でも動かぬ強情さがある。もう本家の了承は得ているのだと言い放った。

「綺麗ごとは言っておれんぞシラウキ。戦さになればおおぜいが死ぬ。妹一人を贄《にえ》として丸く収まるなら外道《げどう》にもなろう。それくらいなんだ」それに、と次郎はふと柔らかい顔をした。

「信頼しておるのだ。お前なら、妹を愛してくれよう」

それでも妹が可哀想だと思った。聞けばまだ十三歳だと言う。九つも年下だ。

「武士の婚礼は、親が決めることは知っている。次郎こそ妻を迎えないのか」

「いまはおれの話はしとらん」

シラウキは食いさがった。

「けれど顔も知らぬアイヌの男に嫁ぐなんて」

権蔵がにこにこと言う。

「姫はむかし、乳母と一緒に市になんどか来たことがあるぜ。背の高い面白い男だなと、シラウキを遠目に見たと言っていた」

「いや、おれは覚えていない」

「仕方ないのう」面倒くさそうに次郎は鬢《びん》のおくれ毛を掻いた。「比呂子《ひろこ》にはお前へ文を書くよう伝える。それでいいだろう?」

タリコナは縁談を喜んで、受けろとシラウキに強く言った。長老たちも大賛成で、村は沸いた。彼らが喜ぶのは、戦さのときに和人の娘を人質にできるからだと、シラウキは知っていた。

ただ一人、心から喜んだのは姉だった。二人きりのとき、姉はぽつりとこう言った。

「あんたの縁談がすごく嬉しい。いつかまた戦さをするのだと思うと、わたしはタリコナがときどき怖い。あんたが和人の嫁と一緒に、戦さをしないよう働きかけてほしい。みんなの架け橋になっておくれ」

「できるだろうか」

自信を持て、と姉はシラウキの背を強く叩く。

「あんた男だろ」

「男も女も変わらない」

「変わるさ。わたしは女で戦えないから、和人はきっとタリコナの嫁としてしか記憶しないが、あんたは名を残せる」

仕事の分担はあれど、もともと男女の不均衡がないはずのアイヌも、和人の影響を受けてか、戦さをするようになり、エサウシイでも男が発言力を持つようになってきている。

姉は悔しそうに入墨の入った唇をへの字にした。

「わたしもタナサカシの息子に生まれ、弓をとって戦いたかった」

タリコナと姉のあいだには子供がない。タリコナも表立っては言わないが、男だけの席では愚痴をこぼすことがあった。姉も知らぬはずがない。いずれシラウキと比呂子のあいだに男児が生まれたら養子に貰うことも、あるのかもしれない。

五月のなかば、平八郎が村に次郎の妹・比呂子からの文を持ってきた。

みなが興味を持って文を見たがるので、平八郎を鷗島まで連れて行って、ようやく文を開くことができた。紙から薫る珍しい香に、不思議と胸が高鳴る。

文を開けば、書いてあるのはたった二行だった。すこしがっかりした。

「うたたねに恋しき人をみてしより
夢てふものは頼みそめてき」

覗きこんだ平八郎が、にやにやと笑う。

「いや、これはこれは。お前、比呂子さまに思われたもんじゃな」

「どういう意味だ。わからない」

ひとしきり笑ったのち、平八郎は有名な和歌だと教えてくれた。

「小野小町という女の有名な歌だ。意味は『うたた寝をしていたら恋しいあなたを夢に見ました』とかそういうことだ。返歌してやれよ」

「和人の和歌とやらは歌えない」

「和歌は『詠《よ》む』というのだ」

平八郎は懐紙を取りだし、さらさらと和歌を書きつけた。

どこで習ったのかと聞くと、大館では京から名のある歌人や連歌師を呼んで、和歌や連歌を教わる機会があるらしい。平八郎も末席に座していらい、自分でもすこし詠むと言った。

「おい、なにか持ち物を寄越せ。文に添える。アイヌは恋した娘に小刀を彫って贈るよな。作っとらんとは言わせんぞ」

「そりゃあ、作ったさ……」

父とおなじ波模様を彫った白木の小刀を渡すと、平八郎は袱紗《ふくさ》に包んで役目は果たした、と満足げにした。

「今年は冷えるのう。山はいつまでも雪が溶けん」

侍烏帽子に直垂姿の平八郎は、日なたに座って腕をさすった。

「シラウキ」

「なんだ」

「次郎と比呂子さまを、くれぐれも頼む」

水平線の向こう、噴煙をあげる大島、霞むイク・シリ（奥尻島）を平八郎は眺める。

「次郎の名代《みょうだい》で、渡海《とかい》することになった。檜山屋形の戦さに与力《よりき》するためじゃ。お主の婚礼にも行ってやれぬ」

檜山屋形とは、蠣崎氏の主筋《しゅうすじ》にあたる安東氏のことだ。いまは海の向こうの出羽国に城を構え、城の名から檜山屋形と呼ばれている。

かつて下北半島から武士団を率いて夷嶋へ渡った安東太こと安東政季は、上ノ国守護に蠣崎季繁、下ノ国守護に弟の下国家政《しもぐにいえまさ》、松前守護に安東定季《さだすえ》を任じたのち、ふたたび海を越えて戻った。そして出羽国の豪族を滅ぼしてそののち檜山城を築城、檜山屋形と称した。コシャマインの戦いが起こったのは、安東太が夷嶋を出た翌年のことである。

安東家が帰っても、蠣崎氏をはじめとする夷嶋の郎党は、安東を主《あるじ》と仰ぎ、アイヌとの交易で得た毛皮や海産物、銭を上納し、ときに海を渡って安東の戦さに従軍した。

「本家は、次郎の参陣を認めなかった。手柄を立てられるのを恐れたんじゃろう。おれが名代として陸奥と出羽の国境《くにざかい》まで征く。扶持米《ふちまい》をたんと取ってくるぞ」

「戦さはどれくらいかかる?」

「わからん……出羽まで五十里、海が荒れれば十日はかかるという。戻ってくるのは半年か、一年か」

嶋を出るのははじめてだ、と平八郎は呟く。海の向こうには帝がおわす京もある。どんな世が広がっているのか、どんな戦さをするのか、見当もつかないと吐露した。

「お前は次郎と正反対じゃ。次郎はなんでもすぐに決める。お前はぼうっとしとるが、そのぶん思慮深い。二人が手を取ればアイヌも、和人も、みなの心をわかってやれる」

それに、と平八郎は口ごもった。言うか迷ったのち、掠《かす》れ声で言った。

「次郎は……お前を必要としておる。御一門の身分でこの歳になっても縁談を断っておること、わかってやってくれ」

不思議に思っていたことの真相をはからずも察し、シラウキは問うた。

「おれはどうすれば……」

「次郎の望みはずっと変わらぬ。比呂子さまと心のかよった、思い合う夫婦《めおと》になってほしいと」

遠くを見つめつづける平八郎の肩を摑んで、引き寄せる。目元が赤らんでいた。

「安心して行ってこい紺平八郎。夷嶋の男の武勇を、ミカドに届くまで知らしめて来い」

鷗が群れ飛び、水面を滑ってゆく。平八郎は苦笑いした。

「どっちが武士だかわからんな」


平八郎の渡海から一月、寒さはつづき、つねにはない長雨でアワの作付けが全滅した。海流もよくないらしく、魚もさっぱり獲れない。去年からの蓄えもつきかけ、アイヌも和人もひもじい夏となった。食物を求めて山を彷徨い、おなじく飢えた羆に襲われることが増える。シラウキはチュプエムコへ餌を運ぶのを諦めた。餌場にはチュプエムコのものに加え、ちいさな足跡がふたつ増え、チュプエムコは初子を産んだらしかったが、己の食うものにも困る有様で、木の実を山へ運ぶことはできない。

婚儀を三日後に控えた夜、シラウキは義兄に呼ばれた。

炉端にはタリコナはじめ長老たちが勢ぞろいして、暗い面差しをこちらに向ける。反射的にあとずさりすれば、戸口に人が立ち、閉じこめられた。

義兄が猫撫で声で言う。

「座って話をしよう、行方知れずのシラウキ。なあ、お前はどこへ行っていたのだい?」

義兄の目の奥は笑っておらず、ぞっと背中が総毛立った。

「話すことはない」

「座れ」

何人かがシラウキを取り囲み、無理やり座らせた。

「二月ほどまえ。山で和人と会っていたよな？　ヒバの森のあたりだ」

あっ、と息を呑んだ。権蔵と二人で会ったときだ。口止めしたが甘かった、と奥歯を嚙む。

黙っていると、義兄は取り繕うような笑みを見せた。

「いいのだよ。お前がむかしから和人びいきなのは知っている。それ自体は悪いことじゃない。アイヌと和人が仲良くするのは、喜ばしいことだ」

嘘だ、と思った。

タリコナは舅のタナサカシを殺されてから反和人の旗頭であったし、いやそれよりずっと前から、おそらくエサウシイに来る前、流浪時代から和人を敵視していた。

「予感がして調べたんだよ、シラウキ。むかし、子熊を飼っていたよなあ。チュプエムコ、と言ったか。戦さでうやむやになったが、熊送りをする予定だったのに、いなくなったじゃないか。戦さのごたごたで逃げてしまったと思っていたが、村の者に詳しく聞いたら熊送りの当日の朝早く、お前が子熊の檻に向かうのを見た者がいた」

瞬きひとつすらも注視され、押しつぶされそうだ。

「お前が逃がしたのか？　大きな儀式に怖気《おじけ》づいたか？　そうだったらお前らしいなと思うが。シラウキよ。もしやお前、戦さが起きるのを知っていたから、チュプエムコを逃がしたんじゃないか？」

血の気が引いて、震える声をやっとのことで絞り出した。

「戦さのことは……知らなかった」

くくっ、と義兄は喉の奥で笑う。

「では、このマキリはなんだ？」

タリコナの手には、飴色に輝く父のマキリがあった。ほんとうは傷をつけて父の元へ送ってやりたかったが、どうしてかできず、シラウキは小屋の行器の底に隠しておいたのだった。

「舅どののものだよな？　勝山館に行くときもさげていた、舅どのの大事なものだ。どうやって手に入れた？」

「それは……」

目が回り、口が渇いてうまく話せない。

和人の、次郎の、善意の証だ。シラウキが平八郎に兄の遺髪と遺品を届けたように、父の遺品をと内証で持ち出してくれた。だが、正直に話したところで信じてもらえようか。

絶句していると、タリコナの声は明らかに苛立ってきた。

「舅どのがお前に渡すはずがないんだ。お前よりおれのほうが、息子であった。タナサカシの名にちなんだタリコナの名をもらったのだから。なぜ舅どののマキリを持っているのかと、聞いている」

ほとんど絶叫のようになり、最後の一言をタリコナは放った。

「お前はアイヌを裏切り、和人と通じていたのだろ？」

「ちが――」

違う、と叫びたかった。チュプエムコは、次郎がカムイモシリになど行かない、地獄に落ちると言ったから怖くて逃がしたのだ。

そこまで考えて、実際はタリコナの言うとおりかもしれないと思った。

自分はアイヌを疑った。

カムイモシリからカムイが動物の毛皮を着て遊びに来る。人間は歌や踊り、御馳走でたくさんもてなしをして、カムイを天上に返し、カムイはみなにその話をしてたくさんカムイが遊びに来てくれる。

そういうアイヌの理《ことわり》そのものを、疑った。

裏切った、と言えるのかもしれない。

そうなのかもしれない。

長老たちが口々に責め立てる。

「本当のことを言え！」

「お前は同胞《ウタリ》を売り渡そうとしていたな」

吐きそうになるのを、シラウキは懸命にこらえた。違う。自分や次郎が願ったのは、アイヌだけでなく和人も同胞として暮らせる国を作ること。

争わずに、ともに暮らせる国を――。

タリコナが背後に立った。

「お前を棺に入れ、池に沈めてみよう。ほんとうにお前がアイヌを裏切っていないなら、カムイが助けお前は生きられるはずだ」

水棺。しかし自分はもうアイヌの理を信じられない。死ぬだけだと思う。

愕然と悟った。

自分はすでに、心の中でカムイを信じていない。

誰かが腕を摑み、シラウキの体を引き倒す。山刀の柄でしたたかに頭を殴られた。

それを皮切りに、男たちがシラウキをめちゃめちゃに殴打した。義兄の笑い声がする。

「顔はやめろよ。和人の花嫁が驚いちまう」

腹を蹴られ、胃の中のものをことごとく吐き出し、吐いたもので溺れそうになりながら、シラウキは必死で許しを請うた。

「あ、あああっ……おれは、裏切者だ。許してください。許して」

暴力がぴたりとやんだ。

シラウキの背中をゆっくりとさすり、タリコナが優しい声音で言う。

「怯えるな、弟よ。兄の言うことを聞いてくれたらそれでいい。三日後、お前の祝言がある。祝言には、勝山館から新しい城主も来るだろう？」

次郎のことだ。泣きながら見あげれば、炉の火に照らされた義兄の顔が赤々と燃えている。

「城主もろとも和人を皆殺しにしよう。勝山館を占拠してそこを足掛かりに南進し、大館を陥とす」

義兄がシラウキの頭を摑んで火に近づける。髪が燃えあがり、嫌な臭いがした。思わず暴れたシラウキの手足を、男たちが摑んで火に差しだす。指先を炙《あぶ》られ、シラウキは絶叫した。

「やる！　やります」

タリコナの言葉は朗々と響いた。

「宴に招いて殺す。コシャマイン、ショヤ・コウジ兄弟、そしてタナサカシ。和人がさんざん使ってきた手じゃないか。おれたちはやり返していい頃だよな、シラウキよ」

真夏、六月に御堂の修繕は終わり、ヒバの真新しい御堂の前で、嫁入りが行われた。儀式は和人とアイヌの折衷《せっちゅう》式である。これだけでも和人の禰宜《ねぎ》やアイヌの古老との事前折衝など、山積みの課題を乗り越えた。

雲ひとつない青空のもと、ヒバの香りが漂う祭祀場に、花嫁を乗せた駕籠《かご》が南から進んでくる。介添えは兄の次郎で、侍烏帽子に直垂、太刀をさげた正装である。出羽に出兵した平八郎をのぞき、権蔵ら主だった郎党の姿も見えた。

アイヌ側も儀式用冠をつけたシラウキと、タリコナ夫妻、長老、有力者が並び、緊張の面持ちで和人の嫁を待っている。

粛々と進められる婚儀を、シラウキは、他人事のように見ていた。

この日まで義兄はシラウキを空の食糧庫に軟禁し、一日一度、わずかな食事を与えるだけで、厳しく監視した。裏切りを断片的に聞いた若者がかわるがわる来て、激しくなじり、ときに暴力を振るった。飢饉でみな気が立ち、シラウキが食糧を和人に横流ししたなど、やっていない罪までもが増えてゆく。

小太りのチコモタインという男だけが、暴行の合間にアワの団子をそっと袖に入れてくれた。弓も太刀もからきしだが物知りで、頭の回転がはやい男だった。丸顔に並んだ丸い目をよく動かし、チコモタインは涙目で詫びた。

「木を伐りに行った衆から相談されて、おれがタリコナに注進したんだ。シラウキが和人と密談してたって。許してくれ」

「おれをここから出してくれ。次郎に報せなければ、祝言に来たら、殺されると」

朦朧と言うシラウキに、チコモタインは首を振った。

「そんなことできない。おれも裏切者になってしまう」

なんとか次郎に報せねば。シラウキは左の手甲を外した。額にこびりついた半乾きの血を指でとり、×印を手甲の布地につける。死んだ平八郎の兄の籠手を傷つけ、道具の魂を送ったように。シラウキは手甲をチコモタインに握らせた。

「次郎に渡してほしい。渡すとき一言も喋らなくていいから。それならば裏切りにはならないだろう？」

賢い次郎であれば、この手甲がすでに死んでいて、シラウキの身になにかが起きたことを察してくれるはずだ。目を真っ赤にしたチコモタインの手を握り、上下に動かす。

「頼む」

チコモタインは頷き、庫を出ていった。

しかし翌日、義兄が庫にやって来た。ぼろぼろになったチコモタインを蹴飛ばし、シラウキを睨みつけた。

「間一髪、天の川を渡る手前で捕まえた。お前の手甲を持っていた。口だけが達者なこの男が、一晩責めても口を割らなんだ」

シラウキの腹を、タリコナはなんどか蹴った。吐くものはなく、胃液だけが漏れた。

「お前の企みはお見通しだ。蠣崎基廣に警告しようとしたのだろう。だが無駄だ」

「………」

黙っていると、タリコナは顔を歪めた。

「お前の行いはエサウシイを、いやアイヌ全体を破滅に追いこむ。むかしおれも似たことをした。だが髪と髭を剃られ、罪人として追いだされた。いまも髭を短くしているのは、そのときのことを忘れぬためだ」

シラウキは、薄茶色の義兄の目の奥に、重い諦念を見た。

「良い心のみでは、どうにもならぬ。お前にはわかってほしかった」

「兄さん」

タリコナは呻くチコモタインを引きずり、庫を出ていった。静かに言い残して。

「諦めろ。なにもかも」

庫の外でチコモタインの啜り泣きが、長いあいだ聞こえていた。

「手甲を渡せなかったよ。許しておくれ、シラウキ」

「おれこそ巻きこんでごめん。チコモタイン」

シラウキは、孤立無援になった。

いま、御堂の前へ、金の飾りをさげた豪奢な漆塗りの駕籠が置かれた。

あの中に比呂子が乗っている。まだ見ぬ夫に胸を高鳴らせ、アイヌと和人の架け橋になるのだと信じた少女が。

彼女だけは守りたい、と空腹と痛みを堪え朧に考えた。

祭壇には酒やたくさんの団子、鮭、この日のため貴重な食物を積みあげ、宴が行われる。介添え役の次郎、シラウキがそろって御堂の前で頭を垂れ、まず禰宜の幣《ぬさ》で頭を払われた。それから熾した薪の前で、長老が火の神に祈りを捧げる。

髷を結った髪を綺麗になでつけ、髭を整えた次郎は、横で案ずるなと片目を瞑ってくれた。それまでの思い出とともに、堪えていた涙がどっと溢れた。

「次郎……すまん……」

歯を食いしばり、やっとのことでそれだけ言う。次郎が顔を曇らせ、周囲を見回す。御堂の外れの木立から、武装したアイヌの男二十人ばかりが出てきて、和人の一団へ弓を構えた。

愕然と目を見開いた次郎の声が問う。ひしゃげた声だった。

「シラウキお前。裏切ったのか」

タリコナが進み出て、命をくだす。

「蠣崎次郎基廣。お前の魂をテイネポクナモシリに送る」

次郎の絶叫が轟いた。

「シラウキ貴様！」

そのときだった。

御堂の裏手にいた見張りのアイヌ数人が、叫び声をあげた。

ぐしゃりと肉が潰れる音、そして遅れて唸るような声。

「ウウウウウッ」

誰かが叫んだ。

「羆だ！」

黒い巨大な塊が御堂の前に飛びだし、祭壇目がけて走りくる。黒い塊の胸に、半月のように銀の差し毛があるのを見た瞬間、シラウキは悟った。

チュプエムコだ。

赤い口から涎を垂らし、毛は輝きを失って骨が浮かびあがりそうなほど痩せこけている。それでもかつての倍の大きさがある。二匹いるはずの子熊の姿は見えなかった。うずたかく積まれた食物の匂いに誘われて、危険を冒して飛び出してきたのだ。

アイヌと和人、両方の叫喚《きょうかん》が木霊《こだま》する。人が逃げ惑い、祭祀場は混乱のるつぼに陥った。

食物の積まれた祭壇の前に、駕籠がある。

比呂子を助けなくては、と体が勝手に動いた。

もうチュプエムコは十間（約十八メートル）まで近づいていて、無我夢中でシラウキは駕籠に飛びつき、戸を引いた。白い打掛、白い小袖、胸に懸守りをさげ、帯にシラウキの彫ったメノコマキリを守刀に差した小さな娘が座って、驚いたようにこちらを見る。丸いぱっちりとした目に、すこし低い鼻、紅を塗った唇が動く。

「シラウキどの」

はじめて妻の声を聞き、妻を呼んだ。

「比呂子どの」

手を取って比呂子の軽い体を引きずり出した瞬間、生あたたかい風がシラウキの頬を撫でた。黒い腕が打ちおろされ、比呂子の頭の右半分に五本の筋が走ったかと思うと、赤黒い脳漿を四方八方にまき散らして、長い美しい髪ごと、顔の皮膚がべろりと剝け落ちた。

悲鳴をあげる間もなかった。

「――――」

縋るようにシラウキの手をとっていた細く小さな手から力が抜けて、比呂子は肉塊へと成り果てた。比呂子を盾にする格好でシラウキ自身も突き飛ばされ、比呂子の血を全身に浴びた。

「ヴォオオオオ」

食物を漁ろうとしたチュプエムコの足に矢が刺さり、地を揺るがす猛り声が響く。姉がシラウキの名を呼んで助けようと走りくるのを、腹を真一文字に抉り、痛みに怒り狂った獣は、手あたりしだいに人を殺しはじめた。次郎を守ろうとした権蔵が首を折られて倒れこみ、タリコナは肩口に齧《かじ》りつかれ、まるで袈裟《けさ》斬りのように体の斜め半身を失った。

血だまりに倒れこみ、シラウキは、人が紙切れのように死にゆくのを見ていた。

郎党をあらかた失い、馬に乗って逃げてゆく次郎の背中が、目の端に映る。

よかった、とぼんやり思った。

アイヌも和人も逃げだし、血と臓物と糞尿がまき散らされた祭祀場で、チュプエムコは食物を貪《むさぼ》り食い、腹を満たすと悠然と森に消えた。子熊を迎えに行ったのだろう。すぐ戻ってくるに違いない。

シラウキはぎこちなく立ちあがり、六月の強い日差しが映し出す光景を見る。

千切れた手足が、草叢《くさむら》のあちこちに散乱している。半身を失ったタリコナ、腹を抉られて絶命した姉、首を奇妙に傾げて目を開いたまま動かぬ権蔵。すべてに血がべっとりと付き、ぶんぶんと虻《あぶ》がやかましい。

これは自分が望んだことなのかもしれない、とシラウキは思った。

チュプエムコが叶えてくれたのかもしれない。

肉塊に虻が止まった。血がべったりとついた白木のメノコマキリが浸かっている。シラウキはそれを拾いあげ、懐にしまった。

血だまりの中で、まだ息のある者が動く。チコモタインだった。

「シラウキ、待ってくれ」

「……………」

「このままじゃ全部お前のせいにされちまう。おれがわけを話す。だから行かないでくれ」

シラウキは、おぼつかない足どりで千年つづくヒバの森奥深くへ入ってゆく。

ここは眩しすぎる。暗い、静かなところへ行きたい。そう思った。


その後、手勢を整えた蠣崎次郎基廣はただちにエサウシイを攻め、長のタリコナを失った集落を焼き、アイヌを殺しつくした。かろうじて生き残った者は散り散りに逃げ、性根の歪んだ一人のアイヌの裏切りによって、タリコナと妻は宴に呼びだされ、みな殺されたのだと語った。あまりに呪わしく、かつ信じたくないという思いがアイヌのあいだにも強く、長老だけに口伝えされ、やがて長老たちは語り継ぐのをやめた。

エサウシイは別名「悪いことがあった城《ウエンチャシ》」あるいは「戦さのあったところ《トウミケシ》」と呼ばれ、裏切者は名を伏せ、悪党《ウエナイヌ》と呼ばれた。

悪党の生死は知れず、いまも行方知れずになっている。

〈第四章〉 セタナイへ　天文19年4月

一

物語の時は過ぎた。

霧雨が雫となり、木々の葉から稲姫《いねひめ》の肩へ落ちる。

寒さと、過去の死者の気配に、稲姫は身を震わせていた。

シラウキという アイヌの男が、祝言の場において和人を裏切り、友であった和人の男は報復としてエサウシイのアイヌを滅ぼした。

「生き残ったアイヌ、チコモタインという男にあとから聞いた。シラウキは義兄の企みをおれに報せようとしたが、阻止されたと」

結果シラウキは裏切ったし、チュプエムコの襲撃がなかったら皆殺しにされたのは、次郎たちだ。チュプエムコだって飢えのために人を襲った。誰がもっとも悪いとかそういう話ではないのは稲姫にもわかる。

「比呂子《ひろこ》はな、脚半分しか拾えなかった」木に背を預けて立つ次郎基廣《もとひろ》は、焚火の傍に座る稲姫からは半身しか見えない。「あいつ、比呂子のマキリを後生大事にさげていやがった。のうのうと妻子持ちで生きていたなら、息の根を止めてやれたのに」

元勝山館城主・蠣崎次郎基廣。稲姫にとってはいとこ叔父にあたる。話を聞いているうちに思い出した。彼はたしか二年前、謀反の罪で殺されたはずだ。それがなぜ生きているのか、誰かが彼を助けたのか。

いずれにせよ用心すべきだ。聞いたのは、次郎基廣が見聞きしたことだけだ。シラウキの事情はわからない。思い違いや、嘘も混じっているかもしれない。

「どうすれば……良かったのでしょう」

「互いの声を聞き、知るべきだと言ったくせに、それをおれはしなかった」

次郎はぽつりと言った。自分に言い聞かせるようでもあった。

「エサウシイの件はアイヌと和人双方を取り調べ、タリコナはじめ謀略に直接関わった者のみを裁く。そうすべきだった。タリコナの貯めた砂金に目が眩み、怒りにかられ、道をたがえた。あんなに忌んだ祖父どもとおなじことをした」

「わたしは、シラウキとともに此度の戦さを止めようとしているのです」

「眩《まばゆ》いな」次郎がすこし笑う。「道をたがえるな。人はたやすく記憶を塗りかえ、忘れる。故意でも、そうでなくても。ゆえに戦さを止めるには『ほんとうに起きたこと』を明らかにし、それのみに基づいて裁くべきだ」

「裁く……ですか？」

裁くとは、なんだ。罪人を裁く検断職《けんだんしき》という役職はあるが、男、それも分限のある者が任ぜられる。具体的にどうすればいい。

「あなたは読み書きができるかな」

次郎の問いに、稲姫は頷く。

「文字こそあなたの武器。覚えておかれよ」

「文字で戦さを止められますか。どうやって」

「考えよ。それもあなたの武器となろう」

葉のあいだから透ける空が淡くなってゆく。日の出がちかい。

「大館に帰らなくてよいのか。必要とあらば送らせるが」

いまは一刻もはやくシラウキの無事を確かめ、援軍を求めてセタナイに辿り着かねばならない。次郎の目論見はわからぬが、申し出を受けるつもりはなかった。

「次郎どのは、恨みを晴らすため大館を攻めるおつもりですか」

大館は彼が率いる程度の手勢で陥とせるような、やわな城ではない。装備も、戦さをするとは思えない軽装だ。別の場所に兵を隠しているのだろうか。

「さあてな。シラウキに会うことあらば伝えてくだされ。つぎは殺すと」

次郎は長い筒を背中に背負い、出立を指示した。男たちは稲姫を残し、山道を登っていった。

差しこむ朝日に小鳥たちの影が動く。さまざまな鳴き声と気配に満ちた森で、稲姫は、燃え尽きた薪の煙が大気に溶けゆくのを見つめ、すっかり薪が灰に化してから歩きはじめた。風が吹けば、背丈ほどもあるフキの葉から水滴が滴り落ちる。濡れながら進むと、すぐに仁伍の声が聞こえてきた。

フキの茎の向こうで仁伍は泣きべそをかいて、駆け寄って抱きしめてきた。

「もうだめかと思った！　山賊たちは」

「笹藪に隠れていたら、諦めていきました。夜が明けるまで藪でじっとしていました」

「急いで山を下りよう。麓に和人の集落がある。ニシパもそこへ向かうって」

「無事だったのですね、シラウキは」

「沢に落ちたけど、足をくじいただけだ。稲を探すと言い張るニシパを言い聞かせるのは骨だったぜ。あんなでかいなりじゃ、目立ってしかたない」

青みがかったブナの林を、稲姫と仁伍は沢沿いにくだった。一刻ほどで里に降りると、集落の炊煙が見えた。村囲いの外に立っていたシラウキが、足を引きずり走ってくる。目が真っ赤に充血し、声も震えていた。

「すまない。守れなくて言い訳のしようもない」

次郎と会い、エサウシイの話を聞いたことは言わないほうがよい。稲姫は明るい声をだした。

「山賊は、笹のあいだに身を隠したわたしを見つけられず、諦めて去りました。夜の山は怖かったけど、子狐を見ましたよ。朝には小鳥もたくさん鳴いていました！　白くてお団子のような可愛い鳥！」

ようやくシラウキの顔に安堵の色が浮かんだ。

「……ウパシチリだ。よいものを見たな」

山越えの案内役である仁伍とは集落で別れ、勝山館へ向かう北西への道を、歩きだす。しぜんと言葉はすくなくなっていった。

風に髪を靡かせる男の腰にさがる小ぶりな刀を、稲姫は見る。男の手には小さすぎる、女用の柄。鞘の黒ずんだ染み。この男は和人を憎んでいるのだろうか。先刻涙ぐんで稲姫のところへ走ってきたのは本心か。演技か。

細い沢はつぎつぎ合流し、天の川となる。草原を風が渡り、百姓は春の種まきに忙しい。一日野営し、シリウチコタンを出て五日目。ついに海に出た。

「なんて深い青……」

天の川の河口近くは湿地帯となって、ゆるゆると海原へと流れこむ。沖に行くにしたがって深い瑠璃色に変じてゆく大澗湾は、大館から見える鉛色の海峡とはまったく違う色をしていた。海鳥が群れ飛び、強風にもかかわらず沖にいくつか舟が見えた。

土手に佇む隣の男は、二十年ぶりの故郷の海を、じっと見つめている。

稲姫は陸地に目を動かす。

山の稜線にそって古館と呼ばれる花沢館、奥のひときわ大きい夷王山中腹に勝山館。城代南条廣継《ひろつぐ》に嫁いだ腹違いの姉は、あの館にいる。会いたいが難しいだろう。麓には板葺き屋根の和人の家が軒を連ね、市も立っていた。和人の婆さんとアイヌの娘がやる飯屋は、と天の川の岸を探し、草叢に埋もれる廃屋を見つけた。

そっと横を盗み見ると、シラウキは目を閉じていた。

「二十年前と、なにもかも変わってしまった。和人の家ばかりだ。立ち寄らないほうがいい」

天の川の浅瀬を渡り、二人は海沿いを北上した。

迫りだした山に押されるような、細く、寂しい道だ。シラウキの言葉は、稲姫に向けられているのではなく、独白にちかかった。

「和人の友達が、アイヌの娘に一目ぼれしてな。そいつが彫ったマキリをおれが届けた。結局『彫刻がへたくそだ』と、こっぴどく振られたが」

賑わっていたころの道を、四人の青年が笑いながら歩いてゆくのが、稲姫には見える。

道をそれた森に近い草地に埋もれるように、庵か御堂のようなものが建っている。

シラウキはついに足を止めた。じっと目を注ぎ、立ち尽くす。

「シラウキ、どの」

次郎からすべて聞いた、と打ち明けたい衝動にかられた。

あの御堂で婚礼があり、事情はどうあれあなたは裏切った。婚礼の御馳走は飢えたチュプエムコを呼びこみ、権蔵《ごんぞう》も、あなたの義兄、姉、そして幼い妻も死んだ。彼女はまだ、十三歳だった。御堂から「行方知れず」になりシリウチに住みつくまで、あなたはいったいどこにいて、なにをしていたのか。

心を読まれたかと思うほど、低い声がした。

「実を言えば、昨日の山賊に覚えがある。チコモタインは、そいつはすでに二年前に殺されたと言ったが、生きているかもしれない。稲。あんた顔を見たか」

平静を装い、稲姫は嘘をついた。

「いいえ」

奇妙なことに、シラウキはわずかに笑った。

「ならばいい。奴とはもう会うこともないだろう」

吹きつける海風に稲姫の背が粟立つ。

この男のことが、わからない。


途中、和人の家で馬を借り、いくつかの郷村を通り過ぎた。そのどれがエサウシイだったのか、稲姫にはわからなかった。

幸い天気はよく、馬で丸二日、二十五里走り、山を越える。

川と開けた地が広がり、湊が見えた。

シリウチを出て八日目、ついにセタナイへ辿り着いた。

雪をたたえた狩場山《カリンパ・ウシ・ヌプリ》が聳《そび》え、後志利別《ト・ウシ・ベツ》川の河口には、交易船らしき二本マストの大きな帆船《ジャンク》が泊まっている。チセは丘陵部に集中していた。住む人は二百ではきかないだろう。一見してシリウチよりも豊かだとわかる。

「もうここはアイヌの国ですね」

「おれもかつて父と何度か来たが、倍以上でかくなっているな。ハシタインは相当のやり手らしい」


結論から言えば、セタナイの援軍は得られなかった。

丘陵の上に建つポロチセで対面したセタナイの長・ハシタインは、五十歳ほどの豊かな髪と髭をもつ男で、右目が深い裂傷で潰れていた。和人との戦さではなく、羆の巣穴に入ってやられたと笑った。

「タナサカシの息子、まさか生きていたとは」

それだけ言って、ハシタインははじめ絶句していた。

エサウシイの惨劇がどのように伝わっているのか、稲姫は知らない。シリウチでの人々の様子を見ると、真相は闇の中ということか。シラウキとハシタインは長いことアイヌの言葉でぼそぼそと話したが、老長の片目がしだいに険しくなっていく。

稲姫はたまらず膝を進めた。ここに来るまでに幾通りも考えた口上を述べる。

「口を差しはさむ無礼を許してください。蠣崎季廣が次女、稲です。アイヌが滅びるをよしとせぬ和人もおることを知っていただきたくて……」

ハシタインは、アイヌの格好で和人の言葉を話す娘を、怪訝な目で見た。

「わたしの七つの祝いに、唐国《からくに》の手鏡をくださいましたね。御礼の文も差しあげず、無礼をいたしました。梅花が描かれた手鏡、毎朝使っております。鶯にはちよと名をつけて」

これを聞いて、ハシタインの目尻に皺が寄った。

「驚いた。命がけで来てくれたのだね。勇気に敬意を表したい」和人の言葉でこう続ける。

「ちかくに静御前が身を投げた姫川という川があるように、コシャマインの戦さの前には、このあたりにも和人はおおくいたのだよ」

シリウチのチコモタインが剛なら、ハシタインは柔の性質だと、稲姫は思った。

「ぜひ後詰をお出しいただき、シリウチを救ってください。敵兵は約五百。女子供含めても二百のシリウチなどひと呑みにされましょう」

「残念だが難しい」

顔を曇らせるハシタインに、稲姫は食いさがった。

「なぜですか」

「チコモタインのやり方には反対だ。若いのにシリウチを切り拓《ひら》き、和人とも対等に渡りあう姿は、かのコシャマインの再来だと言う者もいる。だがわしらが和人が鍛造する刀なくしてはならぬように、和人もわしらの鹿やラッコの毛皮、熊の肝、海産物なくしては生きてゆけぬ。持ちつ持たれつだ。先代の義廣はタナサカシ、タリコナと争ったが、季廣はここ十年、戦さを控えている」

シラウキが強く反駁する。

「季廣は、戦さをしない代わりにアイヌの女を売り、関税をとりはじめた。ここ十年でアイヌは漁場を狭められ貧しくなった。それも戦さのうちだとなぜわからん」

「だから弓をとる？　和人の思うつぼだ」

これ以上は平行線だと、稲姫は話頭を転じた。声が裏返った。

「湊に立派な船が泊まっていましたね。驚きました」

「う、うむ」

ハシタインがわずかに言い淀む。なにかある、と稲姫は質問を重ねた。

「大館でも見たことがございます。唐土《もろこし》の帆船ですか？」

「……そうだ」

「セタナイのみなさまは、大館にはもういらっしゃらないのですか？」

ハシタインの心の内は脱・和人だ。稲姫はそう読みとった。

蠣崎に高い関税を巻きあげられるより、山丹や唐土など大陸との結びつきを強めたほうが、利がある。蠣崎とシリウチの争いに手を出せば、望まぬ戦さに巻きこまれ、得るものはない。

「同胞を見捨てる気か！」

声を荒らげるシラウキに、ハシタインは首を振った。

「そうは言っていない。あの船は『有徳党』と名乗り、アイヌ、樺太の者、はては女真族など多種多様な、五十人ばかりを連れてきた。首領は蠣崎の血筋の者だというが、福建商人とも繋がりがある。奴を通して、南方の大きな湊と直接取引ができる」

有徳人《うとくにん》とは船で交易をする海商の意だ。シラウキが膝立ちになった。

「その首魁、きっと蠣崎次郎だ。かつて勝山館主であった男だ」

ハシタインの隻眼の目の奥が淀む。

「素性《すじょう》などわしはどうでもいい」

「そいつはエサウシイのアイヌを滅ぼしたのだぞ！」

「エサウシイがなぜ滅んだのか、わしらは知らぬ。生き残りたちはみな口を閉ざすゆえ。複雑な事情があったのだろう。戦さはもはや時代遅れだ」

「なん、だと」

ハシタインはアイヌの言葉でなにか言った。

「ヌプカ　タ　トイタ　ラカハ　イサム、ペッルウォッタ　トイタ　シノ　オロウンペ　アン」

シラウキが勢いよく座を立ち、ポロチセを出ていく。

「いまの御言葉は」

「アイヌの言い伝えで『高台に畑をつくると収穫がない、川のそばに畑をつくればよい収穫がある』という意味だ」

高台とは砦に籠るシリウチ、川のそばとは湊を有するセタナイととれる。ハシタインは両掌を高く上下させ、稲姫に詫びた。

「力になれずすまぬ」

謝られないほうがましだった、と稲姫も頭を垂れ、ポロチセを出た。

川べりに座りこんでいたシラウキを見つける。無意識か、腰にさげた女物の小刀《メノコマキリ》に手を当てていた。

「稲。山で襲撃されてから、やっぱりお前は様子がおかしい。おれに話していないことがあるだろう」

それはあなたもおなじでは、という言葉を飲みこみ、稲姫は霞む水平線を眺めた。

「ヤイホムスさんの姉さん、泊村の小山悪太夫《おやまあくたゆう》を頼りませんか。兵がないよりましです」


来た道を戻り、エサウシイの北一里、泊村へ向かった。

丘の上の館はかつて蠣崎の郎党が城として入ったが、タナサカシ、タリコナが数度の戦さで追いだし、その後は代官の屋敷となっていた。村の者に尋ねると、三年前、城主に任じられたと言って、悪太夫が評判の悪い代官を追いだし、館を占拠した。悪太夫は大量の金を納めたため、新城代・南条廣継も悪太夫の泊村支配を黙認しているそうだ。

館のほうから、たーん、と破裂音が聞こえた。

見れば、大陸風の挂甲《けいこう》を着た男たちが二十人ばかり、館を取り囲んでいる。和人、アイヌ、どこの国かわからない言葉も入り乱れ、門を開けろと言っているようだ。

「例の『有徳党』の一部だろう。稲は隠れていろ」

近くの八幡宮に稲姫が隠れ、シラウキが館の麓に着いたとき、威勢のいい女の声が轟いた。

「小山悪太夫の館と知って攻め来るとは、いい度胸」

小札縅《こざねおどし》の胴丸に白髭の頰当をつけ、長い髪を垂らした大柄な女が、野太刀を担いで門から出てきた。歳は三十ほどに思える。豪奢な刺繡の入った海松藍《みるあい》色の小袖の裾をたくしあげ、太い足に脚絆を巻いている。太腿や腕には、無数の刀傷が見えた。

母や侍女、郎党の妻子。稲姫が知るどんな女とも違う。

「妾《わたし》は誰にも従わぬ。祖父・判官カムイのごとく自由に生き、自由に死ぬ」

悪太夫につづき、武装した男たちが飛び出した。シラウキも背後から有徳党に襲いかかり、またたくまに四、五人斬った。上下から挟まれた敵は算を乱し、逃げだそうとする。

「お前たち『有徳党』だな。次郎はどこだ」

シラウキの問いに答えはなく、代わりに十間（約十八メートル）ばかり先で、黒く長い筒を肩に構えた男が振り返る。

筒先が火を吹き、炸裂音が鳴る。黒い煙が筒先から流れた。有徳党はそれ以上の攻撃はせず、逃散した。

シラウキが不思議そうに右胸に手を当て、ゆっくりと膝をつく。

稲姫はシラウキに走り寄った。薄茶の樹皮衣の右胸に穴があき、血が滲んでいる。悪太夫の部下も走ってきて、二人がかりでシラウキを担ぎあげた。

悪太夫が丘の上で叫ぶ。

「何処《いずこ》の御仁《ごじん》か知らんが助勢かたじけなし。門を開けろ、手当てをする」

担がれるシラウキの目は虚ろで顔は白く、唇が震えている。なにか言いかけ、瞼が落ちた。

「シラウキ！」

手早く館に運びこむ。悪太夫の右腕の光貞《みつさだ》という男は金創術《きんそう》の心得があるらしく、気を失ったシラウキの衣を脱がせ、右胸から親指の先ほどの鉛玉をほじり出し、止血をした。そのときシラウキの左の鎖骨が半尺ほど歪み凹《へこ》んでいるのに、稲姫は気づいた。貫緒をつけて太刀を右手一本で扱うのは、この古傷のせいなのかもしれない。

「鉛玉……敵はこれを弾《はじ》いたのですか？」

稲姫の横で悪太夫が盃を舐める。ちかくで見る女頭領は、並の男より肩が張って腕も太い。そばかすの散った日に焼けた頬と、ちいさな切れ長の目が印象的だった。

「火縄銃だ。鉛の弾を射出する南蛮の武器で鉄炮《てっぽう》とも言う。運がよかったな。弾が小さく傷が浅かった。死にはせん」

交易は美しい錦や陶磁器だけではない。武器ももたらす。

「外《と》つ国にそんな武器が……」

「妾のところにも、唐商人が鳥撃ちにいいと持って来たことがある。仕掛けの手入れが面倒だからいらんと断ったが、人を撃つとこれほど威力があるのか」

悪太夫によれば、有徳党が現れたのは数日前で、仲間に加われと言ってきた。悪太夫が断ると食料を寄越《よこ》せと暴れ、館を囲んだ。そこに現れたのが稲姫とシラウキだった。

「ただの賊というふうでもなし、気味が悪い」

「有徳党の首魁は、前勝山館城主、蠣崎基廣です。目的はまだ、わかりません」

「嘘だろう、なぜ戻ってきた――」言いかけて悪太夫ははっとし、言い直した。「謀反の咎《とが》で、棺に閉じこめられ松沼に沈められたのだぞ。だいいち、あんたは一体」

村人の話では、悪太夫を代官に任じたのは前城主、すなわち次郎基廣だ。二人は面識があるはずだし、悪太夫は次郎の処刑について、なにか隠しているに違いない。まずは彼女の信頼を得るのが第一だ、と稲姫は慎重に身分を明かした。

「話せば長くなりますが、シリウチのヤイホムスさんからあなたのことを聞き、訪ねて参りました。わたしは蠣崎季廣が次女、稲。こちらはシリウチのシラウキです」

「あんたが蠣崎の姫だと！　そういやこの男、婚礼のときに見た――」

薄暗い灯火のもと、シリウチが蠣崎に攻められた経緯《けいい》を話すと、悪太夫は戸惑い、首を振った。

「わからんな。あんたが本当に蠣崎の娘だとして、そこで寝こんでいる男に攫われたのに、なぜアイヌに肩入れする」

稲姫は口ごもった。

なにを信じていいのか、自分でもわからない。自分を見捨てて戦さを選んだ父か。かつて和人を裏切ったアイヌの男か。裏切られたいとこ叔父の和人か。

ただ一人、助けたい人がいる。弟妹を抱き、声もなく涙するネウサラ。

――あの子は、わたしだ。

「戦さは、止めねばなりません」

やっとそれだけが言えた。

「この百年、はっきり言い切った和人がどれだけいたろう」

悪太夫の大きな手が、稲姫の肩に置かれた。悪太夫の祖父は稲の高祖父に謀殺された、いわば敵《かたき》である。

「じつのところ、蠣崎をさほど恨んじゃいない。このあたりの土地をめぐって武田信廣と小山悪四郎《あくしろう》、ふたりが争い、爺さまが負けた。時勢ってやつだ。一晩くれ。部下と話し合って決める」

今日はゆっくり休め、と悪太夫は客間をあとにした。

稲姫とシラウキは、二人きりになった。熱が出ているらしく、横たわる男の額に脂汗が浮かんでいる。冷たい水で手拭を絞り、稲姫は顔や首筋をなんども拭った。

出会って半月あまり。

男は、稲姫を攫った。兎の靴を作ってくれた。抱きあげるとき「触るぞ」と断ってくれた。友を裏切った。和人を躊躇いなく斬り伏せる姿は、獣のようだ。

鳥になりたいと、歌っていた。

「鳥になって、あなたはどうしたいのですか」

問いかけに、シラウキがうっすらと目を開ける。

「ああ、ここにいたのか。比呂子どの」

男は手を伸ばし、指先で稲姫の輪郭をなぞる。

稲姫は、その手を取った。男が柔らかな笑みを浮かべた。

「テイネポクナモシㇼでも地獄でも、連れて行っておくれ」

また男は目を閉じ、夢うつつの狭間《はざま》へと落ちてゆく。

稲姫は男の力ない手を取ったまま、じっとしていた。

二

「起きな稲、シリウチまで飛ばすぞ！」

シリウチを出てから十二日目の朝。稲姫は旅支度を整えた悪太夫に叩き起こされた。

「御助力いただけるのですか」

「シリウチには妾のかわいいヤイホムスがいる。助けに行かぬ道理はない」

「ありがとうございます！」

「爺さまは、弱きを助ける仁者でもあった。険しかろうと正道《しょうどう》を行《ゆ》け、と言い残された」

いまだ目を覚まさないシラウキを留守居に任せ、七十人での出発となった。馬を飛ばし、来た道を戻る。山越え手前で仁伍と運よく落ち合うことができた。

仁伍は険しい顔で稲姫を迎えた。

「ぎりぎりまに合ったな、稲」

「まさかもうシリウチは」

「陥ちたとは聞いてない。だが明後日、勝山館から兵が出る。この道も和人が占拠し、しばらく使えなくなる。だから『ぎりぎりまに合った』だ」

悪太夫によれば、和人の館で勝山館はアイヌと直接境界を接するためもっとも精強である。その館にも出兵命令がおりたということは、師季が言った「万の兵がシリウチを攻める」も、数はでたらめとはいえ戦意においては決して誇張ではない。

和人の兵五百対シリウチアイヌ二百。戦える者はせいぜい八十。勝ち目はない。

仁伍の声も緊迫している。

「比石《ひいし》も原口も禰保田《ねぼた》も、東岸の穏内《おんない》や脇本も。和人の館からすべて兵が出た。こんなことは五十年なかったたって、爺さまが言っている。コシャマイン、ショヤ・コウジ兄弟、タナサカシとタリコナ父子《おやこ》につぐ、第四の大戦さになると」

大長と尊敬され、十二の館のうち十まで陥としたコシャマイン。

和人の本拠地・大館まで攻めあがった、ショヤ・コウジ兄弟。

父子二代にわたって抗った、タナサカシとタリコナ。

みな、和人に殺された。

その名の列に、シリウチのチコモタインが並んではならない。

仁伍が不安がるのには、もうひとつ理由があった。

「変な奴らがいる。親父が山の上で見た。二十人ばかりで、巻狩をしてるらしい。たぶん、行きにニシパを襲った奴らだ」

次郎と手下たちだ。いますぐ大館を攻めるつもりはないらしい。もちろんアイヌに助勢する気もないだろう。仁伍たち金掘衆はいまは様子見で、どちらにも関わらぬと決めたそうだ。

斜面に稲姫のための縄梯子をおろしながら、仁伍は言った。

「稲、あんたは大館に帰れ。シリウチに戻れば死ぬぞ」

荒い縄を、稲姫は摑んだ。泥も構わず斜面を登る。

「戻りません。きっと方策はあるはずです」

山を越え、仁伍とは木古内《リコナイ》で別れた。椎の木の根元で、仁伍は手を振りつづけた。

「シリウチが全滅するのは、半分アイヌのおれだって嫌だ」

雲ひとつない濃い夏空が、目に沁みる。日差しが背を焼き、海からの照り返しで、街道はぎらついていた。埃っぽい街道には、軍馬の落とした馬糞《まぐそ》が大量に残っている。脇本館や穏内館、東岸の兵がすでにシリウチに向かった証だ。

「ヤイホムスの婚礼に行ってよかった。だいたいの地理がわかる。海側はいつ和人の兵と遭遇してもおかしくない。北の峰沿いにシリウチに向かう」

悪太夫の提案で海沿いを離れ、北の山地からシリウチの砦へと入る。高台から海沿いの平野部が見え、稲姫は言葉を失った。

「こんなにも兵が」

平野を人が埋めつくす。陣笠を被った和人が点々と蠢《うごめ》いている。小屋はすべて焼かれ、野陣から立つ炊煙が海に向かって流れている。砦への道を確保するため木が伐りはらわれ、運びだされていた。シリウチ川ははげ山が吐きだす大量の土砂で茶色く濁り、反吐《へど》のように海へ流れこむ。

横に立つ悪太夫は、冷静だった。

「見たところ先兵《せんぺい》で、五百もいない。稲よ、怖いか。これからもっと恐ろしいことになる。砂金取りの小僧の言うとおり、大館へ逃げ戻るのが得策かもしれないよ」

「いいえ。進みます」

日暮れを待って砦に入る。チコモタインが血相を変え走ってきた。稲姫と悪太夫をみなから引き離し、曲輪の端で三人だけで話した。

「シラウキは、まさか」

「無事です。傷を負ったため、あとから参ります。こちらは泊村の小山悪太夫どの。その、セタナイのハシタインどのの助力は得られませんでした。御詫びの言葉がありません」

ハシタインの伝言を聞いたチコモタインは、しばらく絶句していた。

「なぜ……おれの思いからみな外れる」

「それが戦さだ、チコモタイン。妹のためなら妾は命も惜しくはないが、あんたは勝ち目のない籠城をつづけるのか」

悪太夫の問いかけに、チコモタインの声は弱々しい。

「オサマンペから援軍三十が入った」

悪太夫の手勢は七十人ばかり。シリウチの八十、オサマンペの三十とあわせても戦力は二百に満たない。焼け石に水なのは稲姫にもわかる。

チコモタインは指を噛んだ。

「みなには、セタナイの援軍はシラウキが連れてくると言う」

「騙すのですか」

稲姫は言って、慌てて目を伏せた。悪太夫も眉間に皺を寄せる。

「感心しないね」

「セタナイが援軍に来ぬとみなに知れれば、戦うものも戦えぬ。それでなくとも風向きが悪い。今朝、水汲みに出た女たちが五人、戻ってこない。悪太夫、あんたの妹のヤイホムスもだ」

「それを早く言えッ、なぜ女だけで行かせた」

知っていたら止めた、とチコモタインは呻《うめ》いた。女たちが夜のうちに話し合って決め、若い娘が五人、夜明け前に沢へ降りたのだという。

「ゆえにこれ以上悪い報せは、言えん。すくなくとも今は」

「合点がいった。ああ……なんてことだ」

二人は黙りこくる。稲姫はこのとき、二人の沈黙がしめすものが、わかっていなかった。

チコモタインはすぐさまみなを集め、セタナイの援軍はシラウキが連れてくること、大軍ゆえ行軍にすこし時間がかかることを告げた。みな、稲姫と悪太夫の手を取り、涙を流して感謝した。だが五人の娘の不在による空虚さもまた、隠しきれなかった。

姿を消した女たちの行方は、翌朝明らかになった。

シリウチ川の岸辺に、手を縛られたアイヌの女が五人並べられた。女一人につき、後ろに丸に割菱の蠣崎の背旗を差した兵が三人ついている。

「ヤイホムスさん、ネウサラ」

稲姫の悲鳴にのろのろと顔をあげるネウサラの顔は、ふたたび真っ青に腫れあがって、目もよく見えていないようだった。

金鍬形《くわがた》の前立の兜を被った侍大将が、砦へ声を張る。下国師季ではない、別の家紋の背旗をつけていた。家中の別の将だ。

「夷狄《エゾ》ども、よく見るがいい」

侍大将は一人のアイヌの女を足蹴にした。それを合図に雑兵が女の手足を押さえ、馬乗りになった。泣き叫ぶ声と、砦の人々の悲鳴がどうじにあがる。声が渦巻き、稲姫はその場に座りこんだ。悲鳴をあげたくても、口がぱくぱくと動くだけで息が吸えない。

河原で、尻を丸出しにした男が腰を振っている。その動きがいやにゆっくり、稲姫の目に焼きつく。

悪太夫が勢いよく太刀を抜いた。

「奴ら、ぶっ殺す」

静まり返った群集を割り、チコモタインが進みでた。

「討って出ること罷《まか》りならん。シャモは伏兵《ふくへい》を置き、我らの隙を狙っている」

「娘らが犯されるのを見たままでいるのか！」

嚙みしめたチコモタインの唇から血がひと筋、流れる。

「恨みたいなら恨め。戦さに勝たねばならん」

「うるせえ、妾は行く」

悪太夫が怒り狂った男たちを率いて討って出るや、蠣崎の兵たちはさっと半裸の女を馬に乗せ、下流に逃げ帰ってしまった。

三日、四日――七日。おなじことがつづいた。

その間にも和人の兵はぞくぞくと着陣し、数は膨れあがる。

アイヌが討って出れば、和人の兵は川沿いに逃げ、伏兵が立ち塞がる。混戦になって数人が死んだ。はじめは怒り狂ったシリウチの人々も、毎日犯される女を助けられず、涙も涸れて耳を塞ぐ者もいた。

今日も無駄足を踏んだ悪太夫が、呆然と座りこむ稲姫を見つけてやってきた。蠣崎の兵と斬り結んだらしく、頰や腕に返り血がついている。血に濡れた両手で稲姫の頰を包み、目を合わせてくる。

「これから非道《ひど》いことを言うぞ。こんなことは、当然あるだろうと予想したうえで、妾は来た。なぜならもう何十年、こんなことは、和人とアイヌの間で繰り返されてきた」

止められず涙が溢れそうになると、悪太夫が「泣くな」と怒鳴った。

「それでも妾がこの見込みのない戦さに討死覚悟で来たのは、妹とあんたがいたからだ」

「わたし……?」

「ただの娘とは違う、嶋でもっとも力を持つ和人の娘」

頬をがっちりと押さえられ、悪太夫の茶色がかった瞳が覗きこむ。

「あんたは必ず、戦さを止められる。まだ気づいていないだけだ」

「わたしには、できません」

「できる!」

大喝《だいかつ》され、涙が引いた稲姫の目に、砦の向こうの山々の輪郭がいやにはっきり見えた。峰から峰へ、海を越え、果てなくつづく昼と夜の繋がりから、風が吹いてくる。その音は稲姫の耳元で囁くように鳴る。誰かが、やさしく乞うように。

体を縛りつける重さが消え、無数の形なき気配を、稲姫は感じた。それは風とともに去り、さいごに生者である悪太夫の声だけが残った。

「知恵を巡らせ。好《い》い方へ頭《かしら》を向けていろ。約束する。背中は妾が守る」

悪太夫の熱が、掌越しに伝わってくる。しゃくりで息が苦しい。溺れるように言葉を絞り出した。

「このまま、泣きくれたく、ない」

歯を見せて悪太夫は笑った。

「好《よ》し。あんたの気持ち、一等大事に抱いて誰にも渡すな」

八日目の朝、一人の女が逃げて砦に辿り着いた。

「シモグニというシャモの士《さむらい》が逃がしてくれた。あとの四人も逃げてくる。正午に、北側の沢へ迎えに来て欲しい」

助けに行こうとみな口々に言いつのったが、長老たちが「罠だ」と止めた。

稲姫は頭をさげて訴えた。

「下国師季は義のある男です。どうか信じてください」

みなの視線の先にチコモタインがいる。長い沈黙ののち、長は否と言った。

「ならん」

「ならば、わたしが行きます。もとはわたしの撒《ま》いた種。始末は自分で」

寒くもないのに体は震え、脂汗が浮くが、二度と泣くものか、と思った。チコモタインは眉根を深く寄せて、止めはしなかった。稲姫が蠣崎との交渉の役に立たないことを、彼も理解しはじめているらしかった。

歩きだす稲姫の後ろに、悪太夫がぴたりとついた。

「約束だ。後ろは守る」

砦から尾根ひとつ隔てた沢が、指定の場所だった。直接海へと注ぎこむ幅四間(約七・二メートル)ある大きな流れで、斜面や川際に笹藪があって見通しが悪い。強い日差しが照りつけ、目が眩《くら》む。日差しのせいだけではない。ここ数日ろくにものが食えていない。

稲姫は悪太夫の率いる二十人ばかりと土手のブナ林に隠れ、待った。

「これだけは約束しな。妾がいいと言うまで、決してここを動くな」

半刻待つ。遠くでかすかな悲鳴が聞こえた。木に登った悪太夫の部下が告げる。

「アイヌの女が四人。後ろから雑兵が十人ばかり追ってきます」

「後続の兵はあるか」

「いまのところなし」

「十なら殺《や》れる。行くぞ光貞」

悪太夫と部下たちが太刀を抜き、木立から飛び出した。

雑兵は猟犬のように女たちを沢へ追いこんでゆく。水が跳ね、女が逃げる。先頭にヤイホムスの長身が見えた。遅れる小さな人影が、水流に足を取られて転ぶ。ネウサラだ。

水しぶきがぎらりと光を放つ。男たちが嗤った。

「犬女、殺そう」

唸り声をあげて悪太夫が岸辺から飛び、空中で横薙ぎに一閃、鑓を持つ雑兵の腕を斬り落とした。血飛沫が沢の水に散る。ネウサラの足を摑んで引きずる雑兵の顔面を、光貞が蹴り飛ばした。

ネウサラがよたつき、沢からあがってくる。執拗に追う雑兵は黄色い歯を剝きだし、涎を垂らしていた。

稲姫の頭で、なにかが破裂した。

のだ。

「ネウサラ！」

動くな、という約束も吹き飛んだ。木立を飛びだし沢へ駆け降りる。岩のようにごつごつしたネウサラの顔が、声に反応した。探るように腕を伸ばす。目が塞がり、視界がおぼつかない

「イネ」

悪太夫が「稲を守れ！」と怒鳴るのが聞こえた。

「ここよ、手を！」

ネウサラの手を取る。硬く冷たい手だった。

ネウサラの二間（約三・六メートル）後ろで、雑兵が太刀を振りあげた。

そのとき、歌が聞こえた。

サポタㇷ゚カラキーキー

「エコタヌタㇷ゚カラキーキー」

水際の藪が揺れた。

黒く巨大な影が藪を飛びだし、ネウサラと稲姫を片手で攫う。影は、向かい来る雑兵の喉元へ太刀をずっ、と押し入れた。そのまま横に薙ぐ。敵の首がぐらりと傾き、血を噴いて沢の中に崩れ落ちる。

稲姫は自分を片腕で抱く男を、見あげた。

「シラウキ――」

無理を押して来たのだろう。泊村で撃たれた傷口が開き、体臭に血の臭いがまじる。

「ここにいろ」

シラウキは川下に走りだす。歌を口ずさみながら。乱れた髪がひらひら舞った。悪太夫たちも混じり、乱戦となった。

川下から砂塵があがり、騎馬兵が駆けつけてくる。聞き馴染みのある声が飛んだ。

「姫ぇっ、なにをしているお主らっ」

立派な胴丸鎧に身を包んだ侍大将が、鐙《あぶみ》を踏んで立ちあがる。シラウキが侍大将に向かって走りだした。

「下国師季ッ！」

絶叫とともに斬りかかるシラウキの太刀を鐔で叩き落とし、師季はあたりの惨状に目をやった。追ってきた雑兵は半分死に、残る半分も虫の息で、沢に沈んでいる。師季の顔が朱に染まる。

「言うたろうが……おれに殺されておけばまだましだったと」

太刀を拾いシラウキが毒づいた。

「呆れた言い分だ。女を餌に稲を誘《おび》き出そうとした」

「違う。こやつらは別の将の配下だ。あまりに惨《むご》く、おれは女たちを逃がした」

雑兵の腕には、たしかに女を犯した将の背旗とおなじ家紋の袖印がついている。

「おれが先兵として来たときは、まだ兵を律せた。だがもう無理だ。屋形自ら御出陣なさり、乱取りも認められた。もはや誰にも止められぬ。大戦さを呼びこんだのはお前たちぞ！」

沢は水音と木立を飛びかう小鳥の声だけとなった。

ゆっくりと師季は下馬し、膝をついた。

「姫を返してくれ」手をつき、頭をさげる。「約《やく》したではないか。たとえ辱《はずかし》めを受けていようと、一生添い遂げる。おれにとって大事な御方だ。頼む。返してくれ」

ほとんど最後は、泣き声になっていた。

ネウサラを抱きしめ、稲姫は沢から立ちあがった。びくりと師季の肩が動く。

「アイヌの娘たちが犯されたのに、わたしだけ無事に帰ることは、できません」

「あれは某ではなく、別の将が屋形に申し出てやったこと……」

「どの将だろうと和人ではありませんか！」

言葉にならぬ呻きが、師季の口から洩れる。

「姫へ渡してほしいと、御方さまに託されたものが。肌身離さずいまもここに。どうか御方さまのためにも大館へ御戻りを」

「母上が？」

敵本陣の方角を窺い、悪太夫が師季へ言った。

「また敵追手が来るかもしれん。すぐ退《ひ》く。稲に渡したかったら、あんたが一人で砦まで来るんだな」

ほとんど死ねと言うに等しい。師季は唇を嚙みしめ、眦《まなじり》を決した。

「参る」

師季はとうぜん蠣崎方の包囲網を熟知しており、北の山側は包囲が甘いこと、とくに日暮れ後はアイヌの得意な夜襲を恐れ、大部分が平野部に戻ることを白状した。

誰にも触らせぬ、とネウサラを背負ったヤイホムスは、血走った目で師季を睨みつけた。

「いまここで足の腱を切ってやりたい」

それからヤイホムスは、シラウキにも鋭い目線を向けた。

「セタナイの援軍はどこです」

「ヤイホムスどの、援軍は……」

「稲は黙っていて。これはアイヌの話。援軍が来る、それまではどんな屈辱にも耐えようとわたしたちは誓い合った。援軍はどこにいるの」

誰も彼も黙したままだった。北の山側を大回りして日没後、チャシに戻った。

人々が暗がりからそろそろと現れた。みな虚ろな目をして、喜んでいいのか、嘆いていいのかわからないようだった。女たちがネウサラを抱き、下の曲輪へ連れてゆく。稲姫が追いかけようとすると、ネウサラの小さな手がそれを押しとどめた。

「イネ、わたしは大丈夫。すこし休みたいの」

女の一人が呟く。

「あの子の親が先に死んでいてよかったですよ。娘の酷いさまを見なくて」

チコモタインが遅れてやってきた。

武器を取りあげられた師季は、自ら跪《ひざまず》き額を地面に押しつけた。

「シリウチの人々へ心より詫びたい。乱取り強姦は戦さの習いといえ、止められなかった己が口惜《くちお》しい。許してくれなどとは言わぬ。ただただ、すまぬ」

稲姫は驚いた。アイヌの人々もそれはおなじで、戸惑いの顔で土下座する和人の男を見た。

ヤイホムスの怒声が沈黙を破る。

「頭をさげたくらいで許しなどするかッ、償え」

引きずられながら師季は切ない声をあげた。

「ただひとつ、御方さまよりの預かりものを姫へ渡させてほしい」

師季が懐からだしたのは、文箱《ふばこ》だった。稲姫の母が譲ってくれた、檜山屋形・安東家の家紋が入った、携行用の文箱。なぜかシラウキがあっ、と小さく声をあげた。

「わたしの文箱です」

稲姫へ、師季が微笑みかける。

「出陣前、御方さまが某の陣屋をひそかに訪ね、稲姫さまに渡してほしいと。慌ただしく、詳しく尋ねることは叶いませんでしたが、きっと娘はわかってくれると。箱に刻まれし檜扇紋は、出羽におられる檜山屋形の家紋。おそらく河野《こうの》どのが、安東の屋形より賜ったものと。さあもう心残りはない、首を刎《は》ねてくれ」

シラウキがみなを止めた。

「莫迦、アイヌには斬首などないぞ。それに文箱について聞きたいことがある」

稲姫も慌てて師季に走り寄った。

「わたしも聞きたいです。河野とは誰ですか？」

「なんと、姫は御存知でない」師季の目が憐《あわ》れみを帯びた。「安東太に従って夷嶋に渡った郎党の一人に河野政通《まさみち》という武士がおり、宇須岸の館主でございました」

ウスケシは嶋南の二つに分かれた半島の東側、内海に面した良港である。いまは和人の勢力外だ。

「四十年ちかく前、宇須岸館はアイヌに攻められ落城、父・政通どのの後を継がれた季通《すえみち》どのはご自害なされ、当時三つであられた御息女のみが脱出なされた。それが姫の母君にございます。過酷な身の上ゆえ、姫に話すのを憚《はばか》ったのでしょう」

母にそんな来歴があったとは。

持仏や御守りではなく、母はなぜ、安東氏の家紋が入った文箱を師季に託したのか。母がこめた意味があると稲姫は感じた。

硯が浮いている。折り畳まれた書状が、底に隠されるように差し入れてあった。広げると大判の雁皮紙《がんぴし》で、正式な書状で使われるものだ。短い文面に目を通した稲姫は、声を失った。

「これは——」

師季が立たされ、ふたたびどこかへ連れていかれそうになる。待って、と稲姫が口を開きかけたとき、声がした。

「みな聞いてくれ。和人と和睦する」

三

その場にいた全員が、声を発した者――シラウキを見た。

「シャモと和睦する、と言った」

「和睦」そのものにあたるアイヌの言葉はないため、シラウキはそのまま「ワボク」と言った。みな、その意味を量《はか》りかね、ぽかんと大男を見遣る。

チコモタインだけが顔色を変えた。

「もう遅い！　アイヌに比較的寛容な蠣崎の郎党に、稲姫返還をもって戦いをやめる交渉をもちかけた。岡部も厚谷《あつや》も使者を斬って捨てた！　和人に兵を退く意志はない。もはや戦う以外にない」

チコモタインは肩で息をし、シラウキを詰《なじ》りはじめた。

「お前はずっとそうだ」

「なんだと？」

「アイヌの悔しさを誰よりも知っているのに、なぜ和睦などと臆病を口にする」

以後言い合いは早口で、稲姫には聞き取れなくなった。怒鳴り声とともに二人はついに殴り合いをはじめた。

鼻から血を流し、シラウキは叫んだ。

「セタナイは、来ない！　ハシタインはシリウチを見捨てた」

驚愕と絶望に、人々がざわめく。

「長はおれたちに嘘をついていたのか？」

「援軍も来ず、じわじわとなぶり殺しにされるのか」

「いやあっ」誰かが悲鳴をあげた。「チコモタインに、騙された！」

このままでは暴動になりかねない。悪太夫が先んじ、アイヌの言葉でみなの注意を引いた。

「いま問うべきはシラウキだ。なぜ和睦などと言いだした。みなに説明しろ」

鼻血を拭い、シラウキはぶっきらぼうに吐き捨てる。

「約束したのだ、あの女と。蔦《つた》と」

稲姫の心臓はぎゅっと縮んだ。蔦は母の通名《つうみょう》だ。家人は御方様、北の方などと呼び、名を知らない。父や稲姫のほか、限られた内向きの者だけが名を知っている。

なぜ、シラウキが母の名を知っている。

「母上と約束を？　母上を知っているのですか」

「『アイヌと和人はとこしえの和睦をすべきだ』と、あの女は言った。そのために、その箱が大事だと」

チコモタインが血の混じった唾を吐く。

「でたらめ者、和人の望みは皆殺《アラウシテッカ》しだ」

それに対し、別の声があがる。師季だった。

「できるやもしれぬ。和睦が」

自分を引っ立てようとするアイヌを押しのけ、師季は早口で話しはじめた。

「シラウキ、お主がなぜ御方さまと知己であるか、いまはおいておく。文箱の家紋を見たとき、おれも実はあっと思ったのだ。『とこしえの和睦』とは、『檜山屋形を中人《ちゅうにん》に矢留めせよ』ということではあるまいか」

シラウキは首を振る。

「中人という言葉は知らん。矢留めとは停戦のことだな。あの女は、和睦に何年かかるかはわからないと言っていた」

「これだから」夷人《エゾ》は、と言おうとして師季は真面目な顔に戻った。「中人は和人のしきたりというか、知恵だ。刀を手にしたまま、矢留めの諸条件を詰めるのは至難のわざ。此度《こたび》のように主君が戦うと言っている以上、我ら家人が矢留めに応ずることはできない。主君に対する背《はい》反《はん》になり、成敗されるからだ。だから、別の者を仲介に入れる。それが『中人』だ」

シラウキは薄く笑った。

「なるほど。お前は存外賢いな」

「おれが賢いのではない。五年ほど前のことだ。今川義元《いまがわよしもと》と北条氏康《ほうじょううじやす》が駿河・河東地域の領有をめぐり争った。いよいよ東海と関東の覇者が決まるかと、我らのあいだでもちきりになった。関東の動静は蘆名《あしな》、伊達《だて》を通じて奥州探題大崎氏《おうしゅうたんだいおおさき》に伝わり、仮に奥州探題が動けば、我らも無関係ではいられなくなる。しかし今川と北条は大戦さにはならなかった。甲斐の武田《たけだ》晴信《はるのぶ》が中人となり、矢留めを取りもったのだ。後顧《こうこ》の憂いを断《た》った北条氏康は、駿河から武蔵へとって返し、河越城《かわごえ》へ奇襲をかける！　おれは大大名の駆け引きに心を躍らせた」

チコモタインも悪太夫もシラウキも、みなぽかんとしているので、師季は唇を尖らせた。

「夷嶋には蠣崎武士と夷人。二者しかいない。今川と北条を取りもつ武田がおらぬ。山師や、そこの女悪党のような法外の者もいるが、ごくわずか」

二者だけ。二つの勢力を取りもつ「第三の勢力」がない。

第三の――。

「あっ」

稲姫とシラウキは、どうじに声をあげ、師季に詰め寄った。

「おい師季、檜山屋形というのはこっちに来た安東太政季のことだろ」

「そうです」稲姫が答えた。「檜山屋形とは、いまは出羽国におられる蠣崎の主筋、安東家のことです。当代は政季さまより数えて四代目、たしか舜季《きよすえ》さまと」

稲姫はシラウキと目を合わせた。男の目も、輝いている。二人には、おなじものが見えていた。

細く、頼りない、けれども明るい道が。

二人の声が重なった。

「中人として檜山屋形を御呼び申しあげる」

「中人として檜山屋形を引きずりだす」

土下座していたときの神妙さはどこへやら、仏頂面で師季が鼻を鳴らす。

「はじめからそう言っている」

チコモタインが信じられぬ、と首を振った。

「サモロモシㇼの和人の長に、停戦の仲介を頼むだと？　その者はどこにいる。来るのに何十日かかる？　断られたら無駄足だ。子供の浅知恵だ」

「断られないよう、これがございます」

稲姫は手にした雁皮紙を広げた。文箱に隠されていた書状だ。黒々とした筆致で数行書かれ、最後に花押《かおう》と印判が据えてある。師季に読みあげさせると、師季の目にも驚きの色が広がった。

「姫、これは檜山屋形じきじきの感状にございますぞ」

四年前のことだ。

先代の檜山屋形・安東尋季《ひろすえ》が津軽深浦《ふかうら》の森山館《もりやまだて》を攻めるにあたり、蠣崎にも出陣が要請され、父季廣は五百の兵を率いて海峡を渡った。二十歳だった師季も出陣し、手柄を挙げた。稲姫との縁組が正式に決まったのも、その武功によるものだったと聞いている。

稲姫が文箱を譲られたのはその出陣前夜、母のもとを富山《とやま》某《なにがし》という老武士が挨拶に訪ねてきて、母が追い返したあとだった。隣室で稲姫は、母が富山を怒鳴りつける声を聞いた。

「チコモタインどの、この文は檜山屋形から父へ、津軽攻め参陣の礼を伝えるものです。困ったことがあればいつでも頼れ、と書かれています」

家から家へ伝わる公的な文書《もんじょ》だ。母は父の許しを得ず、盗み取るように文箱へ入れたと思われた。

「紙切れ一枚になんの力がある」

吐き捨てるように言ったチコモタインに、師季が今度こそ悪態をついた。

「これだから！　文書こそ政《まつりごと》の要。参陣の命あらば駆けつけ、働きに屋形は感状をもって報いる。忠節と武功のすべてが記される。御恩と奉公こそ武士の大事じゃ。そもそも四年前――」

どこからそんな自信が湧いてくるのか、師季は現在の北奥、すなわち出羽国、陸奥国の情勢を滔々《とうとう》と語りはじめる。

「北奥は安東氏と南部《なんぶ》氏の治めるところ」

出羽国北部から津軽半島西岸を治めるのが安東氏。本拠地は檜山城。

陸奥国の太平洋側、下北半島から南部地方を治めるのは、南部氏。本拠地は三戸《さんのへ》本城。

この二者は長年、北奥の主権をめぐって対立関係にある。とくにここ数十年は南部方の津軽進出が激しい。

「そもそも政季さまの夷嶋渡海も、南部が元凶よ。南部が津軽十三湊を制圧し、安東宗家が滅び、南部は政季さまを傀儡《かいらい》に仕立てようとした。政季さまは南部から逃れるため夷嶋に渡られたのだ。安東家は北条得宗《とくそう》家から蝦夷沙汰代官《えぞのさただいかん》に任じられたゆえ、蝦夷ヶ嶋も安東家のもの」

シラウキが片方の唇を持ちあげ、冷笑する。

「これだからシャモは！　そこに先に住むアイヌを無視し、勝手に代官を決める。なんて図々しい奴らだ。が、いまそれを言っても話が進まないだろう……大昔の話はいい。四年前の話をしろ。お主らが津軽に行ったことと、和睦がどう関係ある」

師季はにやにやと笑った。

「軍功により、我らは感状を頂戴した。蠣崎の忠節に対し、檜山屋形は蠣崎に危難あらば、渡海して助けると書いてある。しかし代替わりと時期が重なり、屋形の御渡《おわた》りはいまだ実現せなんだ」

津軽より帰った父は、荒れた。宴ではあまり飲まぬ父が、夜、母と稲姫だけを呼び、手酌で深酒をすることがたびたびあった。憤懣《ふんまん》を堪《こら》え、口元が笑うように歪んでいた。

「酔った父上は嘆いておられました。いつになったら屋形の渡海は成る。蠣崎を軽んじておられるのか、と――」

自分はなにも知らぬ、といままで稲姫は思っていた。

それは間違いだった。

侍女たちが城下の市へ行き、珍しい鳥の羽や木彫りの細工物をアイヌから購《あがな》うとき、言葉が通じないのをとぼけて、銭を誤魔化してやったと嗤《わら》っていたのを「聞いた」。京の連歌師が数年に一度館を訪ねて来たときに、京《みやこ》の荒廃ぶりと三好《みよし》という武士の隆盛の話を「聞いた」。森山館攻めから帰ってきた師季が、頼みもしないのにどうやって敵の兜首を落としたかを身振り手振りを交えて語るのを「聞いた」。

稲姫は、聞いていた。知っていた。

我がこととして、考えなかっただけだ。

シラウキと悪太夫がアイヌの人々に、これまでの話をかいつまんで説明した。出羽・安東氏と夷嶋・蠣崎氏の主従関係。新屋形・安東舜季のこと。出羽へ行き、停戦の仲介をその舜季に請うこと。

シラウキはみなの顔を一人ひとり、見回した。

「このままでは、シリウチは全滅しか道がない。だが、戦いを止める道もまた、ある。どちらの道を選ぶか、決めるのはおれたちだ」

みなの頬が上気していく。海の向こうの島に見える、細く頼りない、けれども生きるための道を見ている。

一人、頑なのはチコモタインだった。

「アイヌの求めに、出羽の和人が動くとは思えない。動く利がない」

彼の言うとおり、アイヌの求めでは、安東は動かないだろう。

「蠣崎の娘《わたし》が参ります」

視線がざっと集まる。

問題は、誰が安東への使者にたつかだ。

新しき屋形に代替わりして三年。その披露。津軽攻めの慰労。渡海の名目《めいもく》は揃っている。

「和人が信用できぬ、というのはわかります。わたしたち和人はなんどもアイヌを欺《あざむ》いてきた。ゆえに『蠣崎季廣の娘』が戦いを止める道の、はじめの一歩となります」

無謀なことを、と内なる自分が嘲笑《あざわら》う。人形の自分になにができる。セタナイで失敗したではないか。もっとひどいことになるぞ、と耳元で囁く声がする。

黙れ、と稲姫は拳を握った。

「蠣崎は安東家臣筆頭。その娘は、考えうる使者の最上の格。断れば、蠣崎の面《つら》に泥を塗り、離反を招きかねない。つまり、あちらは断れないはずです」

即座に師季が金切り声をあげた。

「姫御自ら参られるなど言語道断！　殿は決して御許しになりませぬぞ」

「わたしは決めました。父は……わたしのことなどどうでもいいと、御考えでしょう」

師季の前へゆき、渋面《じゅうめん》を見あげる。

「あなたが陣を勝手に離脱し、敵陣にいまいること。これこそ言語道断。戻れば軍律違反として首を刎ねられますよ。大館に居《い》る老いた父上さま、母上さま、弟妹も連座となるやもしれない。だのになぜ、あなたは来たのです」

養うべき父母、弟妹たちの名を出され、師季は目に見えて狼狽《ろうばい》した。

「某は姫を御助けすべく、すべて投げうつ覚悟で……」

「それだけではありませんよね。あなたは止めたかった。和人がアイヌの女を犯すのを。だからヤイホムスどのらを逃がした」

がさついた師季の手をそっと取ると、どっと師季は膝をついた。

「こんなものは戦さではない。おれは厭《いや》だ」目から大粒の涙が零れる。「御屋形さまは隠居していた鬼丹後《おにたんご》を呼び、命じられました。一人につきアイヌ女を三人は犯せと」

「鬼丹後とは誰です」

泣く師季の襟元を掴み、シラウキが怒鳴りつけた。

「お前、鬼丹後と言ったか。奴が来ているのか」

泣き顔のまま、師季は頷く。

「知っているのか」

「やつは殺し《イトゥイパㇷ゚》の血筋《ウイペ》だ。おれが鬼丹後の囲みを断り拓き、稲を海向こうまで送り届ける。海に漕ぎ出てしまいさえすれば、蠣崎も追っては来られない」

チコモタインが重々しく言った。

「水汲みにもいけないほど敵に包囲されて、どうやって抜け出す？　もはや脱出は無理だ。シラウキ、お前の腕をもってしても」

「それは——」

囁くような声が、闇からした。

「明日の晩から、嵐になりますよ。少人数なら抜けられるやも」

ていねいな和人の言葉だが、あきらかに和人ではない抑揚。シラウキと悪太夫は瞬時に太刀を抜いた。泣いていた師季も稲姫の前に立つ。

誰だ、とチコモタインが闇に向けて問う。

「敵じゃあございません。刀を収めてくださいな」

薪を積んだ陰から、一人の男が背を丸めて出てきた。

背中までの長い直毛に刺繍のされた鉢巻を巻いた、アイヌの格好をした中肉中背の男だ。だが髭を生やしていない。顔だちもどこか和人風というか、淡白な目鼻立ちをしている。

「たしか、大館から逃げてきたアイヌだったな。和人に髭を剃られたと言って」

チコモタインの詰問に、男は笑みを浮かべた。下がり目がいっそうさがる。

「アイヌを装ってこちらに忍びこんでおりました。ほんとうは有徳党のアルグンと申し、大陸の女真族の出。これも仮名《けみょう》ではございますが。御許しくだされ」

あっ、と稲姫は声をあげた。

「あなたがアルグン！　基廣どのが大館に潜ませた間者《かんじゃ》の名を、そう言っていました」

「あれまあ」アルグンはにこにこと笑う。「頭《かしら》にお会いになりましたか」

はっと背後を見れば、シラウキの形容しがたい目線とぶつかった。アルグンが言葉をつづけたので、稲姫は慌ててそちらに向きなおる。

「我が頭は、この戦さの趨勢《すうせい》を注視しておられますよ。そりゃあもう」

稲姫は蠣崎基廣に遭遇したことを、かいつまんでチコモタインに告げた。

聞いていた師季も、呆気にとられた。

「某は正月に何度か会《お》うただけですが、基廣どのといえば蠣崎御一門なれど、変わり者として有名でした。屋形肝煎りの縁談も断り、年中山狩りばかり。謀反の咎で処刑されたときも、みな口には出さねど『やはり』という思いがござった」

長は、元勝山館主が、生きているということが信じられぬようだった。

「なぜ蠣崎基廣の間者がアイヌを助ける。奴はアイヌを憎んでいる」

「いまは益があるゆえとだけ。特技といいますか、わたしは数日なら空の様子と感覚から天気がわかります。今宵明け方に小雨が降りますよ。いまも背中が痛くてたまらんのです。ま、信じずとも結構ですが」

「……この間者を捕らえて縛りつけろ。様子を見る。和睦の話も保留だ」

アルグンはさしたる抵抗もせず捕らえられ、木に縛りつけられた。尋問が行われたが、間者は「あれ、困ります」などと軽口を言って、ろくな情報も吐きはしなかった。

疲れ果てたみなが仮眠を交互に取るなか、稲姫は曲輪の端へ行った。シラウキが一人、海側を睨んでいた。蠣崎が夜陣を張る篝火の向こう、水平線は見えない。

「シラウキどの。母上、蔦のことで聞きたいことがあります」

文箱に書状を隠し託すとは、稲姫の知る母とは到底思えない大胆さだ。その母の別の顔を、恐らくシラウキは知っている。シラウキは皮肉げに唇を持ちあげた。

「あんたも、話していないことがあったじゃないか」

次郎基廣と会い、エサウシイの凶事を聞いたこと。

「はい。本当は次郎どのに会いました。そして――」

シラウキは片手でそれを遮《さえぎ》った。

「いまはいい。やって、き、た、」

稲姫の頰にも落ちてきた。糸のように細い雨が。

風が生ぬるく吹き、しだいに雨脚は強くなってゆく。

「あんたはおれを信じなくていい。悪党シラウキのままでいい。もし海向こうまであんたを無事に送り届けることができたら、おれはすべて話す」

「わかりました」

薄明に雨が降る。二人はいまだ見えぬ水平線を睨んだ。

稲姫は決めた。裏切者の悪党を信じる。いや、信じたい。

行きたい。嶋の外の世界へ。

話したい。夷嶋の行《ゆ》く末を。

考えたい。戦さのない未来《すえ》のことを。

「こい、嵐。おれたちを海向こうの島へと連れてゆけ」

男の声は、稲姫の血をざわめかせ、血は体を熱くめぐる。

四

雨の中、チコモタインは公開討議《チャランケ》を宣言した。村で問題や揉めごとが起きたときの解決法で、自分の正しさを弁舌で訴える。反論する側も弁舌で応じ、何刻でも何日でもつづくものだ。どちらかの弁舌や体力が尽きたとき、その側が敗れたと見なされる。こんどは女子供も全員呼んだ。論題は和睦の件である。

一部の年配の男たちはヤイホムスに目をつけ、半笑いで彼女を指さした。

「汚れた身でよく戻って来られたものだ。おれなら恥ずかしくて生きていられないね」

ヤイホムスが目を大きく見開き、体を竦ませる。さっと悪太夫が立ちあがり、侮辱の言葉を投げつけた男の横面を無言で殴りつけた。追従で笑った者へも悪太夫は殴りかかった。

「お前らは糞じゃ！　こんな馬糞に助勢した己が阿呆だった！」

罵声は悪太夫にも向けられた。

「判官カムイの血筋だからと、偉そうに」

「女のくせに出しゃばるな！」

羽交い締めに押さえられても、悪太夫は唾を飛ばし怒鳴った。

「妾も行くぞ。アイヌの女の名誉のために、和睦の中人を連れて来る。男の腐った奴は死ね」

弁舌をないがしろにし、いきなり男を殴った悪太夫に対して長老たちは怒り、そもそも和人の助勢などいらなかったと言いだした。それに女や若者が反発し、チャランケは紛糾した。

シラウキと稲姫は、顔を真っ赤にした悪太夫を、すこしくだった三の曲輪へ連れていった。

「気持ちはわかりますけれど、落ち着いてください」

宥《なだ》める稲姫にも、悪太夫は歯を剝く。

「ふざけるな。ヤイホムスの苦しみはヤイホムスだけのものだ。ネウサラの苦しみはネウサラのもの。勝手にわかった気になるな。犯され魂を殺され、そのうえ同胞にまで蔑まれるなぞ、妾が許さない」

あのう、と背後から声がかかった。

振り返ると、数人の若者が立っていた。シラウキが友の引導渡しをしてやった若者が進みでる。名をフッチコトクといった。

「船は二艘、蛇《じゃ》ノ鼻《はな》岬の入り江に隠してある。使ってほしいと」

シリウチから海沿いを南下すると、約二里で直線状の浜が途切れ、和人の土地との境となる。境目となる岬は這いずる蛇の鼻づらに似ていることから、蛇ノ鼻と呼ばれていた。険しい崖ゆえに街道も岬を迂回する。船を隠すには絶好の場所だ。

「誰が言った」

「チコモタインさんだ。あの人はあらゆる手を尽くしている」

若者たちが口々に訴えた。

「老人は納得しなかったが、おれたちはトノマッとシラウキに行ってほしい」

「おれたちも脱出の手助けをしたい」

シラウキが舌打ちする。村の総意を得るのはどだい不可能、少数が独断で動くしかないとシラウキも稲姫も一致していた。チコモタインは、二人の考えも見通していたのだろう。

悪太夫も決断した。

「妾も行く。安心しろ、光貞たち戦力は置いてゆく」

フッチコトクが、シラウキに耳うちした。

「チコモタインさんは十五日で戻れと。それ以上は食糧が尽きる」

シラウキが稲姫とともにシリウチを出た時点で、チコモタインは二月《ふたつき》、六十日が限度だと言った。あれから何日経ったか指折り数えると、明日でおよそ一月。くわえてオサマンペ、悪太夫の援軍が入って、糧食の減りも早くなった。水の手が絶たれたことと合わせて考えても、たしかに往復十五日が限界だろう。

シラウキは頷いて、不安げなフッチコトクの背を叩いた。

「安心しろ。和人の長の尻を蹴り飛ばして連れてくる」


稲姫は、三の曲輪に寝かせられているネウサラのところへ行った。顔の腫れは引かず、熱を出して震えていた。切り傷だらけの手を握ることしかできないのが、悔しかった。

ネウサラの指が握り返してくる。掠れ声が聞こえた。

「和人の男が来た。謝っていたよ」

わずかに解る単語を繋ぎ合わせる。師季だ、と稲姫は身を固くした。

「わたしは許さない」ネウサラの腫れあがった顔に涙が流れる。「あの人だけが謝っても意味がない。わたしを犯せと命じた人、わたしの手足を押さえつけた人、犯した人、それを嗤った人、すべてが悔いなければ意味がない。そして和人はみなこの土地から出ていって」

アイヌの単語だけで、稲姫は愕然と問う。

「わたしも……？」

ネウサラは、かすかに頷いた。

ぎりぎりと胸が痛み、稲姫は声を絞りだす。

「ごめんなさい、ネウサラ。会えるのは最後になるかもしれない。わたしはあなたのために行きます」

応《こた》えはなかった。

稲姫が去ったあと、ネウサラは嗚咽《おえつ》を堪え、無事を祈る言葉を唱えた。

「ヤイトゥパレノ　パイェ　ヤン」


三の曲輪に渡海の衆が揃った。

稲姫はネウサラの衣に手甲脚絆を巻いたアイヌの格好。背負い籠に油紙と熊の毛皮で厳重に包んだ文箱と、はじめに着ていた絹の打掛を入れている。

シラウキはアイヌ式の革糸縅《かわいとおどし》の鎧を着た。胸部のみを覆う腹当形式である。弓を負い、帯に太刀を吊る。古びたメノコマキリも腰で静かに揺れている。

悪太夫はシラウキと似たアイヌ式の太腿まで覆う革糸縅鎧に野太刀。胴丸鎧をつけた師季は、熊毛の鞘の太刀を佩いた。

「頃合いです」

稲姫、シラウキ、師季、悪太夫。そしてもう一人、予想外の男がへらへら笑って立っている。捕縛されたはずの女真人、アルグンだった。

アイヌの格好を脱ぎ、女真族特有の筒袴に着替えていた。長い髪も結いあげて三つ編みにしている。笈《おい》を背負い、腰の左右に見慣れぬ形の曲刀を一本ずつさげていた。

「チコモタインどのが、砦に置いておくのも信用ならんと申されまして。交渉したのです。わたしも仲間に加えてくだされと。ああ、こう見えて腕は立ちますので、心配ご無用。倭寇《わこう》の用心棒として、船で海峡を渡ったこともありますよ」

到底信用できないと、師季と悪太夫が目線で訴えてくる。稲姫はあえて無視した。

「腕が立つ者は歓迎します。まず砦の包囲を突破できねば、行く先は出羽でなく『地獄』です」

アルグンは嬉しそうに拱手《きょうしゅ》をした。

「かたじけない。それに、他国人がいたほうがいい。姫も、将軍《ショーグン》も姐《ねえ》さんも、所詮は和人。あなたたちだけ行ったら、和人に都合のいいことばかり訴えるかもしれない。だからこそ、アイヌのシラウキさんも行く。互いに監視をする」

「こいつ、なにを抜かす。姫が嘘偽りを申されるというか」

気色《けしき》ばむ師季を、稲姫は止めた。

「アルグンどのの言うことは正しいです。渡海はアイヌと和人の『総意』とするべきです。異国人であるアルグンどのには、両者の監視役、中人となっていただきましょう」

アルグンは媚びた笑いを浮かべた。

「さすがの御慧眼《けいがん》」

五人は頭を寄せ合った。海向こうに渡ったことがある師季が、旅路を説明する。

「出羽までおよそ八十里。まず船で津軽半島の湊、小泊《こどまり》を目指す。さらに西回りの海路で米《よね》代《しろ》川へ。檜山城は米代川ぞいにあり、風向きがよければおよそ五、六日」

シラウキはときがないことを示すため、あえて機密を漏らした。

「限度は往復十五日だ。平八郎《へいはちろう》は、海が荒れれば片道十日かかると言っていた」

「十五日はかなり厳しいな。平八郎が誰だか知らぬが正しい。海路は天気次第だ」

悪太夫が肩を竦める。

「この嵐、一日で収まるとは思えないね」

「時化《しけ》が収まらぬ場合は陸路。小泊より下之切通《しものきりどおり》を経て奥大道《おくだいどう》（のちの羽州《うしゅう》街道）を南下する。この道は南部の領内を通るゆえ、案内《あない》役は必須。峠もそうだが、難所は南部の将が街道を見張る大仏《だいぶつ》ヶ鼻《はな》城。城将の石川高信《いしかわたかのぶ》は、南部の右腕と言われる。陸路はできれば避けたいが……」

「右腕をへし折るのは難儀しそうだね」

すべては、海に漕ぎだせてこそだ。左の肩を押さえ、シラウキがぼそりと問う。

「師季、お前から見て鬼丹後はどんな男だ」

師季は渋面を作った。

「アイヌは皆殺しにせよという男だ。和人でもそこまで公言する者はすくない。七十歳ほどか、安東太さまのころを知る、ほとんど唯一の老将。いまは大館近くの庵で隠居暮らしだが、此度自ら志願して鑓を取った」

「いまどこにいる」

「本陣の御屋形さまに近侍《きんじ》しているはず。やけに食いつくが、知己か」

「和人が言うところの『因縁』がある」

「たしかに敵はおおかろう御仁だ」

大粒の雨が落ちてきて、五人は空を振り仰いだ。しぜんと円陣を組み、たがいの硬い面差《おもざ》しを見る。稲姫は一人ひとりの目を見、どうか助力をと頭をさげた。

「稲さんは真面目すぎる。こういうときは気の利いたことを言うものです」

アルグンがにやにや笑い、両隣の師季と悪太夫の肩に腕を回す。

「なにをする無礼者」

「さあ肩を組んで。トノマッの御言葉を拝聴しましょう」

師季は稲姫に触れるのを憚って、肩に数寸浮かせて手を翳し、稲姫の反対側の隣にいるシラウキの腕を払った。悪太夫がはやくしろ、と焦《じ》れ、稲姫の肩に師季とシラウキの腕が乗る。

背丈も格好《かっこう》もてんでばらばら、だが不思議としっくりきた。

稲姫の声は昂《たかぶ》る。

「嵐こそ天祐《てんゆう》。和人、アイヌ、女真族。我ら同胞が歩むのは正道《しょうどう》」

神妙な顔をして、師季が頷く。

「姫が行かれるところ、地獄までも御供《おとも》いたす」

悪太夫は足を踏み鳴らした。

「妾は女子供のために。そして小山悪四郎の名のために」

アルグンはよくわからない笑みを浮かべたまま、よくわからないことを言った。

「わたしは罰を受けたいのです」

誰もが、十五日の道行に命を懸ける。シラウキが最後に言った。

「稲を出羽まで送り届ければ、おれたちの勝ちだ」

五

横殴りの雨を浴び、シラウキは西の斜面を這いずり降りた。日暮れ前、あたりが真っ暗になり、二間（約三・六メートル）先も見通せないほどの嵐が来た。

嵐の直前、アルグンが言った。

「二十日ばかり見聞《けんぶん》した程度から申します。アイヌの戦いかたは、十人から二十人が一組になって思い思いに遊撃策を取りますな。統率がなく戦略に乏しい。部族民によくある戦法です。村どうしの争いならそれもよいでしょうが、戦さを生業とする者たち相手に『合戦』は分が悪い。アイヌの戦いかたが効力を発揮するのは、夜陰に紛れた夜襲、荒天の隙を突く奇襲になりましょう」

敵の布陣はこうだ。砦の正面、シリウチ川の対岸に一隊百人ほど。川の上流に一隊。これは山幅が狭まっているために、五十程度。抑えの配置。敵の大部分は東へ一里下流、砦と河口のちょうど中間の平野部に布陣している。チコモタインが船を隠した蛇ノ鼻岬へは河口から南へさらに一里。岬の手前には和人の拠点の一つ、脇本館がある。おそらく惣大将の蠣崎季廣は脇本館に入っているのだろう。

平地の敵陣を突っ切るのは無謀だ。シラウキたちは川沿いに行かず、川向こうの燈明岳《とうみょうだけ》の山越えを選んだ。山を越えれば脇本館の裏手に出ることができ、岬も近い。山中に布陣する敵兵はすくなく、この荒天で見つかる危険性も低い。

それが最善だろう、とアルグンも頷いた。

「囲みの兵は、わたしとアイヌの大男どので斬りこみましょう」

砦を降り、チリチリナイという細い沢についたとき、アイヌが連絡を取り合うときに使う呼び笛がかすかに聞こえた。誰かが陽動に動いた。フッチコトクたち若者だろう。背旗を差した敵の伝令が来て、包囲兵の一部が下流へと移動をはじめた。

残った兵は三十か四十ほど。

いましかない、とシラウキとアルグンは視線を交わす。

砦を抜け出る前にすこしだけ、シラウキはチコモタインと話をした。チャランケは紛糾し、嵐となって結論が出ないままいったん閉会となった。ずぶ濡れのチコモタインは、いっそう熊に似てきた。

「残念だが、お前たちは独断で砦を抜けることになる」

シラウキはかすかに笑った。

「裏切るのは得意だ」

「お前の」チコモタインの丸い目が揺らぐ。「お前のそういうところが、嫌いだよ」

「船のこと、助かった」

項垂《うなだ》れるチコモタインの肩に手を置く。風の音とともに掠れ声がした。

「二度と行方知れずになるなよ」

彼の願いを叶えることは、難しいだろう。

流れる雨に一瞬目を閉じ、目を開く。

「渡河する」

つぎ目を閉じるときは、死ぬときだ。

シリウチ川は巨大な泥濘《でいねい》と化していた。シラウキとアルグンが見張り兵の背後に回り、一気に飛び掛かった。口を押さえて喉を掻き切り、泥流に蹴倒す。一人が逃げだして「敵襲」と大声をあげる。気づいた十人ばかりが、泥川に飛びこんだ。

アルグンが二本の曲刀を構え、刃を打ちあわせる。

「ここは御任せを。女真族は戦さの粋《すい》を極めし族」

アルグンは狂ったように敵に突進していった。川中の飛び石を軽々飛ぶように兵を踏みつけ、侍大将の首根っこを摑んで喉元を掻き切る。膝まで泥に浸かった敵へ、アルグンは奇妙に腕を揺らして双剣を振りおろす。鋤で畑を耕すように、淡々と。流れ出た血は、すぐに濁流に飲みこまれて消えた。

修羅場慣れしているであろう悪太夫すら、呆れた声を出した。

「まともじゃないね、あいつ」

「急ぐぞ」

シラウキたちは膝までの泥流を渡った。背後にアルグンが振るう刀の金属音、絶えまない叫び声を聞いた。川下では急を告げる鉦が鳴っている。

敵を振り切り、川を渡りきる。すぐ針葉樹の森へ入った。幸いアルグンも追いついた。

「安心しろ。このあたりの山は、木の一本までも知っている。敵にさえ遭わねば、時間はかかるが、必ず岬まで辿り着ける」

すこしずつ強くなる潮の臭いだけが、進む道の正しさを伝える。

ずぶ濡れで山道を進むこと一刻、敵兵に遭遇することもなく、アイヌがコロナイと呼ぶ沢に出た。ここまで来れば岬へはくだるだけ。半刻もせず岬に着く。

そう思ったとき、沢の向こうの暗がりで松明がひとつ灯った。シラウキは背後の稲姫に素早く言った。

「これより先、おれたちの誰が欠けても、決して助けようとするな。お前だけになっても前へ進め」

弱音のひとつも吐かず山を登ってきた稲姫は、頷いた。

「はじめよりそのつもりです」

強がりでも、シラウキは嬉しかった。

人影は五つ。先頭の巨軀の男の胴間声が響く。

「羆は、いちど獲物と定めたものは、決して見逃しはしない。夷嶋ではじめて羆を見たときはたまげたものよ。月の輪熊などとは、比べ物にならぬ」

巨軀の男、鬼丹後は言って、手の馬上鑓をひと振るいした。シラウキを見て片眉を吊りあげる。右頬にひどい火傷痕があり、皮膚が引きつれて唇が歪んでいる。よく見ると左の耳朶《じだ》もなかった。

「おお、臭うぞ。いつぞやの夷狄《エゾ》のくせえ臭いじゃ。御屋形さまに直談判して、張っていた甲斐があったというもの」

稲姫が小声で言った。

「一度だけ見たことがあります。たしか富山某と。母上と知己のようでした」

「稲姫、お久しゅうござる。某は富山三郎武通《たけみち》と申し、御母上、蔦様を落城する宇須岸からお連れ申しあげた河野家直臣《じきしん》にござる」

鬼丹後こと武通は、一行を睥睨《へいげい》した。

「下国どのまで逆心とは見下げたもの。わしはこの戦さで嶋じゅうの夷狄を滅ぼす。裏切者も死すべし」

言うや、武通は跳躍して鑓を横薙ぎに振るってきた。シラウキは鑓の穂先を叩いて逸らし、アルグンに叫んだ。

「雑魚四人は任せた」

「お安い御用で」

滝のような沢に踏みこみ、武通とシラウキは数合打ち合った。速さこそ衰えたものの一撃の重みは増して、三合でシラウキの腕は痺れた。

そのあいだにアルグンは従兵四人を斬り伏せ、稲姫たちが抜けようとする。

させるか、と武通が懐剣を稲姫に投げた。

悪太夫が、太刀で懐剣を叩き落とす。

「あんた！　主君の姫になんてことを」

「女が男に意見するのが当世《とうせい》の流行りか。まこと嫌な世じゃ」

野太刀を抜き、悪太夫が戻ってくる。

「シラウキ、なにを手間どってる。まったく、こんな悪習は妾の代で絶やさなきゃいけない。古爺《ふるじじい》はさっさと往生しな」

シラウキと悪太夫、武通の二対一となった。悪太夫の突きを、武通は笑っていなし、肩口を薄く斬って顔面へ蹴りを食らわせる。悪太夫の鼻から血が流れた。武通はせせら笑う。

「さあどうする。逃げ道などないぞ。さきは断崖絶壁、海じゃ」

「海の先にも道はある」

シラウキは短弓を弾いた。笑う武通の右肩に、短い矢が刺さる。鏃にトリカブトの矢毒が塗ってある。

武通は矢を構わず抜き、毒だまりのくぼみがある鏃を凝視した。

「毒矢だ。処置せねば半刻で死ぬぞ。引け」

「笑止」

短刀を抜き、武通は自身の肩に突き刺した。

「ばかな。鹿とおなじく抉り取るつもりか」

老将の顔もさすがに歪む。刃先で肉を三寸四方ばかり抉り、無造作に投げ捨てた。間髪入れず、左手一本で鑓の一閃がきた。

「ぐっ」

体をねじって直撃は避けたが、横腹をやられた。シラウキは左腕で武通の鑓の柄を抑えこむ。抉られた左脇腹から血がどっと溢れた。痛みは不思議と感じなかった。一本の鑓をめぐり押し合いとなった。ぬるむ斜面で足を踏んばり、相手の動きを封じる。じりじりと詰め、太刀が届く間合いまで入った。

武通は吐き捨てた。

「お前は、あの美しい山の麓で殺しておくべきだった」

武通の背後に、岩を持ちあげた悪太夫が立つ。

鈍い衝撃音がし、頭を殴られた武通が白目を剝く。足を滑らせ、巨体は沢の斜面を転がり落ちていった。

「はあ、はあっ……死ぬのはあんたさ」

悪太夫が手を差し出す。太刀を拾い、互いの体を支えて、山を南へくだりはじめた。悪太夫が斜面の下を覗きこむ。落ちた武通の体は、藪が生い茂って見えなかった。

「死んでいてほしいものだね」

「あれくらいで死ぬ男じゃない。急いで離れるぞ」

どちらともなく苦笑いが漏れる。

「ざまあないね」

「ああ」


横殴りの雨は小雨となって、蛇ノ鼻岬の大きなカラマツの根元に稲姫と師季、アルグンたちが待っていた。師季すら安堵の表情を浮かべたのが可笑《おか》しかった。

シラウキは稲姫を叱った。

「待つなと言ったはずだ」

「言っていません」稲姫はきっぱりと言った。「助けようとするなと言っただけです。シラウキと太夫はかならず来ると信じていたから、待ちました」

「甘っちょろいトノマッだ」

毒づきつつ、胸にあたたかいものが広がる。甘いのは自分だ、とシラウキは稲姫の頭を撫でた。

「助かった」

師季が「姫に触るな不埒者」と騒ぎ、シラウキは苦笑した。

「追手が来る。急げ。蔦とのことはかならず話す。約束は守る」

「大丈夫。信じます」

飛沫が打ちつける三丈ほどの切り立った崖の先に、隠し入り江はあった。

「本当にあった」

全長三間半（約六・三六メートル）、巾三尺（約九十センチメートル）、船べりの高さは最大一尺（約三十センチメートル）の二人漕ぎの小型の船が二艘。マストに補助的な筵帆《むしろぼ》がついている。樹齢百年を超すセンノキを船敷にし、両側面の羽板や、船首、船尾を板材と麻縄で「綴った」船、イタオマチプである。アイヌはこの喫水の浅い船で荒れた海峡を渡り、海峡を越えた和人の国《シサムモシリ》はもちろん、樺太、千島、果ては大陸までも漕いでゆく。

あらゆる可能性を見こし、船を隠しておいたチコモタインの差配に感謝した。

急に師季が不安そうな顔をした。

「二艘にわかれて、大丈夫なのか。某は泳げぬぞ」

稲姫も俯《うつむ》いた。彼女も泳げぬらしい。二人をおなじ船に乗せると大変なことになりそうだ。

「板綴船は強い船だ。おなじ場所から出れば海流でおなじところへ着く。安心しろ」

稲姫を安心させようと、悪太夫も胸を張った。

「妾の父上は武士をやめ漁師になった。妾は漁師の子。稲は縄で妾の体と繋ぎな。泳いででも海峡を渡ってやるさ」

まず稲姫と悪太夫、アルグンが一艘目に乗りこむ。横木に渡した座り板についで車櫂《くるまがい》を握る。稲姫は悪太夫の足元に収まり、悪太夫と体を綱で結んだ。

そのとき、崖上で叫び声がした。雑兵の頭がいくつか出て、矢が射られた。

「追いつかれた。師季、お前はこっちだ」

シラウキはもう一艘に乗り、車櫂を握る。稲姫と離れるのは厭だと我儘を言うかと思ったが、師季は大人しく船後部に乗りこみ、矢を射て応戦した。その間にも纜《ともづな》を解いた稲姫の船は、のたうつ海面を滑り、外洋へ出てゆく。

シラウキも自分たちの船の纜を切った。

雨脚が弱まったとはいえ、風はまだ強い。泥色にうねる海中で、巨大なものが摑んで邪魔しているかのように車櫂は重く、腕が千切れそうだ。津軽海峡の海流は複雑ではやい。沿岸部では陸地に沿って動き、中央部では西から東へ流れている。漕ぐ力が弱ければどんどん東へ流される。

シラウキは声を張った。

「横波に気をつけろ。おれが波を読む」

横波に煽られての転覆が一番恐ろしい。落ちれば終わりだ。海はたやすく人を食らう。真正面から波を越え、船体が高く浮きあがったかと思うと、突き落とされるように波底に叩きつけられる。

「沈みさえしなければ……必ず岸へ辿り着く」

ふと、弦をかき鳴らすまぼろしの音が、聞こえた。

ハワシと行った大館で、遊行僧が弾いていた節回しだ。

撥《ばち》を胴に叩きつけ、甲高い声で津軽の荒れ海を歌っていた。節回しには流浪の悲しみ、怒りがあった。「あちらの島」の和人、安東太も小山悪四郎も、言い伝えの源義経と静御前も、名もなき商人や山師たちも、みなこの海を越えて夷嶋へやってきた。

なにかを求めて。なにかから逃げて。

和人にとって、夷嶋とはなんなのだろう、と頭の片隅で考えた。

稲姫の悲鳴で我に返る。

「あ、あれ……！」

目の前に二丈ほどの高波が迫っている。

巨大な鯨が、大口を開けるかのように見えた。波の頂《いただき》で稲姫の船、シラウキの船、二艘は左右にわかれ、あっというまに姿形が見えなくなる。

白い飛沫だけが、海峡に吹きすさぶ。

〈第五章〉 宇曽利郷恐山　天文19年5月

一

「なんということだシラウキ、おれたちは地獄へ着いたぞ」

愕然とした師季の声に、熱に浮かされたシラウキはぼんやりと考えた。

地獄とは案外近いものだな、と。


蛇ノ鼻岬から漕ぎだした二艘の板綴船は、時化《しけ》にまかれ離ればなれになった。帆も舵もきかず、シラウキと師季は、海に落ちぬよう船の横木や羽板を摑んで堪えるのが精いっぱいで、稲姫の乗った船を追いかけることなど不可能だった。力も尽きようというころ、嵐は弱まり、やがて夜が明けた。風に押され、シラウキの船は対岸へと流れついた。

すぐ湊の郷民たちが弱りきった二人を見つけ、武器を取りあげられた。

郷民は二人をどこかに運ぶことを決めたようだった。一晩漂流者を蔵に閉じこめたのち、急ごしらえの木組みの檻に押しこめ、荷車に載せて湊を出た。

師季は檻の柵を摑んで、牛を曳く男たちを恫喝する。

「おい、某をどこへ連れてゆく。もう一艘船が流れついてないか、男と女と娘が乗った船だ。答えい」

男たちは頭を寄せてひそひそ話し、ぼそぼそ答えた。師季が毒づく。

「訛《なま》りがきつくてなにを言っているかわからん」

訛っているのは自分のほうでは、とシラウキは思ったが黙っていた。たしかに師季も郷民たちも和人の言葉を話しているが、抑揚や語尾が異なり、シラウキにも容易に聞き取れない。焦れたように郷民が繰り返す。

「んだらまんづ田名部《たなぶ》の八戸《はちのへ》さまのとこだべ」

「八戸」で、師季が血相を変えた。

「まずいぞ。まずい」

師季はほとんど鬢のほどけた髪を搔きむしった。まるで落ち武者だ。それからシラウキの肩を摑んで引き寄せ、声を潜《ひそ》める。

「陸奥国《むつのくに》は複雑なのだ。我らは小泊湊へ行くはずだった。小泊のある津軽半島の西半分は西浜といって、安東の勢力域。だから船をつけても無事が見こまれた。だが、下北半島は南部の領地だ」

「和人の土地に変わりないだろう?」

莫迦、と師季は頭を振る。潮と脂の臭いが鼻をついた。

「八戸は敵地。田名部は新田《にいだ》の領地のはず。八戸南部家中の重鎮ぞ。我らの身元が割れれば……」

「和人どうしで仲が悪いのか。阿呆だな」

「うるさい」

師季が体を引き離し、まじまじとシラウキを見てくる。

「お主、熱があるのか?」

富山武通《たけみち》との組討ちで、左の脇腹を七寸ほど抉られた。衣を裂いた晒《さらし》をきつく巻いて、幸い血は止まったが、一晩中海水を浴びつづけて熱が出たらしい。寒気が止まらない。

青葉の繁る山道を、牛に曳かれた荷車がゆっくりと登ってゆく。途中街道が一昨日の嵐で崖崩れが起きて通行不能となっており、荷車は道を変えて山へと入った。師季が水を寄越せと男たちに怒鳴ったが無視され、しばらく静かになったと思えば、こんどは声をあげて泣きはじめた。

武士は人前で涙を見せるのを恥と考えると、次郎に聞かされた。しかし師季は人目も憚らず、おんおん泣いている。郷民たちも怯えた目で泣く武士をちらちら見る。

「八幡大菩薩、毘沙門天、摩利支天《まりしてん》、いかなる神仏でもいい、姫を御守りください。守ってくださらねば、某は社に火を放ちその中で腹を切る」

神仏に縋りたいのか、脅しているのかわからない。シラウキは静かに言った。

「お前は元気でいいな」

夕刻、上り坂が途切れ、風が止《や》んだ。

木々がなくなり、砂利道になった。黄色く変じた岩もある。強い硫黄臭が立ちこめる。

目的地に着いたらしい。山に囲まれた、丸い湖があった。白い浜に波が打ち寄せ、湖に注ぐ小川には赤い橋が架かっている。

荷車は橋をごとごとと渡っていった。行く先には白煙が立ち昇り、道端には石仏や、石を積みあげた石塔がいくつも立っていた。

見たことがない景色だ。どうじにひどく、懐かしかった。

「なんということだシラウキ、おれたちは地獄へ着いたぞ」

生きて湊に漂着したのは幻で、自分は海の藻屑となって死んだらしい。稲姫や悪太夫、アルグンという異人と出会えるだろうか。

アイヌの理《ことわり》を裏切った自分はどこへ落ちるのだろう、地獄か。テイネポクナモシㇼか。

どこでもない場所だろうか。

立派な山門《さんもん》の前で、荷車は止まった。郷民は荷車を門の前に置き、三度頭をさげて門の内へ入っていった。師季が「逃げるぞ」と肩を揺すったが、体が動かなかった。

「おい死ぬのか、よせ、おれを一人にするな」

師季の声が震えているのが可笑しくて、シラウキは虚ろに答えた。

「もうここが地獄なんだろう?」

「縁起でもないことを言うな！」

郷民はすぐに、小柄な僧を連れて戻ってきた。

「威勢のいい漂流民だな。一人はアイヌか。宇曽利《うそり》の御山《おやま》へよう参られた」

歳は四十ほどか。白い糯袢に夏用の紗の改良衣を着た禅僧だった。頭は五分ほど髪が伸び、三白眼に突き出た頰骨、口元には無精髭がまだらに生えている。喋るとひどい嗄れ声で、鉦を耳元で叩かれるようにシラウキの頭は、がんがんと痛んだ。ただ、言葉に訛りはなかった。

郷民たちは僧へなんども頭をさげ、足早に橋を渡り戻ってゆく。この場を恐れているようだった。

僧が身軽に荷車に登り、鍵を檻の錠前に差しこんで言う。

「愚僧は俊円《しゅんえん》と申す。夜中おことらに檻を破られ、襲われるのが怖いと申すので、当寺で一晩預かることに相成った。暴れるなよ」

軋んだ音を立てて錠前が外れる。師季が僧を襲うか惑う様子を見せたが、俊円という僧はシラウキの額に手を当て言った。

「だいぶ弱っているな、手当ていたそう。そちらも飲まず食わずの様子、逃げたとて夜の山で迷い、山犬に食われるのがおちぞ」

ううう、と唸った末、師季は頭をさげた。

「御頼み申す」

師季がシラウキを背負い、檻から出る。牛を曳いて来た大畑《おおはた》湊の郷民たちは橋のたもとで火を熾し、野宿の支度をはじめている。

「橋よりこちらは、地獄と言われておるでな。盆以外はみな入りたがらぬ」

「ここはまこと地獄なのですか」

対岸の山から月が昇り、影のように沈む山門を潜ると、硫黄の臭いが強くなった。

「脅かすのはよくないか。当寺は陸奥国糠部《ぬかのぶ》郡宇曽利郷、曹洞宗圓通寺《そうとうしゅうえんつうじ》。まさかりの刃のほぼ中央にあり、古くからの修験場でもある。おことらも見たように八つの峰に囲まれた中央に宇曽利湖があり、霊峰宇曽利山が鎮座する。別名、宇曽利が転じて恐山《おそれざん》と申す」

「それでは、某は死んでないので？」

「そのようだな。といっても此岸《しがん》とも違う。境目だな」

言いながら、俊円は激しく咳きこむ。喉がひゅうひゅうと鳴った。

「約十年前、毒を盛られこうなった。うつらぬ。案ずるな」

だだっ広い寺域の正面に本堂。左手には岩山があり、硫黄の臭いはそちらから流れて来る。参道両側には、ちいさな小屋が十個ばかり立ち並ぶ。回国する修験者《しゅげんじゃ》や僧のための仮小屋だと、俊円は言った。

「霊場ゆえ、修験者、遍歴僧、盲御前《めくらごぜ》、さまざまな求道者《ぐどう》が訪れる。あちらの小屋は薬湯。あとで浸かるがよかろう」

本堂に一礼し、俊円は裏手の寺務所へ回った。シラウキは手当てのため土間に寝かされた。僧たちがやってきて晒を替えて膏薬を塗り、煎じ薬を無理やり飲まされる。ほどなく意識を失うように眠りに落ちた。

風の音にまじり、音色が聞こえた。

シラウキは目を覚ます。傷口はまだ痛んだが、熱はかなり引いていた。土間の隣の板間に、小僧と青年僧が寝ていて、規則正しい寝息が聞こえている。彼らが治療をしてくれたらしい。

身を起こし、戸板を引いて外に出てみる。冷たい夜風が気持ちよかった。

月が、あたりを白々と照らす。シラウキは耳を澄ます。風が峰を渡る縹渺《ひょうびょう》とした音、行者《ぎょうじゃ》の寝ずの勤行《ごんぎょう》の声、そして岩山の向こうから聞こえてくるかすかな音色。

交易でエサウシイを訪れた大陸の女真族が弾いていた二胡の音に、よく似ていると思った。

白い煙が立つ岩山へ、シラウキはゆっくり歩いてゆく。

幾人が辿ったであろう岩山の入口に、和人の神仏、人の背丈ほどの地蔵像が数体並んでいる。頭を剃った丸い顔で、目を閉じ微笑を浮かべた顔は、仏教をよく知らぬシラウキでも、人を助け導く存在なのだろうとわかる。

地蔵らは「ほんとうに先へ進むのかね」とシラウキを案じるように見えた。

「ああ」

風向きが変わり、青白い煙が周囲にたちこめる。

かまわず、シラウキは大小の岩石が転がる、ゆるやかな坂を登っていった。

草木の一本もなく、地に手をつくと、わずかに温かい。ヤウンモシリにも、北のほうには煙を噴く火山《ウフイヌプリ》がある。この地もそうなのだろう。

離れた脇道に影が二つ、三つ、現れた。

頭のないもの、奇妙にねじけたもの、四肢がなく這いずるもの、形はばらばらで、唯一みな目がぽっかりと空洞だった。一つ、また一つと影は増え、音色の流れてくる方向へ、静かに進んでゆく。

小高い丘を登りきった。

眼下に、荒れ地が広がっていた。二十、三十ほどの影たちがしゃがみ、各々《おのおの》石を拾っている。拾って、塔のように積んでいる。高く積みあがった塔は、やがて虚しく崩れる。影は嘆くこともせず淡々と石を拾い、また積む。

永久に繰り返すのだろう。

荒れ地の端に、ひときわ小さな影を見つけた。まだ子供だ。こちらに気づき、ひらひらと手招く。

シラウキの心臓が跳ねた。

「……比呂子どの?」

無我夢中で丘を駆け降りる。砂礫に足を取られて途中から転がり落ち、あちこちを擦った。

軽やかな笑い声とともに、砂利を踏む音が遠ざかってゆく。

シラウキは泣きながら追いかけた。比呂子を失って十四年、一日たりとも忘れたことはないが、アイヌの理を捨てた自分は彼女を夢に見ない。アイヌでは夢は起きているときと地続きで、カムイや故人とも話ができる。彼女は恋しくて夢に見ると、シラウキに詠《うた》ってくれたというのに。

「待ってくれ。どうか、顔を見せて」

荒れ地の先の、ねばねばした沼地を越え、影を追いかけてゆくと、ふいに風が吹いた。煙が払われ、湖に映る月があたりを明るく照らす。湖を囲む外輪山《がいりんざん》だけが真っ黒な影となって、巨大な洞《うろ》のようだった。

波打ちぎわ、白い浜に誰かが座っている。

石を積む影と違い、はっきりと男の形をしていた。二胡とよく似た、すこし形の違う胡弓を弾いているのはこの男らしかった。

「誰を探している」

嗄れ声とともに、男が振り返る。寺僧の俊円だった。

シラウキは柔らかい浜に足を踏み入れた。

「亡くした和人の妻を手前の岩場で見た」

俊円は胡弓の弦を弾《はじ》いた。弓ではなく、琵琶のように手にした扇形の撥で弦を弾いている。

「お主に見えているものと、おれが見ているものは、おなじとはかぎらぬ」

弦を弾く俊円の声は、途切れ途切れだ。

「ここは浄土浜。地獄で罪業を償った果てに死者が辿り着く。和人だったという、お主の妻がいたとしても不思議はないな。彼岸《ひがん》に海の境などないのだから」

「辿り着いて、どうなる」

「釈迦の教えでは、輪廻の輪へ戻り、またなにかに生まれ変わる。虫かもしらん、畜生かもしらん、人かもしらん。和人はそう信じている。アイヌはまた、違うのだろうが」

空を、俊円は指さした。

「そら、来たぞ」

影のように聳える宇曽利山を越え、長い雲が尾を引き湖に降りてくる。揺らめき、ところどころ金の粉をちりばめた、白い生き物のような雲だ。

「妻だと思う者を見ても、決して名を呼ぶな。女が後ろ髪を引かれる」

石を積んでいた影たちが、いつのまにか浜に降りてきていた。シラウキの横を通りすぎ、一人、また一人と澄んだ湖に入ってゆく。彼らを歓迎するように、雲は長くうねって湖上に渦をつくった。影はゆるゆると手を伸ばし、雲に吸いこまれてゆく。

シラウキは言った。

「和人の崇《あが》める龍のようだ」

「龍?」俊円が喉の奥で笑う。「お主にはあれが龍に見えよるか。おれにはな、釈迦が垂らした救いの糸に見える。おお摑んだ者がほかの衆生を蹴落としよる。愚かよの」

小さな影が、シラウキの横を通った。あとから追いかけてきた大きな這う影に足を摑まれ、身を捩《よじ》っている。よせ、と俊円が低く止めた。構わず、シラウキは腰のメノコマキリに手をやった。小山悪四郎の御堂で血だまりから拾いあげたマキリは、刀身が歪んだのかずっと抜けぬままだった。ゆえに、大畑湊でも郷民に取りあげられはしなかった。

なんのつかえもなく、マキリが鞘から抜けた。

澄んだ刃で、シラウキは這い寄る影の腕を斬った。虻を散らすように影は消え去った。

ちいさな影が、一礼する。磨きあげられた刃に、幼さを残す少女の顔が映った。

頬を染め、はにかむように少女は笑った。

喉を声がせりあがる。

「――――」

「名を呼ぶな」

小さな比呂子は湖に入ってゆく。追いかけて縋りたかった。抱きしめ、名を呼びたかった。

戻ってこいと言いたかった。そのどれも、彼女を幸せにしないことはわかっていた。

血が出るほど唇を噛んで、耐えた。

マキリの刃に、己を映す。どす黒い顔をした男がいた。

彼女が溶け消えた雲は、長いこと湖上をたゆとうていたが、月が山の端へ隠れるころ、宇曽利山を越え、どこかへ帰っていった。

長く息を吐き、俊円がふたたび胡弓を弾いた。がなるように、喉を鳴らし節を回す。

「知ってっか、海の向こうを。見だか、海の向ごうを。見もせで死ぬんじゃねえど」

唸るような節回しを聞いた瞬間、シラウキの頭が弾けた。ハワシと訪ねた大館の辻で、汚らしい遊行僧が歌っていた。

「あんた、大館にいた――」

二小節歌い終えると、肩で息をついて俊円は悪態をついた。

「ちっ、喉が焼けてすぐに息が切れよる。ようやく気づいたか。おれはようく覚えているぞ、恋焦がれるようにこちらを見るでかいアイヌは、よう目立ったからな」

和人から見た侮蔑を含む「夷狄《エゾ》」ではなく、俊円は「アイヌ」と、ずっと言っていることに気づいた。

「なぜあそこにいた」

胡弓を抱き、俊円は尻を払って立ちあがる。

「知れたこと。おれが間者だからだ。檜山安東家の」

二

叩き起こされた師季は、不機嫌そうに目をしばしばさせ、俊円が差し出した書状を読んだ。シラウキは漢字がわからないから、師季が読むしかなかったのだ。一度、二度、三度。師季は読み返し、四度目でようやく目が開いた。

「信じられぬ」

書状は、檜山安東家当主・安東舜季《きよすえ》からの密書で、夷嶋に渡り蠣崎氏の動静を調べよとの内容だった。

「檜山から夷嶋はちと遠すぎる。だが大畑湊からなら船でたった一日。勧進僧がおおぜい海を渡るから、おれも紛れやすい。実際半分は小銭稼ぎのためであるし。当寺を保護する八戸はけちで、寄進の額がすくないからな」

言いつつ、俊円は燈明の火で書状を燃やした。

「手はじめに大館の市で鉦叩《かねたたき》の真似事をしていたら、蠣崎季廣の次女、稲姫といったか。和人の姫がアイヌの大男に攫われる騒ぎが起きるじゃないか。こりゃ戦さになるとおれは急ぎ戻り、安東の屋形に注進《ちゅうしん》した。かと思えば姫を攫った張本人がやってきた。仏も強引な結縁《けちえん》をなさる」

俊円は、師季に問いかけた。

「御仁は蠣崎の、分限ある武士と見ゆる。アイヌと和人の武士。揃ってなぜ海を渡ろうとした？　百年前、安東太が船出した下北へ帰って来た」

享徳《きょうとく》三年（一四五四）、南部方の傀儡として下北半島にあった「安東太」安東政季は、南部方の監視の目をかいくぐり、大畑湊から夷嶋へと渡った。蠣崎、下国、河野、そして武田。さまざまな家人や牢人を供として。

渡海の目的は話すな、とシラウキと師季は互いに目線を交わす。熟考の末、師季が口を開いた。

「某どもの目的を答える必要はない。密書もにわかには信じがたい。そちらこそ武ばった物腰、元は武士であったとおぼゆるが、訳ありか」

あっさり俊円は首肯《しゅこう》した。

「八戸南部家に仕える士《さむらい》であった。俗名《ぞくみょう》を田中宗祐《たなかむねすけ》と申す」

「それがなぜ僧となり、南部の敵である安東の間者になった」

俊円は薄く笑い、衣の袖をたくしあげた。手首から肘にかけて縦にはしる刀傷が見えた。

「主家より謀反の疑いをかけられ、毒を盛られ、それでも死ななかったため、刀を持てぬよう両手の腱を切られて寺《ここ》に送られた。十一年経たが、いまだに胡弓の弓も満足に持てぬ」

アイヌの刑罰に似ている、とシラウキは思った。アイヌは死罪でも直接手を下すのを避け、罪人の足の腱を切り、荒野《あれの》に捨てる。動けぬ罪人はじわじわ干からびて死ぬ。けれどこの男は、死ぬには目がぎらつきすぎているとも思う。

「間者働きは、主家への恨みゆえか」

「そういうことにしてよいだろう」師季の問いに、俊円は曖昧に頷く。「愚僧《ぐそう》のことはいい。話はお主らの渡海の目的だ。今日、津軽油川《あぶらかわ》湊から陸奥湾を渡ってきた修験者に聞いたのだが、昨日、油川湊には板綴船が一艘、漂着したそうだ」

シラウキと師季が勢いよく腰を浮かせたのを見、俊円は片唇を持ちあげた。

「おやおやどうした。一昨日からの嵐だ、船が漂着しても不思議はなかろう」

師季は、太い腕で俊円の襟元を捩じりあげた。

「乗っていた人はどうであった。知っておるだろう、言え」

「おい、やめろ」

シラウキが止めても師季は腕の力をゆるめない。顔を赤くし苦しげに俊円は言った。

「そうやって力ずくで、アイヌを殺し、犯して来たのだな」

びくりと師季の背が伸び、手を離す。後ずさり、その場に座りこんだ。

「おれは違う。やっていない」

「小悪党はみなそう言う。乗っていたのは男と女と娘、女は和人とアイヌだったという」

「きっと姫さまじゃ……！」

師季が拳で額を打ち、シラウキも力が抜けて座りこんだ。

下北大畑湊に流れついたアイヌの大男と、和人の武士。

津軽油川湊に流れついた、アイヌの格好をした和人の娘と、和人の女、女真族の男。

もとはひとつの集団だったのではと、俊円も勘づいている。これ以上隠しても事態は好転しないだろう、とシラウキは白状した。

「津軽の漂着船とは同行だ。目的地は檜山安東の城。和睦の中人になってもらいにゆく」

「嗚呼《ああ》、莫迦め言いおった」

師季は嘆き、俊円は訝《いぶか》しげに眉を動かした。

「蠣崎季廣の命か？」

「違う。アイヌと稲姫が決めた」

「ははッ！　たまげた」俊円は大笑した。「和睦は利がぶつかり合い、落としどころを探り、銭による調略《ちょうりゃく》がものを言うまた別の『戦さ』ぞ。合戦を防げて目出度《めでた》し、では終わらぬ」

シラウキは俊円の前に立った。頭ひとつ以上、背丈が違った。

「見ていろ、目出度く終わらせてみせる」

気圧されたようにシラウキを見あげ、俊円は無精ひげの浮いた顎を撫でた。

「稲姫というのは、さほどの傑物か」

傑物なんかではない、とシラウキは思う。稲姫はなにも知らぬただの娘だった。知らなかったからこそ、見たことから目をそらさない。彼女を都合いいように扱っているとは、ヤイホムスの言うとおりだ。だから、シラウキは太刀を取る。

蹲ったまま、師季が虚ろに言う。

「姫さえ無事ならば、船で海路をゆくのだ」

「嵐は過ぎたが風が強すぎ、外海は荒れたまま。四、五日は無理だろうな」

チコモタインは、十五日が持ちこたえられる限度だと言った。四日も五日も時化が収まるのを待っていては、まに合わなくなる。

「なんとしても行く」

「やはり、考えなしの行き当たりばったりか。だがそれが面白い」

ちょっと考えさせろと俊円は黙考し、やがて道程を語りはじめた。

「檜山城へはここから約六十五里。最短で五日はかかる。おれをぶん殴って逃げたとて、お主らはどの道を進むかもわかるまい。山を降りてすぐ、田名部城の兵に捕まるのがおちだ」

俊円によれば、明朝、油川湊から修験者を乗せてきた船が、荷を積み終え、戻るという。

それに乗れば陸奥湾を渡り、油川湊へゆける。

「下北のまさかりの柄の部分は長いでな。西に行きたければ船で湾を渡るほうが早い。南部《なんぶ》の目もくらませるから、おれは津軽《つがる》に行くときは必ず船を使う」

「油川湊に着いたあとは。陸の道はないのか」

そうシラウキが問うと、俊円はほとんど毛のない眉を動かし、にやと笑った。

「一筋縄ではいかぬ。陸奥国《むつのくに》は道も険しく、複雑怪奇、三戸《さんのへ》南部家臣の支城、安東《あんどう》の支城、浪岡《なみおか》の御所さま、霊峰岩木《いわき》山の禁足地、十和田《とわだ》湖の禁足地などが嚙み合って、案内なしで檜山《ひやま》城に辿り着くことはできぬ」

陸奥国は糠部《ぬかのぶ》郡と津軽郡、二つの郡にわかれている。地理的にも中間にある名族・北畠《きたばたけ》氏の浪岡御所を緩衝地帯とし、糠部郡を南部、津軽郡を安東が治めていた。しかしこのごろ三戸南部氏は、津軽郡の横内《よこうち》城、大光寺《だいこうじ》城、大浦《おおうら》城、大仏《だいぶつ》ヶ鼻《はな》城といった城につぎつぎ家臣を送りこみ、力を強めている。狙いは安東領の切り取りである。

陸路は、その三戸南部の力が強い地域を突っ切ることとなる。

「八戸だの三戸だのはなんだ。同族なのか?」

「謂《いわ》れはさまざまあるが、鎌倉殿（源頼朝）の奥州征伐で功のあった南部光行《みつゆき》が入国し、一《いちの》戸《へ》から九戸《くのへ》、各戸《へ》に枝分かれした。独立の気概が強く、いまは絶えた戸もある。南部の棟梁《とうりょう》はもともと八戸であったらしいが、いまは名実ともに三戸が宗家だな」

外浜《そとがはま》・油川湊から奥大道《おくだいどう》（のち羽州街道）をひたすら南下、山辺《やまのべ》郡、田舎《いなか》郡、平賀《ひらか》郡を経る。このあたりまで三戸南部の支城がいくつもある。その目をかい潜り、国境の難所・碇《いかり》ヶ岡《おか》（現碇ヶ関）矢立《やたて》峠を越えればおおむね安東の勢力域、出羽国となる。峠をいくつか越え、米代川に出たらあとは船でくだる。

地名だけ聞いてもシラウキには難易がわからない。

「おれたちは急ぐ。片道七日しかかけられない。聞くに平地の道ばかりではないだろう」

「アイヌ方はそれほど危ういか。初夏のいま、奥羽はもっとも道がよい。急げば五日ほどで行けるだろう。ただひとつ、大仏ヶ鼻城を無事通ることができれば」

「なんだその城は。堅固なのか」

俊円の顔は歪み、吐き捨てるように言った。

「城主がな。南部惣領・三戸南部晴政《はるまさ》の叔父で、石川高信《いしかわたかのぶ》という。またの名を仏の左衛門《さえもん》尉《じょう》。おれは、あれほど恐ろしい男をほかに知らん」

師季が渋い声を出す。

「おれも知っているぞ、森山館攻めのときに、敵方で遠目に顔を見た。戦巧者《いくさこうしゃ》で、仏の異名は――」シラウキを見あげ、口を噤《つぐ》む。「やめよう。足を止める時が惜しい。まず油川湊へ渡り、姫を探す。大仏ヶ鼻城を抜ける方策は道々考える。それしかあるまい」

なぜ力を貸そうとする、とシラウキが問うと、俊円は目をぎらつかせた。

「銭目当てよ。お主らを檜山城へ案内すれば恩賞が貰える」

明け方までに手配を整える、と大股で俊円が部屋を出ていくと、わずかな灯《ともしび》のなか残された二人は頭を寄せ囁きあった。

「あの坊主は信用ならん」

「珍しく意見が合う」

「ふん。お主、傷はどうだ」

「もう塞がった」

師季はかすかに笑った。

「嘘を申せ。とはいえ、顔色はだいぶよいな。檻に入れられているときは、明日まで持たぬと思うた。夜明け前にここを脱出する。俊円という坊主は置いてゆく」

「そのあとは」

「馬を奪って油川湊へ」

二人の腹は決まった。横たわり、すこしでも体を休めるべく目を閉じる。しばらくして師季の声がした。

「笑わずに聞いてくれ」

「笑うかもしれん」

「もし。もし、姫を檜山城へ無事送り届け、夷嶋に帰ることができたなら……おれはシリウチにゆき、アイヌの前で腹を切って詫びようと思う」

目を閉じたまま、シラウキは応えた。

「アイヌに腹を切る風習はないから、びっくりして謝罪とわからぬかもしれない」

「それでもやるのだ。ほかに詫びる術《すべ》がわからぬ。姫は人前ゆえ、優しい言葉をかけてくださったが、おれがあの愚行を止められなかったこと、嫌悪しておろう。おれだって」鼻を啜る音がした。「己が憎い」

師季は早口でつづける。

「女が毎日犯されるのを見て、夷人《エゾ》め、ざまをみろと嗤う将がたくさんいた。奴らとおれは一体なにが違う。おれは笑わなかったが、黙っていただけだ」

なんと言っていいかわからなかった。だからシラウキは十四年間、「あの女」以外には打ち明けなかった、自分の話をした。

「おれはエサウシイという村で、アイヌと和人、両方を裏切った。怒ったキムンカムイによって、和人の妻は殺された。妻はまだ十三歳だった」

師季は驚いて顔をあげ、しばらく言葉を失っていた。

「それがお主がウェナイヌと言われるゆえんか」

「ああ。なんども首を括ろうとした。だが、だめだった」

油が尽き、灯が消える。暗闇の中で師季が呟いた。

「どうすれば、いいのだろうな。おれたちは」

やがてどちらともなく眠りの淵に落ちる。比呂子の夢は、見なかった。

かわりに無数の子供の歌う声が聞こえた。

エコタヌタㇷ゚カラキーキー。
サポタㇷ゚カラキーキー。

アイヌの子供の囃《はや》し歌だ。巣立ち前の飛べない「穀物を食べる小鳥《アマメチカッポ》」すなわち雀を捕まえ、ぽそぽそした頭の毛をつまんで「お前の村の踊りを踊れ」、「お前の姉の踊りを踊れ」などと囃す。頼りない翼を懸命に動かし飛ぼうとしても、羽が生えそろわず、地面に落ち柔らかい足を折ってしまう。そのいたいけな様子に子供は興奮し、囃し声は高くなる。

やがて雛はぼろぼろになって死んでしまう。子供らはちゃんと祭壇へ雛を連れてゆき、ヒエを持たせ、「このヒエを持ってゆけば、お前の父母が大変喜ぶだろう」と魂を送る。雀の外側はここに残り、魂はお土産を持ってカムイモシㇼに還るのだ。

シラウキは嫌いな遊びだった。雛は母鳥を呼んでピィ、ピィ、と必死に鳴く。どこが面白いのだ、と近寄りもしなかった。

いまならわかる。

――あの雛は、おれだ。

踊るように滅茶苦茶に羽ばたき、転げ回って、やがて死ぬ。

戸が開け放たれ、差しこむ朝日と大声で目が覚めた。

「おうおう、寝ぼすけ熊っ子ども起きろ。出立《しゅったつ》だ」

熟睡してしまったのだ。シラウキも師季もばつが悪く身繕いをした。二人で脱《ぬ》け出す計画は失敗したが、深い眠りのおかげで熱はほぼ引き、体は軽くなっていた。

出された雑穀粥を平らげると、小僧が師季とシラウキの武具をよたよたと持って来て「刀とは重でですじゃ」と笑った。師季は「刀を帯びるような荒法師になるな」と応じた。

俊円を先頭に、三人は山門を出た。青年僧と小僧が合掌して見送ってくれた。彼らは、俊円が二人を麓の田名部城まで送り届けると聞いているらしい。郷民たちは厄介者を引き受けてもらえて心から安堵し、日の出とともに大畑湊へと帰っていったそうだ。

俊円は、田名部城下に向かう本道から逸れ、細い脇道をとった。城から約二里西、陸奥湾に面した湊へ行くと言った。杖をつきつき、先を行く俊円は振り返らない。

「おれを背後から斬って逃げようなどと思うなよ。すぐに捕まり、八戸の土牢行きだ」

わかりやすく師季が目を泳がせる。

「仏僧を背から斬るなど……そんな無法はせぬ」

山道は、ヒバとブナの薫香《くんこう》に満ちて、鳥や獣たちはすでに動き回っていた。森の匂いも鳥のさえずりも夷嶋に似ている、とシラウキは思った。海を渡ればまったく違う国かと思っていたので、意外だった。

夏でもやませという冷風が吹き、薄寒い空気を吸えば、体に血が巡るのを感じる。

一刻ばかり山をくだるとシラカバの木立が途切れ、朝焼けに染まる海が見えた。陸奥湾だ。浜には木箱を満載にした八人乗りの丸木船があり、恰幅のよい網元が待っていた。俊円が網元も安東の元陪臣《ばいしん》だ、と言う。

「宇曽利郷は蝦夷管領《えぞかんれい》と称した安東の旧領。安東家を慕う者はいまだおおい」

すでに話がついているらしく、網元は俊円と親しく言葉を交わし、シラウキと師季に船に乗れと顎をしゃくった。

「まだ波がたげらはんで、気ぃつけでいがさまい」

いつのまにか、言葉に耳が慣れていることに、シラウキは気づいた。

船の中央に小さく体をねじこむ。男たちがソーエイ、と船を押し、舳先《へさき》で白波が散る。シラウキが櫂を取ろうとすると、「傷が開く」と師季が櫂を取った。

「おさむらいさん、そったら無茶すな」

水主に気遣われ、師季は顔を真っ赤にし、櫂を漕ぐ。

「ぬう。舐めるな」

シラウキは、舳先に立つ俊円に問う。

「思ったのだが、宇曽利というのはアイヌが言うウショㇿ（湾）とおなじではないか。サモロモシㇼにもアイヌはいると聞いた」

「奥羽のいたるところに、アイヌは住んでいた」過去形で俊円は答える。「それぞれアイヌの地名があった。だが、仏僧が牢人を率いて移り住み、南部と安東、和人たちの争いで海沿いに追いやられた。和人はアイヌの集落を一律に『狄《えぞ》（狄）村《むら》』と呼んで、狩りや漁場に口出し、棟別銭《むねべつせん》や賦役《ふえき》を課している。そして和人名を与える」

「与える？」

「そう。ゆるやかに、侵してゆく。もちろん昔ながらのアイヌの暮らしをつづける人々もないではない。が、年々数は減っている。仏法によりあと五十年もすれば、津軽のアイヌはみんな和人になるって寸法だ」

諍《いさか》いももちろんあるが、夷嶋のようにアイヌと和人が全面的に合戦におよぶことはおおくはないと、俊円は言った。理由はさまざまだ。かつての安倍氏や奥州藤原氏など蝦夷《えみし》を継ぐ者は滅ぼされ、奥羽に進出する本願寺や法華宗の僧は、牢人すなわち武士をともなって土地を開拓するから、和人は増すいっぽうだ。強大な「大名」という武士に挟まれたアイヌは、しだいに和人と同化してゆく。

「和人は、この地を自分たちの領地と思っている。山の木々、水源、アイヌすらもその一部だと。器量のいい娘は、武士の養女になることもあるという。ていのいい妾《めかけ》だな」

シラウキが反応するより先に、師季が激怒した。

「まこと愚かなやりかただ！　じわじわ組み敷くなど武士のやることではない。名を奪うなど魂を奪うもおなじ。蠣崎はさようなことはせぬ。正々堂々戦さで雌雄を決す」

「コシャマインを誘き出して、殺したように？」

シラウキは皮肉を言った。師季と馴れあいたくはないが、彼が怒ったのは、すこしだけ嬉しかった。

師季ははたと気づいた顔をした。

「む……そうか。正々堂々ではなかった」

「阿呆なのか、素直なのか」

浜で女たちが小唄を歌いながら網を繕い、沖に点々と浮かぶ舟からは網引きの唄が聞こえる。おこぼれを狙う海猫の声。淡い黄金色の海は幾重にも音が満ちる。

俊円が目を細めた。

「歌え、シラウキよ。ウショルにアイヌの歌をもう一度響かせてみろ」

シラウキは首を振った。

「妻が死んで、歌えなくなった」

俊円の声は思いがけず優しい。

「そういうことも、あろうな。歌と語りはおなじではなかろうが、一度アイヌの村で宿を借りたとき、長老の叙事詩を聞いた。語ることは、難しい。こうあって欲しい、あるいはこうでなければいいという、語り手の望みがごく自然に入りこみ、事実はすこしずつ歪んでしまう」

次郎は言った。音曲は戦さから最も遠いところにあるべきだと。いま自分が口を開けば、忌まわしい記憶を、曖昧な言葉で美しく哀しい歌にしてしまうだろう。だから自分は踊る、とシラウキは思う。和人の打った鉄の太刀を持ち、故郷の踊りを踊り、敵を討つ。

最後、子供たちに嬲された雛雀は、魂を送られ、羽をむしり焼かれて食われる。

昨日の晩、シラウキは、雀になろうと決めた。

それで仕舞《しまい》だ。それでいい。

波音に俊円の声が流れゆく。

「史書も文書《もんじょ》も、一人一人の喜び、悲しみ、怒りまでは記録できぬ。それを語り継ぐのが、億万の名もなき我らの役目。か弱き小鳥は、」

振り返れば、広大な裾野を持つ恐山は頂《いただき》を雲に隠し、赤銅色に染まっていた。

「囀《さえず》りつづけろ」

三

稲姫は、夢を見た。

薄暗い板間で、複数の人に取り囲まれている夢だ。

二人はヤイホムスとネウサラだ。後ろに、蠣崎次郎基廣が無言で立っていた。

「イネは良い和人」ヤイホムスは微笑を浮かべて言った。「でもそれだけだ」

ネウサラの顔は醜く腫れあがっている。石のように青ざめて目鼻は埋もれていた。

「なにもできないよ。イネは。セタナイの援軍も呼んでこられなかった。わたしを助けることも。和人の屋形を連れて来ることも、仲直りもできない」

指の一本も動かせず、声も出ない。溢れる涙は顎から離れた瞬間凍って、床へ落ちた。いつのまにか板間は雪原となっていた。横殴りの吹雪の中、凍れる無数の人が立木のように白い闇へとつづいている。

ヤイホムスとネウサラの声だけが聞こえる。優しい声だった。

「しかたないよ。イネはただの女だもの」

蠣崎次郎基廣の声は、夢の終わりまで聞こえなかった。


「ああああああああっ」

筵をはねのけ稲姫は飛び起きた。炉の熾火《おきび》が弾ける音で、ようやく夢から覚めたことに気づく。

柱に焦げ跡がある粗末な小屋だ。横に悪太夫が眠っている。

ここは津軽だ。稲姫はひとつずつ確認した。二日前の朝、板綴船は油川という湊に漂着した。ここは油川湊から北へ二里ばかり離れた、アイヌの「狄村」だ。悪太夫は富山武通と斬りあった傷で熱をだし、寝ている。

漂着船の報せをうけ、すぐに油川を管轄する横内城から検見《けみ》の武士が来て、三人の身なりを見て言ったのだ、「夷狄《エゾ》は町に留まること罷《まか》りならぬ。いますぐ狄村へゆけ」と。

狄村がなにか、なぜそこに行けと命じられるのか判然としなかったが、逆らえば問答無用で斬るという空気だったので、従うことにした。荷を改められなかったのは幸いだった。文箱の安東家の家紋を見られれば、面倒なことになる。

湊を出る木戸のところで、稲姫とおなじ年頃の少年が数人、こちらを睨んでいた。太い眉に大きな目をして、麻の小袖姿。髷を結って、一人は短い脇差すら差していた。

「醜《みにく》い奴じゃ」

「女のくせに大刀《だいとう》なんぞ担いでら」

「山から追い立てられてくるらしい。あれがそうか？」

「いや夷嶋から流されて来たらしい。鬼の住む島だというぞ、のう山鶴《やまづる》さま」

少年らの目線の先に、十五、六歳の娘が尊大な態度で立っている。太く形のいい眉に、棗《なつめ》のような大きな目は豊かな睫毛でさらに大きく見える。露草色に染めた絹の小袖を着て、結った髪に金の簪《かんざし》がきらっと光った。身分の高い武士の娘と思われた。

山鶴と呼ばれた娘は、稲姫を睨み、唾を吐いた。

「夷狄は狄村から出てくるな」


狄村の長の名はカマソアシクル、和人名を伝七《でんしち》といい、みなには「伝七エカシ」と呼ばれていた。伝七エカシは三人を驚きながらも迎え入れ、手当てをしてくれた。しかし素性は一切尋ねなかった。深く関わるのを恐れていると感じた。

悪太夫の高熱が引かず、丸二日を狄村で過ごした。

稲姫がそこまで思い返すと、悪夢をすこし遠ざけることができた。隙間風にくしゃみをひとつ。初夏とはいえ夜は冷える。寒さのせいで悪夢を見たのだと、稲姫は自身に言い聞かせた。

筵を悪太夫に被せ、額に手を載せる。まだ熱はあるが、昨日よりはましになった。

これ以上は村に留まっていられない。

乗ってきた板綴船は嵐で壊れ、直すのを待ってもいられないし、銭もない。陸路で出羽を目指す。奥大道という街道を南下する道程は、すでに伝七エカシに聞いてある。明朝挨拶をして村を出るべきだ。

気晴らしに、稲姫は小屋を出た。星明りで海が光っている。浜にあげられた村の板綴船はあちこち綱が切れ、銛《もり》の先も錆びついている。漁をする海域や時期は和人に定められ、夜漁も禁じられていると、聞いた。浜に火を焚き、アルグンがアイヌの男たちと将棋か双六か、駒を使った遊びをしていた。

「どうです姐さんは」

「熱はだいぶ引きました。海路はどうですか」

「外海は荒れていて、駄目だとみな言います」

「明朝、村を出て陸路で行きます。シリウチは、一日ずつ死に近づいているのだから」

賽子《さいころ》を手の内で転がし、アルグンが舌を舐める。

「いやな字ですな、狄というのは。わたしの部《ウエジ》も漢人にこの字で呼ばれましたよ。ここのアイヌ人は和人の言葉が通じて助かったが、かえって嫌な話を聞きました。湊の木戸に餓鬼が数人おったでしょう。あれもアイヌだそうですよ」

「えっ……、和人の格好をしていましたが」

アイヌの伝統的な鉢巻も、樹皮衣も着ておらず、和人の麻衣に髷を結っていた。言われてみれば、みな目鼻立ちがはっきりしていたような気はするが。

「村をごらんなさい。小屋はたびたび焼かれ、漁も制限されている。アイヌは家族を養えなくなる。そうすると和人が、アイヌの子供を質草がわりに二束三文で買うんだそうです」

「人買いをするのですか」

「買われた子供は寺に預けられる。そこで和人の名を与えられ、和人の言葉で話し、仏教を教えられる。そうして、和人に『成《な》る』んだそうです。あの年頃になるともう、こっちには戻ってこない」

「…………」

飢えた子を助けるのは、善行に見えるかもしれない。その代償にアイヌの名と言葉と心を捨てる。縛られ殴られ強要されるのではなく、あたたかい飯と寝床と仏の教えとともに。

「石川高信という三戸南部の将が、率先してやっているらしい。『仏の石川』と称えられているそうです。反吐《へど》が出ますな」

わずか二日滞在しただけだが、この地のアイヌはある意味夷嶋より苦しい立場にあるのかもしれない。余所者《よそ》を歓待することが大好きなアイヌが、稲姫たちに薄い粥を出すだけが精いっぱいなほどに。

アルグンが転がした賽子は一の目をだし、男たちが喜ぶ声が夜の浜に満ちた。

翌朝、日の出とともに村は騒ぎになった。

山の集落から、アイヌの男が馬でやってきたのだ。

三十後半の頬に赤斑《せきはん》のある男で、夷嶋のアイヌとおなじく刺繡の施された鉢巻に切り伏せ文様を縫いつけた藍染めの木綿衣、耳に真鍮の耳飾り《ニンカリ》をつけ、手甲と脚絆に矢筒と太刀をさげた、伝統的ないでたちをしていた。

「十和田《ト・ワタラ》の長の息子サロルイと申します」

伝七エカシの狭い小屋で、サロルイは、男衆の前に座り頭をさげた。衣はところどころ焦げ、左腕を負傷していた。

「ト・ワタラでなにが」

伝七エカシの問いに、サロルイは堰を切ったように話しはじめる。

「二日前、南部方戸来《へらい》、伝法寺《でんぽうじ》、沢田らが奥入瀬、子《ね》の口からト・ワタラに入り、コタン五つを焼き払いました。子供は攫われ、比内、鹿角口からも兵が来て、みな山を降り北へ逃げました。馬の扱いに慣れたわたしが先触れとして参りました。昼には二百人の十和田アイヌがここへ参ります、どうかともに、和人と戦っていただきたい」

白い髭に覆われた伝七エカシの顔は、石のように固まったままだ。サロルイが喋るまえから事態を察していたようだった。

「お前の父とは若い頃からの友だ。しかし和人と戦うことはできぬ」

サロルイが悲鳴をあげた。

「なぜだ！　父は、あなたは必ず力になってくれると」

伝七エカシの隣に座ったもう一人の長老が、腕組みをして溜息をついた。

「聞くだに、ト・ワタラは三戸城襲撃を企てておったそうではないか。自業自得よ」

「でたらめだ。三戸に住む同胞もいるのに、こちらから襲うはずがない」

伝七エカシが低く言う。

「今朝、横内城より使いがあった。逃げてくるト・ワタラのアイヌを匿《かくま》うなと。逆らえば村を焼くと。よそのアイヌの揉めごとで、我らまで滅ぼされてはたまらぬ。これは外浜アイヌの総意と考えてほしい」

愕然とするサロルイに、誰かが言った。

「ト・ワタラのことはト・ワタラで決めよ。我らを巻きこむな」

話し合いの様子を、稲姫とアルグンは、女子供たちと一緒に大窓から覗きこんでいた。消沈したサロルイが帰ってゆく。誰も声をかけなかった。

アルグンが、稲姫の耳元で囁いた。

「決裂したようですね。きな臭くなる。急ぎ村を出ましょう」

小屋に急ぎ戻ると、悪太夫も身支度を終えていた。肩の傷口を晒できつく縛り、よろめきながら立ちあがる。

「無理をせず、後から追いかけてきても……」

稲姫が言いかけるのを制し、悪太夫は荷を背負った。

「約束したろ、あんたの背を守るって。それにこれは妾《わたし》のけじめでもある。これは言おうか迷ったのだが、刑死しそうになっていた基廣どのを助けたのは妾なんだ」

「えっ」

「基廣どのには、女の妾を代官に任じてくれた恩がある。それで、水棺の刑に処された沼にこっそり行って、部下と一緒に棺を引きあげたのだ。外《と》つ国に逃げると言っていたあの人がなぜ今になって戻って来たのかわからんが、此度のこと、妾にも責があると思う」

「そうだったのですか」

はじめて会ったとき、悪太夫は次郎基廣が生きて戻って来たことを知り、妙な反応をした。その理由がようやくわかった。

「刀を振るうのは妾やアルグンに任せろ。あまり気負うな」

ほんとうにそれでいいのか、と稲姫は思う。悪太夫やアルグンに守られ、檜山城へ連れて行ってもらうだけでいいのか。夢に現れた蠣崎次郎基廣は、なにも言わぬままだった。なにか大切なことを、忘れている気がする。


三人は伝七エカシのもとへ向かい、挨拶した。

伝七エカシは、両手で稲姫の脇の垂れ髪を一度撫で、小さな声で言った。

「あなたがたの事情を尋ねなかったことを許してほしい。我らには抗う力が残されていない」

「素性も定かならぬわたしたちを置いてくださり、御礼のほどもありません」

灰色に濁った伝七エカシの眼はあまり見えていないようで、すべてを見透かされているようでもあった。

「奥大道を南下されるのだな。大仏ヶ鼻城の石川高信に気をつけなさい。あなたの強大な敵となろう」

敵というからには、邂逅すればやりあうほかにない。兵も持たぬ、たった三人だけの稲姫がいったいどう戦えばいいのか。

「まず浪岡の御所を目指しなさい。御所の北畠氏は、和人の尊崇をあつめる名族。峠を越えて浪岡領に入りさえすれば、南部といえど簡単には手出しはできぬ」

「御所さまですね。承知しました」

エカシのゆっくりとした言葉が、稲姫の耳の奥を震わせる。

「忘れてはいけない。野に、弱い者など一人もいない」

村の入口から馬の嘶《いなな》きと、怒号が聞こえてきた。若い男が小屋に飛びこんできて、稲姫たちを急かす。

「姫《トノマッ》が来た。見つからないよう裏道を行け」

「トノマッ?」

伝七エカシの哀しげな声が、最後に聞こえた。

「アイヌでなくなった者だ」

三人は騒ぎを避け、曇天のもと、教えてもらった裏道で南へ向かった。もとの海沿いの街道に合流する辻にさしかかると、北から馬蹄の音と笑い声が近づいてくる。村に押しかけた「トノマッ」が戻って来るのだ。

先頭で馬を駆るのは、赤糸縅の小ぶりの腹巻をつけ、薙刀を持った少女だ。油川湊で見た「山鶴さま」だった。綱を持ち、サロルイが手首を縛られ曳《ひ》かれている。山鶴に従う少年たちが、枝や馬鞭《ばべん》でサロルイを打った。

サロルイが悲痛な声をあげた。

「ウヌヌケマッ、お前は和人に都合よく使われているだけだ」

振りかえった山鶴の顔が、一瞬にして朱に染まる。

「その名であたしを呼ぶな、あたしは横内城主・堤弾正《つつみだんじょう》の養女、山鶴なるぞ！」

稲姫は掌に脂汗が浮くのを感じた。頭に血がのぼり、目がちかちかした。野太刀の柄に手をかけた悪太夫を、アルグンがいけないと鋭く叱った。悪太夫が歯を剝く。

「妾は我慢が嫌いなんだ」

「夷嶋のことが第一でしょう。なんで余所者のわたしが一等冷静なんだっ」

「お前が余所者だからだろ」

「こんなことは、わたしの女真《ジュシェン》でもそうだ。マンジュ（建州、満州）五部、フルン（海西）四部、そして野人と呼ばれる東海三部。強い部が弱い部を痛めつけ、使役する。そして漢人につけこまれる。弱い者が悪いのです」

小声で言いあう二人の横で、稲姫は黙って、伝七エカシから聞いた檜山城までの街道、川、峠、町、城の位置を頭の中に思い浮かべた。山鶴は、サロルイを横内城へ連れてゆき引き渡すつもりだろう。サロルイは、十和田を追われたアイヌは昼には狄村に辿り着くと言った。

山鶴と十和田のアイヌが、どこかでかち合う。

「あの人たちに着いていきます」

山鶴を追い、稲姫は街道を早足で進む。

足を動かし、稲姫は考えた。正確には考えろと念じつづけた。考えは空転し、頭が焼き切れそうだ。

自分はなにもできない。シリウチでもセタナイでも、そうだった。悪い考えを頭を振って追い払おうとしても、胸がむかついて腹は熱い。

——考えろ、わたしのできる戦いかたを。

油川湊を過ぎ、鉄紺色の陸奥湾を左手に進むと、稲姫の予想どおり川の土手から怒号が聞こえてきた。土手は、逃げて来た十和田のアイヌと、彼らを追い払おうとする和人の兵五十人ばかりとで、一触即発の騒ぎとなっていた。

サロルイが縄を切り、同胞に合流しようと逃げだす。山鶴は弓に矢を番え、サロルイを射た。肩を射抜かれ、サロルイは土手から川へ転がり落ちた。

稲姫の頭には、たったひとつの考えしか浮かばなかった。

山鶴を人質にとり、十和田アイヌに紛《まぎ》れて峠を突破する。嫌な、卑怯な手段だった。だがやるしかない。

「十和田アイヌに助勢します」

アルグンと悪太夫が、そろって稲姫を諭《さと》す。

「冷酷に聞こえるかもしれませんが稲さん、首を突っこむな。わたしたちは急ぐ」

「稲、よしときな！」

腹の熱が喉までせりあがる。

「嫌……です」

稲姫は大股で土手にあがっていった。初夏の風が、髪を通り抜ける。夷嶋の風より暑い、と思った。

土手から湾へとつづく平野部のすべてが見渡せる。逆側は山に消えゆく奥大道が。あの先の峠を越えれば、伝七エカシの言った浪岡御所に着くはずだ。蒸した空気を胸に吸い入れる。海の香と土の匂いが肺に満ち、この地の熱を伝えてくる。必死で考えたアイヌの言葉で稲姫は呼びかけた。

「伝七エカシの村には、入れない」

川中から立ちあがったサロルイも、腕から血を流し声を張る。

「あの娘の言うとおりだ。北に行っても無駄だ」

人々が恐慌に陥る前に、稲姫は言った。

「わたしは道を知っている。落ち着け、川ぞいに上流へ。『浪岡の御所さま』はアイヌを助けてくださる」

「浪岡……？」

大勢の眼差しを、稲姫は真正面から受けた。お前は何処の誰だ、という戸惑い。お前の言うことはほんとうか、という不安。

すこし離れたところで山鶴が激高した。

「虚言ぞ！　みな降伏せよ。降《くだ》れば命は助け、暮らしも助ける。一年は棟別銭を猶予すると横内城主、堤弾正は申しておる」

熱が喉を食い破る。知れず、稲姫は大声で叫んでいた。

「でたらめだ！」

人形だった自分の顔に、ひびが入る。もっと叩きつけろ、割ってしまえと思った。

もっと言葉を、と心が欲する。拳を握り、生まれてはじめて腹から声を出した。

「アイヌが先に住んでいた十和田を追われ、なぜ和人に降らねばならぬ。棟別銭を払わねばならぬ。和人のやり口はわかっているぞ、海沿いの痩せた村に押しこめ、名を奪い、入墨や耳飾りを禁じ、漁場に縛《しば》りをかける」

さすがに和人の言葉でしか話せないのが悔しかった。

稲姫の言葉にアイヌたちが応じ、合流しようと川を渡ってくる。

和弓を引く山鶴へ向け、稲姫は袖を摑んで両手を広げた。鶴の踊りの、鶴のように。

「射当ててみなさいっ」

顔を歪ませ、山鶴はなぜか躊躇った。その隙に川を渡った数人のアイヌが、山鶴に飛び掛かる。山鶴の供の少年たちは、いち早く馬首を返し逃げだした。兵も慌てて追従し、川下へ退きはじめた。

いったん危機は去った。

山鶴を羽交い締めにする男たちを、稲姫は止めた。まだ目が回るような感覚がある。

「殺してはなりません。国境までの人質とするのです」

縄で縛られ、山鶴は馬を降ろされた。青ざめた顔で「殺せ」と唾を吐き、口を閉ざす。

サロルイが十和田アイヌの長老を連れてきた。長老は日焼けした赤黒い顔に長い白髭、青みがかった目をして、かなりの高齢と知れた。若い頃は十和田湖に毎日漁に出ていたのだろう。

稲姫の手を取り、長老ははっきりした声で喋った。

「息子サロルイを助けてくださった勇敢なメノコよ。御礼をしたいが、見てのとおり宝物《アイケシコロペ》もすべて奪われた」

こみ入った話になり、稲姫は和人の言葉で返事した。

「名を明かせぬ無礼を御許しください。わたしは実はアイヌではないのです。浪岡御所へ行けというのは、伝七エカシの言葉で」

「カマソアシクㇽが……」伝七エカシと古なじみだという長老は、目を閉じ黙考した。「誰よりも賢明なあいつが言うならば、我らは、カマソアシクㇽに従おう」

長老の意志が固まり、人々は新城《しんじょう》川の上流へ速足で歩きだした。

稲姫たちもその群れに入りこんだ。まずは危険を遠ざけることができた。

悪太夫が驚きつつ、稲姫を褒めた。

「稲、身を挺《てい》したのは肝が冷えたが、あんたに言葉合戦の才があったとはね」

対してアルグンは渋い顔をした。

「感心しませんな。まるで――」

「……わかっています」

怒りを放った快感はあれど、方策をたがえた。次郎は「道をたがえるな」と言った。アイヌの集団に混じることは、彼らを利用することに他ならない。さらには、山鶴を人質に取ったのは、シラウキが稲姫を攫《さら》ったのとおなじだ。その恐怖は、自分が一番よくわかっているのに、他人におなじ思いをさせている。

先を進むサロルイが、振り返って言う。

「気にすることはない。山鶴は元来、十和田アイヌの娘だ。五つのとき和人の娘になった。ほとんど攫われたようなものだ。だからアイヌに戻るだけだ」

重く口を閉ざしていた山鶴が、ぼそりと言う。

「口減らしで銭に替えたくせに」

悪態をつく山鶴を安心させようと、稲姫は声をかけた。

「峠を越えたところで解放します。けっして害したりはしません」

「信じられないね」

城に逃げ帰った山鶴の供や兵たちが報せ、横内城は追討の兵を出すだろう。峠まではおよそ三里。急がねば追いつかれる。

しだいに川幅は狭まり、山道へ入る。夷嶋より山の緑が濃く、空気も湿気がおおい。体を包まれるように稲姫は感じた。カッコウの声にまじり、聞いたことのない虫の鳴き声もする。アイヌの娘が「春蟬《はるぜみ》」だと教えてくれた。大館にも春蟬はいるが、すこし鳴き声が違う。

アイヌの老婆を背に負った悪太夫が、急ぎ足で進む。

「峠さえ抜ければ南部は手出しできんと、伝七エカシも言っていた。こちらの勝ちだ」

しかしさらに南、大仏ヶ鼻城が稲姫は気がかりだった。浪岡御所で通行手形を得られたとしても、敵がなりふりかまわぬ態度をとれば危ない。いまのうちに手立てを考えておかねば、と思った。

霧がかかり、昼前には小雨が降りはじめた。

霧を掻きわけ、峠まで半里を切ったところで、崖上で馬の嘶きがした。横内城の兵が迂回路をとったにしては速すぎる。別の兵か。

向かい鶴の家紋を染め抜いた黒地の旗印が、音もなく崖上に掲《あ》がる。いきなり矢が雨と降ってきた。人々はいっせいに走り、遅れた子供が一人、足の甲を貫かれ転んだ。

稲姫の目の奥で火花が爆《は》ぜた。悪太夫とアルグンがなにか叫ぶのが聞こえたが、怒りの火花は稲姫の四肢に「走れ」と命じた。

泣きべそをかいた五つくらいの子を背負い、稲姫は励ました。

「あとで矢は抜ける。泣かないで」

「お姉《サ》さん《ポ》、あれ！」

崖上の弓兵を従え、采配《さいはい》を手にした黒い甲冑の将がいる。男は筋兜《すじかぶと》の庇をあげて、崖下を見おろす。整えた髭に、切れ長の目をした色白の男だった。歳は三十半ばと思われた。

石川高信だ、と稲姫は直感で思った。

男と稲姫は、つかのま睨みあった。眼差しに、ぞくと背筋が寒くなった。

敵が数騎、崖を降りてくる。稲姫は子を背負って走りだす。蹄の音がまぢかに迫る。

「まに合わない――」

風に乗って、歌が聞こえた。

「エコタヌタㇷ゚カラキーキー
サポタㇷ゚カラキーキー」

黒い狼のようなアイヌの男と、つむじ風のようにすれ違う。男は、馬の脚へ太刀で斬りつける。馬が悲鳴をあげて転び、兵が投げ出された。

敵と反対側の斜面から腹巻姿の下国師季が滑り降りて来て、名乗りをあげた。

「夷嶋守護蠣崎家臣、下国師季参る」

信じられない思いで、稲姫は二人の男を振り返る。

「シラウキ、師季」

二人を追ってもう一人、痩せた僧が崖を降りて来る。がなり声で道の先を示した。

「みな走れ。三町先に国境の石碑がある。一歩でも踏み入れば御所さまの御土地、南部なぞ手は出せぬ、あとすこしだ」

いっせいにアイヌたちが走り、南部兵が追う。

迎え討つため悪太夫とアルグンが列の先頭から戻ってきて、師季とシラウキ、四人は無言で目だけを合わせた。シラウキが先頭を切った。黒髪がうねる。敵の鑓の穂先を太刀ではね、懐に飛びこんで、つぎつぎ斬りつける。まるで踊りのように見えた。師季は敵から奪った馬上鑓を左右におおきく薙いで、騎兵の足を止めた。その間を燕のように縫って、曲刀の刃先がきらっと光れば、敵が倒れ伏す。アルグンだ。悪太夫は馬上の兵に後ろから飛びついて敵の頭を摑み、首を搔き切って馬を奪った。

稲姫の目頭が熱くなる。

シリウチを出た五人が、ふたたび揃った。誰一人欠けることなく。

痩せた僧が声をかけてきた。大館で勧進歌を歌っていた遊行僧だと、声でわかった。

「御初に稲姫さま。愚僧は恐山の俊円。シラウキどの、下国どのの案内役にて。油川湊に流れついた御三方の噂を聞き、追いかけて参りました」

「御坊さま、大館の城下町にいましたね」

俊円はひゅうと口笛を吹いた。

「恐れ入り申した」

白光が霧に射しこむ。崖上から、やや甲高い声が山路に響いた。

「十和田の蝦夷《エゾ》は、こちらへ逃げて来ると読んで待ち伏せしておったが、おかしな者がいるものよ。ずいぶん遠くまで遊行に出られたな。圓通寺別院恐山庵主・俊円和尚」

腕組みをした俊円は、崖上の黒い将に不敵な笑みを向ける。

「大仏ヶ鼻城城主・石川左衛門尉高信。三戸宗家に伝えろ。愚僧はもう戻らぬと」

やはりこの男が、大仏ヶ鼻城城主・石川高信。

高信の白い頰がひくついた。

「裏切りも二度目となれば手慣れたものよの。一つ尋ねる。ここに蠣崎の臣が紛れておるはずだ。田名部から急報が入った。夷嶋守護・蠣崎季廣の家臣が大畑湊に流れつき、御坊《ごぼう》が逃したと。三戸本城にご報告申しあげる間も惜しみ、某の独断で駆けつけたが、神仏がお引き合わせくださったようだ」

「知らんなあ」

「先刻、下国何某という名乗りが聞こえたが」

お前、とシラウキと悪太夫、アルグンが師季を睨みつけるが、師季は頰を赤くして謝らなかった。

「名乗らぬ武士は、下郎《げろう》とおなじゆえ」

そんなやりとりには気づかず、石川高信は集団を見回し、鼻を鳴らした。彼にとって十和田のアイヌも、夷嶋の武士も、和人には見えないらしかった。

「蝦夷《エゾ》どもは見分けがつかぬ」

縛られた山鶴が逃げだし、崖下に駆け寄った。膝をつき高信に請う。

「石川左衛門尉さま、横内城主堤弾正の養女、山鶴と申します。怪しき娘を教えますゆえ、助けてくださいませ」

「養女？　下女か売女《ばいた》の間違いだろう？」

嘲笑に、山鶴の背がびくりと震えた。肩が落ち、その場から動けなくなる。

「…………」

高信は采配を振りおろした。

「もうよい。皆殺しにせい」

自分が浪岡へと扇動したばかりに、被害が増える。わかっていても、稲姫には耐えがたかった。夷嶋のために、この地の人々を危険に晒すのは許されるのか。小声で師季に問いかけた。

「名乗り出て、助命を請うてはなりませぬか」

師季が稲姫の頰を打った。ぴりりと頰が痺れた。一瞬、なにが起きたのかわからなかった。

己の手を凝視し、師季の絞り出すような声がする。

「すべてを見捨てても、あなただけは生きて檜山城へ辿り着け」

シラウキを先頭に、悪太夫、アルグンが盾になるように道に立ち塞がる。行きなされ、と師季の声がした。

稲姫は唇を嚙みしめ前を向く。一歩、踏み出した。

矢が放たれようとする瞬間、高らかな声がした。

「それ以上は、御所さまへの弓引きと見なしますぞ」

峠の南側から、新たな兵が現れた。

村上源氏の流れを示す笹竜胆《ささりんどう》の白地の旗を掲げ、背の高い将が馬を進ませてくる。よほど急いで駆けつけたらしく、花緑青に立涌文様《たてわく》を織りだした薄物の直垂の平服姿だった。

「先頭のアイヌたちは国境の石碑を越え申した。よって、我ら浪岡の客人とみなす」

石川高信は、兵に弓さげよと命じた。

山間に響くのは、春蟬の鳴き声だけになった。

背の高い将は、崖近くまで馬を寄せ、石川高信へ頭をちょっとさげた。

「さすが南部にその人ありと謳《うた》わるる左衛門尉どの。賢明な判断にございます。聞けば和歌も御上手とか。こんど御所に参られよ。歌会などいたしましょうぞ」

高信も軽く会釈を返す。

「武功では後《おく》れを取らねど、和歌は、奥州の今業平《いまなりひら》とも言われる紺どのの足元にも及ばぬ」

「買い被りにございますよ」

男は笑って、従兵から筒のような物を受けとり構えた。手には燻《くすぶ》る火縄を持っている。悪太夫の館を襲った有徳党の火縄銃に似ていた。筒先を高信に向け、男は問う。

「こは南部惣領どのの命か、左衛門尉どのの独断か。ようよう考えて御返答を。浪岡と一戦なるやもしれぬゆえ」

火縄が火皿に落ちるまえに、高信が折れた。

「某の独断にて相《あい》すまぬ。御所さまには御寛恕をと御伝えくだされ」

「承知いたした」

石川高信は来たときとおなじく、木々の向こうに音もなく消えていった。峰の向こうで法螺《ほら》貝《がい》が鳴る。部隊を複数動かし、広範にわたって「蠣崎の臣」を探しているらしい。

筒を降ろして下馬し、直垂姿の男がこちらに歩いてくる。

シラウキが呆然と呟く声を、稲姫は聞いた。

「紺……なんだって」

次郎基廣の、むかし語りにいた男。

すがすがしい面長の、背の高い男。和歌が好きで、女はみな彼に夢中になる。本人もそれを自覚して女たらしな一面があった、と次郎はかすかに笑って語った。アイヌの女に振られた権蔵は、いっそおれも平八郎の顔に生まれたかったと嘆いた。みなで天の川で泳いだ。大澗湾に船を浮かべてヒラメを釣った。兄の遺髪と籠手を見て、泣いていた。

紺平八郎が、そこに立っていた。

平八郎が目を細め、片腕をあげる。

「お前シラウキか？　そうだろ、そんな偉丈夫《いじょうぶ》こちらでも見たことがないもの！　変わらんなあ」


シラウキが背を丸め、駆けだす。泣きだしそうに顔をくしゃくしゃに歪めながら。

凍れる時にひびが入り、記憶が蘇る。

惨劇の起きた御堂からシラウキが行方知れずになった、あとの記憶である。

〈第六章〉 美しい山の麓　天文5年〜天文6年(1537)

一

　血生臭い小山悪四郎の御堂から姿をくらましたシラウキは、身一つであてどなく森を彷徨った。チュプエムコが追って来ればいいと願った。一度獲物と見なしたものへの、羆の執着は凄まじい。

　だがチュプエムコは来なかった。

　夢のようにおぼつかない足どりで、エサウシイからすこしでも離れようと、北東へ向かいつづけた。飯は食わず、沢の水を啜るばかりで、飢えは数日でシラウキの見る景色をほんとうの夢のように変えていった。

　出羽から平八郎が無事戻ったら、どう思うだろう。裏切ったと口汚くシラウキを罵るだろうか。あの夷狄《エゾ》め、性根は結局犬畜生じゃったな、と嗤うだろうか。

　喉を突いて死のう、と決めた。比呂子のマキリを握る。まだ生木の薫香すらしそうな白木は、血が染みこみ赤黒い。チュプエムコの剛力で歪んだのか、鞘には抜けなかった。

ありとあらゆる罵詈雑言を叫ぼうとして、気づいた。声が出ていないことに。

掠れ声すら出ない。

喉の奥に見えない栓をされたように、声帯が鳴らないのだ。

樹上から糸のように細い雨が降りはじめ、シラウキは声なく絶叫した。

——雨よ、おれを殺せ。

笑った。声が出ないまま腹を抱えて笑った。

声などいらない。命もいらない。

もっと奪え、と思った。

冷たい雨は降りつづいた。ある日、山の斜面で痩せた狼が仕留めたばかりと見える鹿の肉を貪っているのに出くわした。身の丈五尺（約百五十センチメートル）はあろうかという巨大な雄で、皮膚病か、黒褐色の毛はところどころ剝げて、あばらが浮くほど痩せていた。

冷夏で山はみな飢えていた。羆も、狼も、鹿も、兎も、木々も。

狼は耳をぴんと立て、食事をやめた。

シラウキはわずか三間（約五・四メートル）のところで、黙って立っていた。髪を湿らせた雨粒が、一滴、また一滴と垂れた。

どれくらい時が経ったか。シラウキはよたよたと近づいた。狼は構わず貪る。ついに狼の横に並ぶ。内臓の臭いがむっと立ちあがった。たまらず裂かれた鹿の腹に顔を突っこむ。血を啜ると、股座《またぐら》が熱く勃起した。

狼は怒らなかった。

前脚と後ろ脚の骨を折り、あばらを一本一本外してしゃぶるシラウキを、狼はじっと見ていた。

半刻も経たず、皮と骨が残った。

狼は金色の目で一度、シラウキを覗きこむと、毛の抜けた尾を振って木立の向こうへ姿を消した。

シラウキはその場で深い眠りについた。

起きると、また歩きだした。

何日かに一度、狼の狩りに遭った。あの黒褐色の狼から言伝《ことづて》を聞いているかのように、彼らは死肉の一部をわけてくれた。目を合わせることをしないはずの彼らが、じっとこちらを覗きこんでくる。シラウキがなんの生物か、確かめようとしているかのようだった。

冷たく雨の多い夏が終わる。山の木々は黄金色ではなく、すすけた茶色に葉色を変じ、木の実も実らせずに葉を落とした。ブナの木を見なくなった、とシラウキは気づいた。それだけ北上したらしい。

沢にのぼってくる紅色の鮭《チエプ》を、シラウキは羆と獲った。冬眠前の羆たちは沢の水をはねらかし、血眼で鮭を奪い合っていた。だが、シラウキのことは遠目にじっと見つめてくるものの、襲ってはこなかった。

卵を産み、沢に浮かんだ鮭の死骸を羆や狐が食いつくすころ。

待ち望んだ雪が降った。

——雪よ降れ、降れ、おれを殺せ。

笑いながら、シラウキは無人の原野を歩いてゆく。もはや食い物は手に入らず、水様便がほんの少し出るばかりだ。それを垂れ流すのも気にならなかった。

山里に雪が降る数日前、先んじて雪を被ったひときわ大きな山を見た。大小の小山を従え、椀を伏せたような形が美しかった。

そこで死ぬのだ、と思った。

北西から雪雲がつぎつぎやってきて、トドマツの林のほかは、すべてが灰と白に塗りこめられる。冬のはじめの重たい雪は踏んだだけでぐずぐずと溶けて、薄い鮭皮靴《チェプケリ》を履いた足は、すぐに感覚を失った。それでもシラウキはほとんど駆けるようにして美しい山の麓へと辿り着いた。

ずんずんと山を登る。

午後には、雪が強まった。横殴りの雪がシラウキの髪に、髭に張りついた。白い斜面と白い空で目が眩む。自分が登っているのか降りているのかもわからず、木の根に足を取られて転んだ。頭から雪に突っこみ、眼球に張りついた雪が一瞬、六角形の結晶を映して溶けた。

起きあがることもできない。一刻後には、死ぬ。

出ない声で、はじめて許しを請うた。

「許してくれ」

悪党は死ぬぞ。雪が解けるまでここで凍りつき、春になれば狼や狐に食われ骨を晒し、糞となるぞ。

喜んでくれ。酒を醸し、祝い団子を作ってくれ。ついに悪党が死んだと。

さいごに目を閉じ、真っ白な世界にシラウキは閉じこめられた。

つぎに聞いたのは、ぱちぱちと薪の爆ぜる音だった。

悪い魂がゆく寂しいテイネポクナモシㇼでなければ、先祖たちが楽しく暮らすところでもない。和人の地獄でもないらしい。地獄は恐ろしい閻魔王が治めているのだと次郎が言っていた。

生き延びてしまったのか。

がっかりして目を閉じた。

目を開き、また眠りの淵に沈む。なんどかそういうことを繰り返した。自分がどこにいるかしだいにわかってくる。木の燻される匂い。薪の爆ぜる音、鉄鍋を自在鉤に吊る音。誰かの話し声。

ついで歌声が聞こえた。女の声だ。低くて、呟くような、ルルル……という子音の音。梟の鳴き声にも、海で子を呼ぶ母鯨の声にも聞こえた。

何度目か目を覚ます。はっきりと小屋の様子が見えた。雪の比較的すくない嶋の南より梁が太く、しっかりした造りをしていた。花茣蓙を掛けた壁のそばに熊毛や鹿の毛皮で包まれた自分は寝かされ、胸の上に温石《おんじゃく》が置かれている。あたためられた心臓が妙に力強く鼓動を打つのが忌々しい。

二人の女がシラウキを覗きこんできた。

五十歳ほどの老女は黒地の鉢巻をつけ、口まわりに入墨を入れた伝統的なアイヌの身なりだった。もう一人、二十代半ばと見える娘は髪を唐輪に結いあげ、簪を挿した和人の身なり。細い眉に切れ長の目、薄い唇は和人らしい特徴に満ちていた。

娘のほうが低い声で喋りはじめる。堅いアイヌの言葉だった。

「あなたはどこの人。どうして防寒具もなしに山に入ったのです。足の両小指はもう駄目だ。わたしが兎狩りに行かねば、死んでいましたよ」

シラウキは中腹まで登ったつもりでいたが、娘の話では麓をぐるぐると歩いていたらしい。まず娘の連れた二匹の犬がシラウキを見つけ、橇《そり》に乗せて小屋まで曳いて来たそうだ。あと半刻でも遅かったら命がなかった、と娘は言った。二匹の茶色の犬が、シラウキの寝床に来ては、嬉しそうに顔を舐めた。

娘はぶつぶつと文句を言いつづけた。

「最初は飢えた老熊が冬眠できず死んだのかと思いました。湯を沸かして糞まみれの体を洗わされて、衣に臭いが移ってしまいましたよ。ああひどい」

老女が炉にゆき、鉄鍋で温めた粥の上澄みだけを椀に汲んで、シラウキの体を娘と二人で起こして口に含ませる。まったく味はわからなかったが、あたたかいものが腹に落ちてゆき、血が全身に巡りはじめた。

やめろ構うな、山に棄《す》てろ、と口を動かし、首を左右に振る。

老女が顔をくしゃくしゃにして笑った。こちらもアイヌの言葉だった。

「赤ちゃん旦那《テイネプニシパ》だこと。さあ汁を啜りなさい」

言い返すのも億劫で、シラウキは目を閉じた。

老女がてきぱきと働きながら言う。

「わたしはトットマチ、この子は蔦」

目を閉じる。心臓が規則正しく動き、鍋がくつくつと煮え、薪が爆ぜている。

二

トットマチと蔦は、母子というには奇妙な二人だった。

男亭主は死んだのかおらず、母のトットマチが子の蔦を敬うような態度をとる。炉の上座、主人が座る場所に若い蔦を座らせ、自分は入口に近い下座に着くのだ。炉を挟んだ客座に、起きあがれるようになったシラウキは座り、母子というには似てないな、と思った。

娘の蔦は雪のように白い肌をして、五尺五寸（約百六十五センチメートル）と背が高く、細い体をしていた。シラウキより五つ年上の二十七歳だと母のトットマチは言うが、シラウキより年下に見える。いまだ未婚で、いつも炉のそばで機織りをしていた。夜になると、紙の束に書き物をしている。

声が出せないシラウキにトットマチは深く同情し、反対に蔦は冷淡な態度を取った。

「母さまが言うから、冬のあいだは置いてあげますが、雪が解けたらどこへでも行くがいい」

「…………」

「口が利けなくても、オンカミくらいはできるでしょう」

細い目を吊りあげてこちらを睨む蔦を、トットマチが窘《たしな》めた。

「ニシパにもいろいろ事情があるのだろうよ。心が溶けるのを待つのがいい」

雪解けまで待てるか、とシラウキは高床倉庫の梁に縄をかけ、二度首を吊った。隣屋の清兵衛《せいべえ》という男がすぐに見つけ、大騒ぎになった。

三人がかりで縄から降ろされたシラウキは、蔦に拳骨で頬を殴られた。

「身寄りもない大男を埋めるわたしたちの手間も考えなさい。春まで待て」

「…………」

蔦の言うことにも一理ある、とすこし冷静になったシラウキは春を待つことにした。

隣屋の清兵衛はシラウキを心配して、よく釣りに誘ってくれた。

一尺半ほど積もった雪道を漕いで郷《さと》から東に行くと大きな川があり、マスが釣れる。郷では今秋、鮭の遡上がほとんどなく、男たちの釣りと狩りが生命線だった。

釣り糸を垂れ、あるいは鉤竿でマスを追い、清兵衛や仲間たちはいろいろと話をしてくれた。

美しい山の麓、沢ぞいにあるこの集落には、五十人ほどが暮らしている。アイヌもいれば和人もいて、言葉もみな両方喋る。村の名前は特にない。ほかに集落がないから名づける必要もなく、みな「コタン」または「郷」とだけ呼んでいた。

シラウキと年のちかい清兵衛は、あちこちで倭寇のような船荒らしをして、一度は大館で捕まり、奥尻島《おくしりとう》へ流されたが、自力で逃げだしてここへ辿り着いたのだという。清兵衛はあっけらかんと「和人もアイヌもたくさん殺した」と語る。ほかの者もさまざまな事情で嶋南にいられなくなった者がおおかった。

名前も素性もわからないアイヌの大男に、彼らがさしたる忌避も示さないのは、そういう事情があるらしい。

シラウキが首を吊ったときの話を繰り返しして、男たちは笑う。郷の者たちから蔦は「蔦さま」と呼ばれていた。蔦だけは色あせてはいるが絹の小袖を着て、鼈甲《べっこう》の簪を挿している。彼女が身分の高い生まれなのは明らかだった。

「雪が降る前に勢田内《セタナイ》から来たアイヌが言ってたぜ。江差《エサウシイ》のアイヌが全滅したって。どうせ武士がアイヌを騙し討ちして、お前さんも逃げて来たんだろ」

全滅。

小山悪四郎の御堂から生還した次郎は、本家の許しを得て兵を動かしたのだろう。皆殺しだ。

清兵衛が舌で唇を舐め、釣り糸を引く。釣れたのは、通常の半分ほどの七寸の痩せたマスだった。大事そうに釣り針から外し、清兵衛は言う。

「春になったら、『鬼丹後《おにたんご》』が兵を連れて来る。郷を離れたほうがいいかもしれんぜ」

それは誰かと首を傾げると、清兵衛はこう言った。

「蔦さまを連れ戻したい侍が、南からはるばる来る。盗みに殺しも厭《いと》わぬほんものの悪党だ」


冬のはじめこそ穏やかな日がつづいたが、年の暮れには冷えこみは厳しくなり、川も凍結しはじめた。こうなると魚も釣れず、食糧庫の乾し鮭《サッチエプ》もやがて尽きた。オオウバユリの澱粉をうすく湯で溶いた粥の日が何日もつづいた。年明けには子供が二人、それと産気づいた女と赤子がどちらも死んだ。

妻と赤子をいちどに亡くしたのは和人の男で、一人で墓穴を掘り、樽に妻に生まれたばかりの小さな子を抱かせて納め、埋めた。毎日雪を漕いで墓へ行き、妻の数珠を繰りながら、ながいこと話しかけていた。

一月。ひたすら雪の中で過ごす。二月もなかばになるとようやく晴れの日がおおくなって、真っ白な山が見えるようになった。降雪の日も減った。

三月。はだれ雪からふきのとうが芽を出すころ、その男は小屋にやってきた。

早朝、犬たちの冷たい鼻先を突きつけられて起きだしたシラウキは、炭の燃え尽きた小屋でくしゃみをした。すでにトットマチと蔦は水汲みに出たらしく、寝床は空だった。犬たちはそわそわと小屋の中を歩き回り、剛毛の生えた体を押しつけてくる。やがて耳をぴんと立て、外へ唸り声を放った。

「？」

小屋の神窓が唐突に開けられ、目映い光が差しこむ。シラウキが目を細めて見遣ると、見知らぬ男が覗きこんでいた。山の方角に向けて作られた神窓はカムイのための窓で、人間がここから小屋を覗きこむことは大変な無礼である。

シラウキは男を睨んだ。

「………」

五十ちかい老境で鬢は白髪まじりだが、六尺（約百八十センチメートル）あるシラウキと目線はほとんど変わらない。肩幅は男のほうがあるだろう。和人としては恐ろしいほど恵まれた体軀だが、目を引くのはそれだけでない。右頰のほとんどが赤黒く引きつれている。古い火傷と思われた。まるで火の神《アペフチカムイ》を宿しているようだ、と思った。

小屋の入口に回れ、とシラウキは指で示した。それでも男は窓から内を窺い、言った。

「蔦姫はいずこにおられる」

清兵衛の言っていた「鬼丹後」だ、とぴんときた。

重い瞼のしたの黒い瞳が、油断なくシラウキを見返す。相当の手練《てだ》れであることは、気配でわかる。

入口でがたん、と音がした。蔦とトットマチが帰ってきたのだ。目を遣ると蔦が仁王立ちになり、その後ろでトットマチが隠れるように身を屈めていた。

顔を真っ赤にして、蔦は男を怒鳴りつけた。

「帰りなさい富山武通。こんどはなにを奪いに来た。一昨年《おととし》、お主は帰り路の糧が足りぬと食糧庫からアワをすべて奪った。去年もおなじことをして、番をしていた松助《まつすけ》の腕を斬り、八千代《やちよ》を犯そうとした。帰らぬなら我らも許さぬ」

鬼丹後こと、富山武通が肩を揺すった。笑ったらしい。

「覚えておりませぬ。何助だか何千代だか、某が手を出した？　まことに？」

大股で小屋の入口へ回り、武通は武士らしく片膝をついた。

「事情が変わった。なんとしてでも今年こそ、大館に来ていただく。承諾いただけねば某にも考えがある」

大館、という忌まわしき地名がシラウキの心をかき乱す。次郎が忌み嫌っていた蠣崎本家の居城がある、渡島半島の最南。ショヤ・コウジ兄弟が散った場所。

「去年の秋口、若君の御方さまが病により亡くなられた。姫が御継室となる好機。御屋形さまも悪くないとの御考えでした。姫が男子を御産みになれば、河野の名跡《みょうせき》を再興でき申す」

「人が死んだことのなにが好機です。恥を知りなさい」

蔦の険しい声に、武通は火傷で引きつれた右頰をもぐもぐと動かした。

「姫こそ御父上の御無念を晴らし、河野を再興しようと思わぬとは、恥と知れ」それから蔦の後ろで震えるトットマチを睨みつけた。「夷女め。姫をかどわかしおって」

「母さまの悪口を言うな。お前はさっき己の罪業を『覚えておらぬ』と言ったな」

「申した。覚えがないものはない」

蔦は行器の積まれた小屋の宝壇《イオイキリ》から帳面と黒い漆塗りの小さな文箱を持って来て、武通の前に置いた。男の目は檜扇に鷲羽紋の金蒔絵の施された文箱に吸い寄せられる。

「よくぞお持ちで。それこそが河野家が檜山安東家より認められし証の品」

騒ぎを聞き、郷じゅうの人が集まりはじめていた。女は鎌やマキリを、男は太刀や山刀を構え、清兵衛などは鯉口を切る。シラウキはまだ抜くな、と目線で清兵衛を制した。

「姫こそが河野の男子を産む御方。これは河野遺臣の総意である」

悠然と顔を緩める武通の前に進みでて、蔦は文箱ではなく帳面を手に取った。表紙をめくり言う。

「父上の形見の文箱で、わたしは記しました。この嶋の北の果てを見たいと郷を訪れた御坊さまから四年前に文字を習ってから、お前の行状《ぎょうじょう》を。四年前、お前は十余人と郷を訪れ、食糧を銭を出して購った。庄五郎《しょうごろう》からアワ半俵二百文、キタイカウスからマス三尾四十文。おおむね適正だった。

三年前、おなじく半俵分購おうとして『高い』と文句をつけ、半俵を百文に値切った。そのとき太刀を抜くぞと庄五郎を脅した。庄五郎は百文で売るしかなかった。二年前、お前は二十人ちかくの男を連れて我が小屋を囲み、十日間わたしを『兵糧攻め』にした。そのあいだの食物はすべて村の食糧庫から奪い、銭は払わなかった。わたしが自害すると言うとお前は渋々引きあげた。

去年、我々は武装してお前を待った。お前はペンケノトクと松助の小屋二軒に火を点け、抵抗した松助の左腕を斬り落とし、八千代の髪を摑んで引きずりまわし、犯そうとした」

片腕がない和人の男と、痩せた女が青ざめた顔をして、武通の背後に立つ。松助と八千代だろう。ちらと二人を振り返っても、武通は平然としたままだった。

苛立ち、蔦が帳面を武通に突きつけた。

「これらはすべて当人に聞き取りをし、偽証がない旨血判《けっぱん》を据えたものである」

蔦は裁こうとしているのだ、とシラウキは思った。感情のままにではなく、事実を書き留め、彼女なりに正しいと思われる方法で。

武通は淡々と答える。

「某は覚えておらぬが、そう言うなら、そうなのだろう」

「認めるか」

「ああ。で、罰はなんだ？　河野の忠臣たる某を姫は斬りよるか」

蔦の頬が引きつる。

「死罪にはせぬ。村の者で話し合った。片耳を切り落とす」

「左様《さよう》か」

帯に差した短刀を、武通はさっと抜き放つ。みなが反応する前に、武通は自分の左の耳朶を摑み、短刀の刃を引いた。血が滴り、武通の左頬を赤く染める。異形《いぎょう》の顔を蔦に向け、切り取った左耳を投げつけた。

耳は、蔦の腹にべたりと貼りついた。

何人かが悲鳴をあげる。

「ほうれ。某は罰を受け申したぞ。姫の御決断は」

人々は静まり返り、雪解けの水が屋根から滴る音すら、聞こえそうなほどだった。

三

蔦が言葉を失ったのを見て、意外なことに武通はいったん退いた。

「姫にも御心を固める時が要《い》るだろう。明朝迎えに参る。勝手だが人質を取るぞ」

真後ろにいた松助の残った腕を摑み引きずってゆく。去り際、武通はみなより頭ひとつ大きなシラウキを一瞥し、殺気を放ってきた。

「姦夫《かんぷ》め」

誰も動けなかった。蔦さえも。シラウキさえも。

蔦はみなに深々と詫び、危機が去ったと喜ぶ犬二匹を役に立たないったらない、と叱り歩きだした。シラウキを示して呼ぶ。

「あなたも来なさい」

雪解け道に蔦と犬の足跡がつづき、シラウキも着いていった。彼女は山の麓の湖に向かっているらしい。半月状のちいさな湖で、郷の者たちは「チュプエムコ」とだけ呼んでいる。振り返ればトットマチも、遅い足どりで着いてきている。

「郷を離れていいのか、と言いたいのでしょう」蔦が背を向けたまま言う。「朝を待たず、武通が来るかもしれない。さっきは見なかったが必ず兵を連れている。わたしが郷に居《い》ればこんどこそ死人が出る」

蔦は賢い。だが武通という悪党を甘く見過ぎた。行状を記し突きつければ、武通が悔悛すると思ったのだろうが、あの手の男は、すでに道を踏み外しているから、悪事を重ねそれを糾弾されようが、痛痒《つうよう》を感じぬ。

――自分もまた、おなじものになろうとしている。

半分溶けた湖に着くと、蔦は雪の残った固い地面に枝を敷いて、火を熾した。手ごろなハンノキを伐り倒しシラウキが仮小屋を作った。

陽が落ち、三人は火を囲んで座った。トットマチが小さい団子を火で炙り、彼女特有の歌うような口調で話しはじめる。

「わたしは宇須岸の御城で、蔦さまの乳母《うば》をしていたのだよ。トットマチはそのときの名」

ウスケシは、大館に次ぐ和人第二の都市「だった」。シラウキは行ったことはないが、島山が突き出し三方を海に囲まれた天然の良港で、大館に劣らぬほど栄えたと聞いている。

「宇須岸を和人が治めていたころ、城主は河野季通さまとおっしゃった。蔦さまは河野トノの一人娘だった」

トットマチは、和人の城主を、尊敬をこめた「トノ」と呼んだ。

「さっきの侍は、名を富山三郎武通といって、河野トノの第一の家臣だったよ」

そのウスケシは、シラウキが生まれる二、三年前、アイヌが取り返した。コシャマインの蜂起以後、アイヌ巻き返しの端緒として知られている。和人の宇須岸館、志海苔館を三百ともいうアイヌが攻め陥とし、宇須岸城主・河野季通は自害して果てた。以後東岸(太平洋岸)の和人は大きく後退し、回復していない。

「落城の際、河野トノは蔦さまを乳母のわたしと武通どのに託し、燃える城で御自害なされた。蔦さまの祖父《おじい》さまも、蔦さまを逃がすため御討死なされた」

鬼丹後の右頰の火傷は、城から逃げるときにできたものだろう、とシラウキは察した。

三歳の蔦を抱き、トットマチと武通は逃げ惑った。

武通は大館に行くべきと主張した。

トットマチは争いを避けて、北に逃げるべきと言った。

大館は当初、蠣崎氏ではなく、安東太の一門である下国安東定季が守護として治めた。しかし定季の子があまりに粗暴で悪行を重ねたため、蠣崎季繁や家臣の武田信廣らが安東氏に訴えて自害させ、城代の相原氏が治めることになった。のちに蠣崎氏が相原氏から奪い、大館と夷嶋守護の座は蠣崎氏のものとなった。

宇須岸落城は、その混乱期のさなかだった。大館は城代の相原氏と蠣崎氏との対立で混乱していたし、ほかの館の城主たちもどちらに付くかで迷っている。頼る先を間違えれば、自分たちも殺されかねなかった。

トットマチは和人間の複雑な情勢、いわゆる「下克上」を理解していた。

「それでも武通どのは大館に行くと言って聞かなかった。しだいに怒りはじめ、刀を抜かんばかりになった。わたしは怖かったけど、蔦さまと離れたくなかった」

いったん休み、朝にもう一度話し合おう、とトットマチは必死で訴えた。アイヌの追手から傷を負い、武通も疲労していたから、不承不承提案を受け入れた。

武通が寝入ったのを見計らい、トットマチは蔦を連れて逃げだした。幸い、大沼で事情を知らぬ隣《サモロモシリ》の島の和人の商船を見つけ、内浦湾を渡らせてもらうことができた。戦火を逃れる母子のふりをして、やがてこの地へ辿り着いた。

この地にも和人はいないわけではないが、砂金取りや猟師などが主で、大きな勢力はない。なにより土地が広いから衝突が避けられる。アイヌ、和人がすこしずつ集まりはじめ、美しい山の麓に名のない集落ができた。

トットマチの溜息は、白く原野に流れてゆく。

「静けさも長くはつづかなかったよ」

さきは聞かなくても想像がつく。

「蔦さま。大館へ行ってはいけないよ。蔦さまが戦さに巻きこまれるのは、耐えられない。河野トノの遺言を守って」

夜半。まどろみからシラウキは醒めた。

ぱきぱきと湖水が凍てつく音とともに、音色が聞こえる。

かぶせた葉を掻きわけて外を窺うと、月光が降りそそぐ湖のほとりに蔦が佇んで、笛を吹いていた。アイヌの音階とは違う、長く尾を引く音が山間に反響し、増幅され、湖面を渦巻いている。シラウキの皮膚は、さざめいた。

仮小屋を這いだし彼女の横に立つと、蔦は横目でちらとシラウキを窺い、しばらく物悲しい旋律を吹き、終えた。残響が薄れてゆく。

湧いてくる感情に、しぜんと口が動いた。

ヤイサマネナ
ヤイサマネナ
クコロオペレポ
クトゥレシポ

イヨハイオチシと呼ばれる、哀愁歌である。

とうぜん声は出なかった。耳の奥で鳴る「自分の旋律」とわずかな息遣いが、喉を震わせるばかりだ。歌いながら懐のマキリを握り、たった十三歳で死んだ比呂子の小さな手を思い描いていた。

吹き口から唇を離し、睫毛に月光を宿らせた蔦が言う。

「驚いた。わかってしまった。愛しい人を失ったのですね、あなたは」

残響がすっかり消え去るまで、二人は黙ったままでいた。

彼女は下げ袋に笛を仕舞い、昼間の細長い文箱を取りだした。ところどころ漆は剝げ、古い品であることがわかる。扇をかたどった文様は、和人が血筋の証明に使う家紋というものだ。

「この文箱は父上の形見。そのほかは辛くて忘れてしまったけれど、父上の御遺言、たった一言だけは決して忘れない」

すう、と蔦は息を吸い、父の言葉を復唱した。

「『あらゆる声へ耳を傾けよ。礼を尽くし、そして――アイヌとところしえの和睦を成せ』」

とこしえの和睦。

はじめて聞く言葉だった。アイヌの言葉に同じ意味の語《ことば》は思い当たらない。停戦のことだろう、と推測した。

とこしえの和睦、つまり永遠に争わぬことができるなら、苦労はしない。どんな高名な長老が知恵を絞ったところで、できぬ相談だ。

なぜなら、アイヌは和人に停戦を呼びかけられ、なんども誘殺されてきた。

アイヌも和人も関係ない国を作ろうという次郎、平八郎、権蔵との誓いは、もはや遠い思い出でしかない。

呆れたような顔をしたシラウキを見あげ、蔦は俯《うつむ》いた。

「みな、そういう顔をします。母さますら」

薄氷が凍てつく音以外は、梟も鳴かない。梢が風にこすれる音もしない。夜の静寂を乱すたった一つの違和感のほかは。シラウキは背中でそれを感じた。振り返る。昼間の殺気がひたひたと近づいてくる。

「父上は和睦を望んだ。わたしは文字を書くことで、記すことで、それが成せると思っていた。けれど――」

はっきりと馬蹄の音が聞こえた。仮小屋から犬たちが飛び出し、彼方《かなた》へ向かって吠える。

シラウキは蔦を背に隠し、山刀を抜いた。

やはり来た。針葉樹の林の向こうに、松明の明かりが見える。三つ、いや四つ。馬を急かす掛け声もする。

シラウキの背に、蔦の手が触れる。女の小さな手だった。彼女は覚悟を決めている、とシラウキは悟った。

「あなたとはもっと話がしたかった」

女の手が触れた瞬間、冷たく暗いテイネポクナモシㇼから、なにかが囁く。

――またお前は目の前で奪われるのだな。

比呂子の手を思いだし、ぞくり、と体が総毛だつ。

「はじめから力ずくで連れてゆくつもりだったのでしょう！ 松助はどうしたのです」

「村に投げ捨ててきた」

荒い馬の鼻息とともに、目の前で武通は馬を止めた。

「もはや、姫が許す許さぬの話ではない。安東太こと安東政季公第一の臣と名高かった河野政通さま、季通さまの血が蠣崎家に入ること、これにて夷嶋の和人の血が一統される」

夢想を語る男の引きつれた右頬が、松明の明かりに歪んでいる。

「夷人《エゾ》が総決起を企てている。かのコシャマイン以来の大乱とならん。こんどこそ夷人どもを滅ぼさねばならぬ」武通は息を吸い、語気を強めた。「首謀者は、昨年討たれたエサウシイのタリコナの遺児」

瞬間、シラウキの血液が沸騰し、逆流した。

せりあがる怒りが、喉を食い破る。

「でたらめだ！」

声は、夜を震わせた。

蔦が驚いて見あげる気配を感じつつ、シラウキの口から言葉が奔流となって溢れだす。

「おれはエサウシイのシラウキ。タナサカシの息子、タリコナの義弟だ。お前の言葉はすべてでたらめだ。嘘を語るな」

肩で息をつく。

義兄タリコナと姉のあいだに子供はなかった。自分に子ができない悲しみを、シラウキに悟られまいと姉は振舞っていた。自分と比呂子の婚姻を、彼女は我がことのように喜んでいた。

全身が震えてままならず、あらぬ呻き声が漏れた。それでもシラウキは声を振り絞った。喉が破れても構わなかった。

「蔦。嘘を語る口を信じるな。鬼丹後は河野の『血』が欲しいだけだ」

武通は片眉をあげた。

「蔦様を誑《たぶら》かす姦夫、死すべし」

一瞬、武通が鑓を握る右腕を引くのが見えた。ひゅっと空気を裂く音。反射的に山刀を振った。鈍い衝撃があり、鑓の一閃をかろうじて防いだことに気づく。右腕の腱が痺れ、もうすこしで山刀を取り落とすところだった。

尋常でないつわものだ、と悟る。

「ふん。すこしは使えると見ゆる」

左側に馬を回し、武通は鑓を繰りだしてきた。和人の鑓使いはエサウシイでなんどか手合わせしたことがあったが、彼らとは速さが段違いだ。利き手ではない左からの突きをぎりぎり避けるので精一杯だった。頭上で鑓の穂先が光る。シラウキはあえて前進した。刃の直撃を避けるためだ。

鎚の柄が左肩をしたたかに打つ。

「つ、う……」

痛みで左半身が動かない。鎖骨が折れたに違いない。隣の島で和人同士の抗争に明け暮れ、安東太という大将に従って海を渡り、アイヌを殺すことに心血を注いできたこの男の武には、恩讐が堆積している。

「蔦、逃げろ」

シラウキの気が蔦に向いた隙を、武通は見逃さなかった。咆哮とともに、渾身の一閃が来る。山刀の峰が擦れ、火花が散った。シラウキは受けきれなかった。弾かれるように後ろに飛ばされ、湖に落ちた。刺すような氷水に全身が縮みあがる。

「シラウキ！」

武通が蔦の体を軽々抱きかかえ、馬上にすくいあげる。トットマチが馬に縋って止めようとするのを蹴飛ばし、武通はシラウキの喉元に鎚の穂先を向けた。

「姦夫死すべし」

観念して蔦が叫んだ。

「この人はただの居候です。関係がない。殺さないで。約束すればゆきます、大館へ」

月光に照らされた蔦の顔を、シラウキは見た。泣きもせず、怒りもせず、眼差しは湖のように凪いでいた。

「血筋よりも尊いものがあること、大館で証明してみせます」

二人は無言で見つめ合う。言葉はないが、シラウキにはわかった。

蔦は決心したのだと。争いの渦に飛びこんで、とこしえの和睦を成すと。

武通が吐き捨てる。

「やってみるがよかろう。そして我らの艱難辛苦《かんなんしんく》のほどを思い知るがいい」

蔦を抱えた武通は馬首を返し、馬の腹に蹴りを入れた。馬群は月光の差す青白い原野へ去って、やがて見えなくなった。

「わたしの、蔦さま……」

トットマチの泣き声も、シラウキの呻きも、凍てつく空気に隔てられ、美しい山だけが二人を静かに見おろしていた。

〈第七章〉浪岡御所　天文19年5月

一

石川左衛門尉高信が率いる南部方が峠から退いたのち、紺平八郎は、おののくアイヌたちの前へ膝をついた。

「敵にはござらぬ。浪岡北畠家陪臣・紺平八郎と申す」

ざわめきが鎮まるまで平八郎は辛抱強く待ち、話しはじめた。わかりやすい言葉を選び、ときどきアイヌの言葉を交えて。

「数日前、ト・ワタラで南部方がアイヌの村に焼き討ちをかけたと聞きました。主命により仔細調べていたところ、今朝ト・ワタラから逃げたあなた方が追われていると聞き、急ぎ駆けつけ申した次第。御所さまは和人もアイヌも分け隔てなく御助けしたいとの御考え。ぜひ二里先の御所へおいでいただきたく」

和人の言うことなど信用できぬというアイヌもすくなからずいたが、かといって道を引き返せば横内城の追手が来る。長老は「行こう」と言い、集団は半信半疑のまま、笹竜胆の旗に守られ山を南へ降りていった。高信に見放された山鶴《やまづる》も、そのままにはしておけぬとサロルイが訴え連れて来た。山鶴は呆然として、抵抗はしなかった。

雨雲の通り抜けた青空のもと、見渡す限りの青草の海と、遠く雄大な裾野を持つ山が見えた。青草はただの草地ではなく、水を張った深田や畑で、和人たちが草取りに入っていた。子供が畦道《あぜみち》を走ると、ぱっと雀が飛びたつ。

平八郎が田畑を示して言った。

「あれは稲田です。二月もしたら穂が出て、秋には一面黄金の海となり申す」

稲姫は、自分の名の由来となった草が風にそよぐのを、じっと眺めた。夷嶋でも稲の作付けはなんども試みられているが、収穫にいたったという話を聞いたことはない。

「奥羽では米が穫れるのですね、羨ましいです」

「気候がきびしくいまだ安定した作付けには遠いが、御所さまはこの地を、飢えを知らぬ地にしたいと考えておいでです」

大きな浪岡川の流れを遡ると、川に浮かぶ巨大な島が見えてきた。

稲姫だけでなく、アイヌたちもみな足を止め、島を見あげた。平八郎が胸を張って手を広げた。

「北の御所、浪岡城へよう参られた」

御所の主・北畠具永《ともなが》は、後醍醐《ごだいご》天皇に仕え、奥州を平定し国司に任じられた鎮守府将軍・北畠顕家《あきいえ》の子孫と伝わっている。顕家の死後一度は衰退したものの、応永《おうえい》年間のころ浪岡を本拠と定め、いまや奥羽きっての名家として名を馳せる。

その権勢は、御所を見れば一目瞭然だった。

深堀を掘って浪岡川の水を引きこみ、八つの曲輪が島のように浮かぶ。曲輪はすべて土塁で囲まれ、板塀で区画を区切って、高さ二丈（約六メートル）はあろうかという、大きな屋根の寝殿造の建物が並んでいる。曲輪の外は寺社や商家、民家が五町（約五百四十五メートル）にわたってつづく。

アルグンがきょろきょろと見回し、悪太夫に耳うちした。

「姐さん、どれくらい偉いんです北畠というのは？　南部や安東よりも？」

「妾《わたし》に聞くなよ」

「姐さんも知らぬのかあ。師季さん教えてくださいよ」

「北畠家は村上源氏中院《なかのいん》家に連なる公家の血筋ぞ。武家とは家格が違うわ。のう姫――」

言いかけた師季は、慌てて稲姫から目を逸《そ》らす。峠で稲姫の頰を打ってから、謝るきっかけを逸してしまっていた。

アルグンが首を傾げた。

「公家というものがよくわかりません。京《みやこ》にいると聞きましたが」

帝がおわす京の御所も、こんな感じなのだろうかと稲姫は思った。いやもっと大きいのだろう。城も、建物も、町も。

人は、どうなのだろう。京の人は高貴なのだろうか。その高貴な人々は、北の嶋に住む自分たちをどう見ているのだろう。

アイヌたちは案内された御所の北に仮小屋を建てはじめ、稲姫一行は猿楽曲輪《さるがくぐるわ》というところの屋敷に通された。俊円《しゅんえん》は途中から気分がすぐれぬと言い、別室で寝かされた。

膳が運ばれ、平八郎が自ら瓶子を持って現れた。稲姫、師季、シラウキ、悪太夫、そしてアルグン。人数分のかわらけを置く。

「さてシラウキ。積もる話はありすぎるほどだが、まず蠣崎の姫の無事を祈って」

道すがら、一行の目的はすでに平八郎に話してある。シラウキと師季が大畑湊へ流れつき、恐山で俊円と会い、彼の案内で陸奥湾を渡り追いかけてきたことは、稲姫もはじめて理解した。まさに仏の結縁のごとき再会だったと思う。

おのおの感慨を、盃で干す。悪太夫がいち早く空盃を置いた。

「シラウキ、あんたに和人の友がいたとはね。紺どのの話も聞かせておくれよ。シラウキのやつ、自分のことはぜんぜん話さないからさ」

悪太夫が口火を切ってくれたことを、稲姫は内心感謝した。誰もがシラウキと平八郎の仲を聞きたくて、無言のシラウキを憚り、聞きだせなかったのだ。

射しこむ西日に、平八郎は目を細めた。

「某はもともと勝山館主、蠣崎基廣さまの郎党でした」

平八郎は、次郎基廣の名代として出羽に出陣した、稲姫もそこまでは次郎本人から聞いて知っている。出羽から、平八郎は戻らなかったのか。あるいは戻れなかったのか。

「天文五年の皐月《さつき》五月、某は蠣崎義廣さまに従って、安東氏の援軍として出羽比内《ひない》郡へ赴きました。しかし山越えの最中、敵である毛馬内《けまない》氏の奇襲に遭い、某は崖から落ち申した。気づいたときにはアイヌの村で保護されておりました。ひどい怪我で、動けるようになるまで半年かかった。そのころにはもう、雪が積もり、身動きが取れなくなってしまった」

雪が降る前に蠣崎本隊は夷嶋に戻り、紺平八郎は死んだと思われたまま、出羽山中に取り残された。その年の夏、御堂の惨劇で比呂子やタリコナ、権蔵たちが死に、シラウキは行方知れずとなった。次郎はエサウシイのアイヌを滅ぼした。

「それでも雪解けを待って夷嶋に戻ろうとしました。しかし世話になった人々に引き留められ、厚情に甘えて一日また一日と――」平八郎の声が途切れた。「お前や次郎、権蔵に合わせる顔がない」

ぎくりと稲姫の心臓が縮みあがる。今回の顚末は語ったが、当然シラウキは平八郎にエサウシイで起きた凶事を話していない。次郎や権蔵が変わらず勝山館にいると思っている。師季が「基廣どのは――」と言いかけたのを、悪太夫が肘で突いて止める。師季は目をきょろきょろさせつつ黙った。

目を瞑り、シラウキが低く言う。

「おれのほうがもっと酷いさ」

平八郎は赤らんだ鼻を啜った。

「あとは簡単な話です。某はアイヌの娘を妻に迎え、一緒に山を降りた。牢人暮らしをするうち、某が和歌をするという話が御所さまのお耳に入り、召し出していただいた。恥のおおい話です」

「有能な主を求めて仕官先を変えるのは、当世よくあること。恥なんかじゃない」酔った悪太夫はあれこれ尋ねた。「差し出がましいことを聞くが、子もいるのかね?」

平八郎は恥ずかしそうに微笑んだ。二人のあいだで会話が弾んだ。

「男子と女子が二人ずつ。末の男子は今年の正月に生まれたばかりです。アイヌは魔除けのため、わざとひどい幼名《ようみょう》をつけるのですが、正月生まれだとどうあっても目出度い名しか思いつかず、苦労しました」

「なんて名前だね、教えておくれよ」

「アワンキ。和名だと扇丸、でしょうか。妻が和人にもわかる名がいいと言って」

「良いことは呼びこみ、悪いことは追い払うように、ってことだね。子供はアイヌとして育てるのかね」

「大人になったら和人の暮らしをするか、アイヌの暮らしをするか、彼らに任せたいと思います」

平八郎がちらとシラウキを見て、探るように問う。

「シラウキ。お主、比呂子さまとは」

わずかな酔いも一瞬で醒める。稲姫は泣きだしたくなった。

沈黙する男の腰にさがるメノコマキリを、平八郎が見る。妻のためにと彫られた物をいまシラウキが身に着けている意味を、平八郎も悟ったに違いなかった。

「風に当たってくる」

のそりと立ちあがり、シラウキが部屋を出てゆく。稲姫が追おうとしたとき、素襖を着た臣が呼んだ。

「夷嶋守護・蠣崎季廣どのの御娘さま。御所さまが御呼びです」

御所へは稲姫、師季、悪太夫の三人で行った。アルグンは「異人のわたしがいると、話がややこしくなる。御坊さんの様子を見ています」と、寝こむ俊円のもとへ行った。

控えの間に着くと平八郎が稲姫に囁いた。稲姫は背負い籠に入れた一張羅の打掛を樹皮衣の上に羽織った。油紙で包んでいたとはいえ、時化で濡れて、くたびれていた。

「稲姫さま。ここに至った理由は蠣崎の屋形、すなわち御父上の命ということにしておいていただけますか」

稲姫がじつは人質にとられ、父の承認を得ず独断で動いているということは言わぬほうがよい。それは稲姫もわかっているから、頷いた。平八郎は言葉を濁す。

「その、御所さまは鷹揚な御方ゆえ、過分な期待はなさらぬよう」

「手形が貰えぬということですか」

「いや、手形はむしろ喜んで発給なさると存じます。ただその」

「じれったいね。なにを言いたいんだい」

悪太夫が身を乗り出したとき、「御所さま御成」と触れがあり、大広間につづく襖《ふすま》が引かれた。

対面で浪岡公方《くぼう》・北畠具永《ともなが》が求めてきたのは、蠣崎との通商の取り交わしだった。師季が檜山屋形の家紋が入った文箱を披露し、長々と稲姫の出自などを言上《ごんじょう》しはじめると、開いた扇をひらめかせ笑った。

「うむうむ。悪路で疲れておるようだが、姫の人品《じんぴん》は見ればわかる。偽人とは思わぬ。姫は我が城下の市を御覧になったかな」

「まだですが、ぜひ参りたいと存じます」

白粉をうっすら塗った頬を緩め、具永は頷いた。帳面を自ら繰《く》りながら、市に集まる品々をひとつずつ挙げてゆく。

「我が楽市を置くがゆえ、浪岡には東西南北あらゆる品が集まる。昨年は夷嶋より海獺《ラッコ》の皮五十三枚、狐皮八十枚、鹿皮百三十二枚、砂金五十貫（約百八十八キログラム）」

「五十貫！」稲姫は思わず声に出してしまった。「そんなにたくさん」

白粉で表情がよく読みとれなかったが、具永は細々と記された帳面を稲姫に見せてくる。得意なのだと理解した。

「砂金は五年前の倍の量になった。ほかにも南部の鉄、馬。安東の鷲の尾羽、木材、米。厳しい奥羽にあって、物こそ富ぞ」

「帳面に記しておくと一目瞭然ですね」

「乱世、みな円《まど》かに豊かでありたいと思う」具永は言って両手を丸く動かした。「安東と当家はゆかり深く、檜山屋形への手形は喜んで書こう。ゆえに」

言って、具永は帳面の一行を示す。平八郎が受けとり稲姫に示してくれた。昆布、と書かれた下段に数が書き入れられていない。

「昆布?」

たしかに大館沖で昆布は穫れるが、それほどに欲しいものか。せいぜい吸い物に入れるくらいでは、と稲姫はぽかんとした。具永が噴きだす。

「姫は箱入りじゃのう。御父上に大切に育てられたのじゃな。昆布は京へ持って行けば、金とおなじ値段がつく。のう、御父上にくれぐれも昆布をと伝えるがよい」

「は、はいっ」

明朝発つと聞いた具永は、残念そうにした。

「そなたはもっと見聞を広めるがよい。見どころがあるぞよ」

シリウチを出て四日目。できることなら具永の勧めを受けたかったが、急ぐ道ですのでと稲姫は丁重に辞退した。

大広間を退出すると、稲姫は知らずのうちに拳を握りしめていたことに気づいた。次郎が峠の一夜で言い残したことを思い出した。

「文字こそわたしの武器。事実を記し、裁く」

次郎の言葉と、具永の帳面が稲姫の中で繋がった。

星々が輝きはじめた夜空のもと、あてがわれた猿楽曲輪の屋敷に戻る。提灯で先導する平八郎がぽつぽつ語った。

「御所さまは南部、安東より格上の御方。それは間違いございませぬ。三戸南部が御所近くの黒石郷に家臣を置くのも、名目は御所さまの身辺を御守りするため。安東は交易で得た銭や品を、毎年御所さまに献上している。しかし、ひとたび奴らが御所さまへの敬意を忘れれば、危うい」

おなじ武士ゆえわかる、とそれまで緊張で一言も発せなかった師季が、深く頷いた。

「御所さまがおられるからこそ、南部や安東、奥羽の諸大名は直接合戦に及ぶのを避ける。なかなかできぬ御立場ぞ。紺どののような、アイヌに理解のある和人もおられる」

平八郎は苦い顔をした。

「良い和人はいる。たしかにそうでしょう」

良い和人。稲姫が夢に見たヤイホムスとネウサラの言葉に重なる。

手形が得られたいま、いよいよ大仏ヶ鼻城がまぢかに迫ってきた。峠での態度を見るに、城主・石川高信はすんなり通してくれるとは到底思えない。

高信と正面切って戦う。戦さではない方法で。その糸口を稲姫は摑んだ。

良い和人ではなく、善い友でありたい、稲姫は思う。

◇

稲姫たちが北畠具永と対面しているとき、シラウキは俊円の様子を見に来ていた。峠道ですでに疲れた様子を見せていた仏僧は熱をだし、さきほどから咳が止まらない。ただの咳ではなく、肺が鳴る音がする。床に這いつくばり、手足が震えている。

彼の背を擦るアルグンは、薄い眉を動かした。

「御坊さま、そうなったのはいつから。砒素《ひそ》を盛られたね」

「十一年前だ。なんの毒かは知らん。妻も娘も食事を一口口にしただけで死んだ。おれだけが生き残った」

「鉱毒です、女真族でも暗殺によく使われます。少量で死に至り、運よく生き残ってもあちこち麻痺が出る。御坊さまは喉をやられたんでしょう」

咳をする体力も尽き、俊円は虫が転がるように仰向けに寝返りをうった。腕や足にはかさぶたのような赤黒い斑点が浮き出ている。

灯火の周りに蛾が集まって、火のついた一匹が床に落ちる。

「シラウキには話したが、おれは八戸庶流、田中宗祐《たなかむねすけ》という武士だった。十一年前、弟が八戸乗っ取りを企んでいることを知った。ちょうど八戸当代が死んで、跡継ぎで揉めていたときで、弟は庶流の自分にも跡継ぎの目があると思ったのだろう」

弟の謀略を知った宗祐は、慌てて三戸宗家へ報せた。応対したのが、石川高信だった。高信は宗祐の手を取り「よくぞ報せてくださった」と忠心を称えた。

「だがそれがまずかったのだ」

「なぜです？　いいことをしたのに」

「八戸と三戸宗家は同族だが、主権を巡って対抗意識がある。八戸の後継争いを、八戸を飛び越え三戸に注進したことは、八戸に対する裏切りに等しかった」

おりしも当時の三戸本城（聖寿寺館《しょうじゅじ》）が、赤沼備中《あかぬまびっちゅう》という家臣の火つけによって全焼するという重大事が起きていた。累代の文書が焼け、南部十二代政行《まさゆき》が帝より賜ったという銀の硯「松風《まつかぜ》」も所在不明になった。宗祐の弟は赤沼備中と共謀とみなされ、石川高信は徹底的に八戸を追及した。弟は惨殺され、宗祐も連座として毒殺されかけた。宗祐が生き残ると、手の腱を切られ恐山へ送られた。二度と刀を持てないようにと。

「なんども首を吊ろうとしたが、縄を吊る力すらない。首を突く勇気もない。そうして十年が過ぎた。死んだも同然だった。だが十一年目の今年になって石川高信が直接恐山に来て、言った。田中の名跡《みょうせき》が絶えるゆえ、還俗《げんぞく》する気はないかと」

「なんと勝手な」

憤るアルグンに、俊円は咳きこみながら笑った。

「まことだ。だのにおれはその話に飛びついた」

「そんな体では武士として戦えないだろうに」

シラウキが言うと、俊円は頷いた。

「手はじめに、還俗のお披露目に、八戸の櫛引《くしひき》八幡宮の棟上げで納曽利《なそり》という奉納舞をせよと高信は言ってきた。こうなるまえのおれは、胡弓と舞の名手だったのだ」

結果は、ひどいものだった。南部の名だたる臣が居並ぶなか、天に遊ぶ龍を舞う納曽利の舞の途中で俊円は動けなくなった。舞面《ぶめん》をつけたまま吐いた。誰かが『まるで地に引きずりだされた土竜《もぐら》』だと嗤った。俊円の耳には、それは石川高信の声に聞こえた。

当然、還俗の話はなしになった。俊円はひそかに安東へ寝返り、手つけとして命じられたのがシラウキも見た大館での物見（諜報）の姿だった。

「さらに、お主と師季が来た。これが最後の好機、そう思った」

「御坊さまは恨《ハン》が深い。体に障《さわ》りますよ」

アルグンが静かに言い、俊円は喉を鳴らした。

「恨みでしかおれは生きておらん。シラウキには龍に見える救いが、おれには悪党が群がる糸にしか見えぬのだからな」

血走った俊円の目を、シラウキは覗きこむ。

「アルグンの言うとおりだ。このままでは悪党に墜《お》ちるぞ。おれや、石川高信という男のように」

空咳とともに、元武士だった僧侶は胸を押さえる。

「おれは悪党でいい。悪党のまま生き、悪党のまま死ぬ。それが望みだ。悪源太義平《あくげんたよしひら》、悪党楠木正成《くすのきまさしげ》。日の本では『悪』の一字は恐るべきつわもの、という意味もある」

なぜかアルグンが、ほっとしたように頬をゆるめた。

「なあんだ、それでよかったのか」

「それに禅宗で霊魂はない。肉体が滅びれば霊魂も滅びる。一切が空《くう》、地獄などないのだ。まあ実際死なないけりゃ確かめようがないが」

「ははっ、じゃあ死んだら地獄があったかどうか、教えてくださいよ」

「おう。荒っぱちの節をつけて歌ってやろう」

燃える蛾は、すでに仰向けに死んでいた。

シラウキは考える。

言いかたは悪いが、アイヌと和人が争うのはまだわかる。先に住んでいたアイヌの土地に、後から和人が入りこみ、土地の奪い合いになった。腹立たしいが、争いの理由としては理解できる。

だが、南部と安東、南部という家の内部で、なぜ和人同士が争うのか。

おなじ神仏を信仰し、おなじ和人だのに。

蔦が残した言葉を反芻する。彼女は大館にゆき、とこしえの和睦のために戦うと言った。シラウキは誰を恨むかわからぬまま、自身を呪いつづけてきた。

ただ一つ、約束を果たす。蔦とのことを稲姫へ話すときがきた。

二

夜更け、シラウキに呼ばれた稲姫は、ある覚悟をもって男のもとへ行った。

全員が集められていた。稲姫、師季、悪太夫、アルグン、俊円、そして平八郎。

「稲。遅くなってすまなかった。おれと蔦のことをすべて、話す」

座を外そうとする悪太夫や平八郎たちを呼び止め、みなに聞いてもらいたい、とシラウキは言った。稲姫もそうするのがいい、と頷いた。

乏しい明かりの中、稲姫はシラウキの正面に座る。豊かな髪と髭におおわれた男の影は岩のようにひっそりとして、べつの生き物のように見えた。

「長い長い話だ」

比呂子のマキリに手を添え、シラウキは語りだす。

平八郎が出羽に出征した天文五年五月以降、エサウシイと勝山館で起きたこと。小山悪四郎の御堂での惨劇。

次郎基廣に聞いて、稲姫もそこまでは知っている。

その先を、はじめて聞いた。

彷徨い、美しい山の麓の郷に辿り着き、蔦と乳母のトットマチに会ったこと。和人とアイヌが混住する郷。春の訪れとともに富山三郎武通が来て、蔦は蠣崎季廣の継室となるべく大館へ向かったこと。蔦の決意。シラウキはあてどなく嶋をさすらい、二年前、エサウシイの生き残りであるチコモタインが拓いたシリウチへ来た。

それからいま、刑死したはずの次郎がふたたび現れたこと。

すべてを話し終えたとき、シラウキは全身汗だくになっていた。

「義兄に脅されたことを、裏切りの言い訳にしたくない。タリコナはアイヌの未来《すえ》を真剣に案じ、おれは弱さゆえにアイヌの理そのものを疑い、みなを裏切った」

暗がりの中で嗚咽を堪え、足早に部屋を出て行く足音がする。恐らく平八郎だ。

シラウキが言った。

「あいつを一人にしてやってくれ。受け止める時がいる」

稲姫の心にあった疑問に、ようやく一つの答えが出た。

「母上がどんな人か、ちかごろわからなくなっていました」

「あの女は強い。一人で決め、一人で戦いに往《い》った」

——孤軍奮闘戦いつづけ、人形のような女になった。

シラウキの話に聞く母は、稲姫の知る母とまったく別人だ。だから大館で挨拶をしたとき、まったく気づかないシラウキに母はひそかに涙したのか。自分が変わり果ててしまったことを悟って。

「すまんがあれが蔦だと、おれはいまも信じられない。だから話すのが遅れた。苦しめたこと、本当にすまないと思う」

「いいえ。いいえ。辛いことを話してくれてありがとう」

ぎこちなくシラウキが笑《え》もうとするのが、稲姫には辛い。

「シラウキ、覚えていますか。わたしが連れ去られた最初の晩。あなたは歌ってくれました。鳥になりたいという歌。鳥になって、シラウキはどうしたかった？」

大館から逃げた仮小屋での一夜、薪の爆ぜる音、狼の遠吠え、すべてが稲姫にとってはじめて聞く音だった。シラウキの低い歌声も。

あれから、遠くまで来た。

目を閉じたシラウキは、アイヌの言葉で言う。

「クアチョッチャ　ルスイ」

クは自分。チョッチャは射当てる。アをつけることで受け身になる。ルスイは「したい」と望むこと。

――おれは鳥になって、射当てられたかった。

耐えきれず、稲姫は顔を覆った。喉の奥から嗚咽がせりあがる。

「ここまで助けてくれてありがとう、シラウキ。わたしも黙っていたことがあります。御堂でチュプエムコが襲ってきたところまでは、基廣どのに聞いたのです」

きっと予想していたのだろう、シラウキは黙っていた。眼差しを合わせる。男の奥底に、深い諦念が沈んでいる。

この男を苦しめるものから、解放してやりたい。

「母とあなたのぶん、以後はわたしが戦います。とこしえの和睦を成す」

一人すら救えずして、なんの和睦だ。


翌朝早く、稲姫と師季は旅の支度のため市に向かい、さまざまな品に圧倒された。食料などを買い、川にかかる橋を渡って曲輪に帰ろうとしたとき、道祖神の祠《ほこら》の脇に山鶴が座りこんでいるのに気づいた。

荷を負う師季に先に帰っているよう言うと、師季は無言で首を振り、離れた柳の木陰に入った。相変わらずぎくしゃくしたままだが、いまは師季とあれこれ話す時がない。

そっと山鶴の横にしゃがむ。彼女は辻の先、北へ向かう街道を見遣った。

「長老のところから逃げだしたのですか」

稲姫が尋ねると、ぼんやりと声が返る。

「小屋を建てる地神祭《チセコッエイノンノイタク》のときイナウに砂をかけてやったら、じじいは卒倒しそうになるわ、ばあちゃんは泣くわ、サロルイは怒るわ大騒ぎさ」

「そんな非道《ひど》いことを」

「あたしを人質にとったのはあんただ。どっちが非道い」山鶴は抱えた膝に顎を載せた。「あの道を行けば陽が沈むまでには横内城に帰れるのに、なんでだか足が動かなくて」

朝の街道は、賑わっていた。荷車を引いた車借《しゃしゃく》や、陸奥湾で今朝獲れたばかりの魚を背丈より高い笈で背負う魚売りの女、白い行衣の修験者、猪を担いでゆくアイヌの猟師。南部に十和田のアイヌの集落が焼かれたばかりでも、それぞれに日々の暮らしがある。

戦さが常の日々とともにある。

そういえば北畠具永が言っていた。「乱世」と。

いま世は、乱世なのか。

いつ、どのようにすれば泰平の世となるのだろうか。

稲姫と山鶴は行き交う人々を眺め、ぽつぽつ言葉を交わした。

「あたしの生い立ちとか、聞かないの」

「あなたが話したいと思うなら話したらいい。けれど、わたしからは聞きません」

「ははっ」山鶴は笑った。「あたしは聞くよ。あんたは何者」

「夷嶋守護蠣崎季廣の娘です。出羽の檜山城まで参ります」

「本物のトノマッじゃないか。どうせ嘘っぱちだろうけど」

「信じずとも構いません」

「帰る。あたしだって、横内城じゃ姫と呼ばれてるんだ」

山鶴は立ちあがり歩きだした。はじめは早足、足取りはしだいにゆっくりになり、一町も行かぬうちに山鶴は立ち止まった。車借に邪魔だと怒られ、道端に寄り、また座りこむ。稲姫は後を追った。振り返ると、腕組みをした師季も次の木陰に移っていた。

蒼白の顔をして、山鶴があえぐ。

「帰りたくない」

口周りに入墨を入れたアイヌの女が、「具合が悪いのか?」と心配そうに問うてくる。稲姫は大丈夫です、と笑みを浮かべた。女はなんども振り返り、去っていった。

ついに山鶴は話しだした。

「サロルイは、叔父だ。サロルイの姉があたしの母さんで、あたしが五つのとき病で死んだ。父親は知らない。母さんは言わなかった。あたしのウヌヌケマッという名はサロルイがつけてくれた。生きてるだけで親孝行だといって」

はじめ南部領でもアイヌと和人の衝突はあったが、混住していた。

公然と人買いが行われるようになったのは、大仏ヶ鼻城に石川高信が城主として入り、津軽のアイヌを締めつけるようになってからだ。手口はこうだ。文字を知らないアイヌに証文《しょうもん》を渡して二束三文で土地を手放させる。騙されたと気づいたアイヌが城に押しかけると、証文をたてに追い返す。おなじことが立てつづけに起き、津軽平野のアイヌの長数人が蜂起した。

石川高信率いる三戸南部方は、岩木山北麓の五所川原で会戦におよび、おなじ南部家臣である堤氏、大光寺氏の援軍を得てアイヌ勢力をさんざんに打ち破り、村々に火をかけた。

「合戦があった夏は、雪が降ったほど飢饉が酷かった。あたしは和人の人買いに売られたが、ほとんど攫われたも同然だった。サロルイが横内城近くまで追いかけてきたけど、血を吐くほど殴られていたよ。最初は寺に置かれて、稚児《ちご》の格好をしていたけど、胸が膨らんできて横内城の父上に買われた」

稲姫は、胸を押さえた。鼓動の速さが、山鶴に聞こえるのではないかと思った。口の中がからからに乾いている。寺で稚児の格好をしてなにをしていたのか、横内城主の堤弾正《だんじょう》に売り渡されどうなったのか。聞かずともわかる。

ネウサラの青く腫れた顔が、鮮烈に脳裏に蘇る。縋るように山鶴の肩を抱いた。

「帰らなくていいです」

「勝手言うな。明日の飯はどうしたらいい」

「わたしが……」

「情けで飯は食えない。同情はいらない。こんなのはよくある話だ。おなじようなアイヌの女を何人も知っている」

「いいえ。戦います」

山鶴は笑った。笑い、稲姫の目を見て笑うのを止《や》めた。

「やめとけ。女一人になにができる」

次郎は、文字こそがあなたの武器だと言った。

ネウサラは、自分を犯すのに関わったすべての者が悔いなければ意味がないと言った。

伝七《でんしち》エカシは、野に弱い者など一人もいない、と言った。

母は、蔦という女は――。

「もしあなたが話したいと思うなら、奴らと決別したいと願うなら、わたしが書き留めます。敵が、文字を卑怯な手として用いるなら」

颪に稲田の草が揺れ、雀たちが澄んだ青空に羽ばたく。

「わたしは受けて立つ。文字の善《よ》き手を見せてさしあげよう」

昼前、曲輪に戻り、稲姫はみなに頭をさげた。

「シリウチを出て五日目。一刻も惜しい旅ですが、石川高信を討つため、どうか今日一日をください」

「兵もなくして石川高信をいかに討つか、姫には策がおありか」

とんでもない、と常のごとく師季が止める前に、こう問う声がした。腕組みをした俊円だった。微熱に赤い顔をして、目の下の隈が色濃かったが、瞳にぎらついた光が宿っている。

「石川高信の弱みは、なにごとも当主・南部晴政《はるまさ》に伺いを立てねばならぬこと。高信は稲姫を捕らえることはできても、その場で殺すことは決してできない。独断専行となるからだ。『南部の右腕』は、宗家に自らが切り捨てられることをなにより恐れている」

北畠具永を立てたとはいえ、峠であっさり兵を退いたのも、あの襲撃が南部当主の裁可を得ない独断だったためだ。

「わたしもおなじ考えです。だからこそ高信に挑む。それは兵の戦さではなく、いわば『検断』です」

「ほう、そこに手をつけるか」

「検断？」

首を傾げるシラウキやアルグンに、俊円が説明した。罪人を調べ裁く検断権は古来、検断職が担っていたが、鎌倉幕府が守護・地頭に検断権を与え、守護職の浸透しない奥羽では、地頭から国人領主が検断権を引き継いだ。

つまり、和人の武士が裁く。

和人が思い描く日《ひ》の本《もと》の中に、アイヌはいない。「和人になったアイヌ」だけがいる。事実アイヌは和人に加えられた危害を、自らで裁くことができぬ。それを、稲姫はやるのだ。

むくれ顔で師季が問うた。一応聞きつつも、反対する気を隠さなかった。

「検断といっても、具体的にどうなさるおつもりか」

「まだ言えませぬ、山鶴どのに頼み、まずト・ワタラのアイヌたちに集まってもらいます」

ちょうど屋敷の外でがやがやと大勢の声が近づいてきて、「連れて来たぞ」と山鶴が現れた。それを見、俊円がにやりと笑う。

「小鳥は囀りつづける。語り伝えることをやめてはならぬ、か。姫の目論見、おおよそ理解した。愚僧も手伝おう、右筆《ゆうひつ》が必要になろう?」

「ありがとうございます。『男方』の書き手は、俊円どのにぜひお頼みしたいと。御坊と三戸南部の因縁はアルグンから聞きました。御坊の義を成すよき機会となりましょう」

人心の操りかたに長けた姫じゃわ、と俊円は伸びた坊主頭を掻いた。

二つの部屋にト・ワタラのアイヌが五十人以上集まった。

一つめは男部屋。俊円とアルグンが応対する。

もう一つは女が集まり、稲姫と悪太夫が会った。男は誰一人入れない。

手伝えることがあるか、と師季がおずおずと聞いてきた。

「姫の策が某にはわからぬゆえ賛も否も言えぬが、峠で手をあげた無礼今更ながら詫び、償いたく……本来なら切腹もの」

「いえ、あのとき止めてくれて助かりました」

師季は、夷嶋にいたときとまったく変わった。前は無遠慮な大声を聞くだけで怖いと思った。いまは憂うような眼差し、抑えた声音。彼もまた苦しんでいる。

「師季、明日の戦さはあなたの懊悩《おうのう》の、道しるべとなれるように、わたしはしたい」

「姫」

師季の目が赤らんだ。横から紙の束を運ぶ俊円が、がなる。

「ぬし、字は達者か」

「読むことは……書くことは得手ではござらん」

「使えぬ男じゃ、田んぼで草取りでも手伝《てつど》うてこい」

師季は肩を落としたが、出ていきはしなかった。これからなにが起きるのか、見届けたいのだろう。

人いきれで暑い男部屋で、俊円は一人ずつアイヌの話を聞き、持参した立派すぎる銀硯で磨《す》った墨で、内容を雁皮紙に記していった。アイヌは若い者ほど和人の言葉が話せるが、こみいった話や年寄りの話にはシラウキが呼ばれ、通訳する。自然にそういうようになった。

まず聞き取るのは、今回のト・ワタラ襲撃についてだ。

「子供を攫われた。三歳と、五歳と、六歳。足軽が鑓で脅して、檻に入れて連れ去った」

「ほかの家族はどうだ」

「叔父《アチャ》が殺された。ほかの家のやつもだ」

「お主が見たことに限って話してくれ。まとまらなくなる」

「アチャたちは一まとめに麻縄で引かれ、子《ね》の口《くち》の浜に一列に並べられた。おれたちはオンコ岳の崖に伏せて見ていた。三十人は膝をつけと命令され――」

男の声が詰まる。俊円はじっと男に目を注いだ。

「話せるようになるまで待つ。あとにしてもよい」

黙っていたサロルイが声をあげた。

「聞いてくれ、和尚ニシパ。三十人は順番に鑓で突き殺された。なにが起こったかわからないように、麻の袋を被せて順番に」

アルグンが唸る。

「殺しかたが手慣れてますな、これがはじめてじゃないでしょう」

師季が足早に部屋を出てゆく。シラウキが追いかけると、柳の木の下で、師季は立ち竦んでいた。強い日差しに、木陰は暗かった。

「こちらの地は京に近いぶん、きっと雅で、優れているのだろうと憧れていた」

屋敷のもう一つの部屋からは、女の啜り泣きが聞こえてくる。師季は両腕で我が身を抱いた。

「かように辛きことを、思い出させてよいのだろうか。お前のむかし語りでは、姫の母君は証言を記し、富山武通を裁こうとした。しかし失敗に終わったのだろ」

「忘れようと口を閉ざせば、いつかはほんとうに『なかったこと』になってしまうかもしれない」

「わかるが、しかし……」

青葉の陰で、夷嶋の男二人は寄り添い、黙す。

最初、集められたアイヌの女たちは、戸惑いに顔を見合わせていた。悪太夫が衝立《ついたて》を作りながら言う。

「ほかの者に聞かれないようにしたほうが、話しやすいんじゃないかね」

「みなに聴いてほしいから、あたしはいらないや」

立ちあがったのは、山鶴だった。文机に座る稲姫の前に胡坐をかいて座り、目を合わせる。

激しい炎色が瞳に宿っていた。

「悪い和人の話をするが、いいな」

墨をたっぷり含んだ筆を、稲姫は取った。

「余さず書き残します」

半刻あまり。

淡々と、言葉は紡がれた。

ときおり山鶴は震え、汗を滴らせた。悪太夫が背を擦り、手を握る。その様子すらも稲姫は書き留めた。墨は磨っても磨ってもすぐ尽きる。紙が足らず、開いた行間に散らし書きをして、それでも足りぬほどだった。

思わず筆を取り落とした稲姫を見、悪太夫が歯噛みした。

「妾にも文字が書けたら。妾が代官になれたのは、やっぱり判官カムイの孫だからだ。嶋を出たら、こっちじゃ大刀を担ぐ変な女でしかない。妾は、自分の力で頭《かしら》になりたい」

「夷嶋に帰ったら、わたしが文字を教えます」

「この歳からでも、覚えられるか」

稲姫はにっこり笑った。

「太夫の人望に読み書きが加わったら、夷嶋の女はみんな、太夫についていくでしょう」

話し終え、山鶴が体を折って横になった。女たちに介抱されながら、まだ燃える瞳を向けていた。

「書き終えたか」

「一言一句漏らさず」

「ア　ウェンコ　ウェンコ　ウェンコ　ホイ」

「それはなんです」

「なんだろう……」山鶴の瞳は燃ゆるまま遠くを見る。「母さんが、小さいあたしが歌い終えるとよくやったと入れてくれた合いの手。いま思い出した」

稲姫も文机に突っ伏し、耐える。たった一人に話を聞いただけなのに冷や汗が止まらない。いまようやく理解した。父・河野季通の形見である文箱を、母はなぜ稲姫に譲り渡し、毎晩書きつけろと言ったのか。

母が与えたのは文箱ではなく、武器だった。

そのとき、アイヌの若い女が飛びこんできて、稲姫の前に泣きながら膝をついた。みなぎょっと彼女を見た。

「トノマッ、わたしは紺平八郎の妻です。御願い、悪い和人だけでなく、良い和人もいたことを記してください」

あとから真っ青になった平八郎が「すみません」と詫び入って来て、妻の腕を摑んで立たせた。

「邪魔をするんじゃない」

「悪い和人ばかりじゃない。片方ばかり書くのはずるい」

嗚咽する妻の肩を摑み、平八郎も語気を荒らげた。

「良い和人も悪いアイヌもいる。逆もしかり。だが、いつかアイヌが消されるかもしれぬ当地で、消す側である和人《わたし》が『良い和人』もいる、と言うことの罪業がわかるか。『良い和人』もいること、いたことは、酌量になりはせぬ」

「でも」

「わたしだって、子が和人として生きるか、アイヌとして生きるか、大人になったとき彼ら自身に任そうなどと対等な振るまいをしているようで、その実対等ではない。父は武士として禄《ろく》を頂戴し、子らはここ浪岡の地で、和人に囲まれ和人の暮らしをして育っている。アイヌの村へは年二、三度帰るだけ。現に子らはおなじ年頃の子ほど、アイヌの言葉が達者ではない。けっして五分と五分ではないのだ。それでもわたしは良い和人か？」

一気にまくしたて、平八郎は長い息を吐いた。自ら我が身に刃を向ける、逡巡と痛みの吐息だった。それでも平八郎は手を緩めない。

「仮に、仮にだ。アイヌが和人を津軽から追いだしたとする。お前は過激な者に頭髪を剃られ、『和人に内通した女』と吊るしあげられるかもしれない。それをやるのは良いアイヌでも、悪いアイヌでもない『ふつうの』アイヌだ。それを良いアイヌもいるからといって、認めることはできぬ。別の話だ。現に和人はもっと非道なことをしている。声を、あげねば――」

妻は呆然と夫を見あげた。平八郎は、稲姫と周囲になんども頭をさげた。

「すまぬ。いまのことは忘れてつづけてほしい」

憔悴した妻の肩を抱き、出てゆく平八郎の背中が震えている。

稲姫は奥歯を嚙みしめ、筆を取った。

「つぎのかた」

すべての女から聞き終え、書き留めると、真夜中ちかかった。みな無言で気を失うように、眠りに落ちた。悪夢すら見ない、深い眠りだった。

目を覚ますと、東の空が白みはじめていた。

シリウチを出て六度目の朝が来る。聞き取りの紙は平八郎が御所の右筆へ渡し、写しをとっている。明け方には終わるだろうとのことだった。

今日、大仏ヶ鼻城に向けて出立する。体が軋み、頭が重い。

白んだ空に清涼な風が渡る。炊煙がぽつぽつあがり、人々は常の暮らしをはじめている。そのなかを稲姫は戦さに往く。

「開戦だ」


出立のさい、ト・ワタラの長老は稲姫に詫びた。

「我らのなかにもさまざまな考えの者がいる。このような『訴え』をしたら報復が怖いと恐れる者、和人と戦うべきだという者。敵を前にしたとき冷静でいられるか、わしもわからぬ」

昨日は、話す途中で叫んで恐慌状態になる者、話すのを拒む者もいた。もちろん、無理には話させなかった。稲姫も長老に頭をさげた。

「できるなら、どうか聞き取りをつづけてください。時をかけて」

「石川高信はほんとうに『あの場』へ来るだろうか」

「わかりません。けれど最善を尽くします」

白い髭をしごき、長老は言った。

「まず互いが敵ではなく、ましてや犬でもなく、人《アイヌ》であると認めあわねばならぬ。それには時と、勇気が要る」

長老の言葉は、「和人にその覚悟はあるか」と問うているように、稲姫には思えた。

稲姫は北畠具永に贈られた、松が金糸で縫いとられた朱赤の小袖に袖を通した。見送りに来たアイヌの女たちは、稲姫に刺繡の入った鉢巻を渡してきた。

「ここでは刺繡の鉢巻は男しかつけない決まりだけど、わたしたちは稲につけてほしい。みなでひと針ごとに、祈りをこめた」

代表して、山鶴が稲姫の額に鉢巻を巻いた。輝く目と目が合う。

「横内城には戻らない。紺どのに、浪岡での働き口を探してもらうよう頼んだ。あの人は信じてもいいと思ったから」

稲姫は山鶴の首筋を優しく撫でた。彼女の後ろに宿る憑き神がとこしえに守ってくれるようにと。二人は額を寄せ、小さく囁き合った。

「稲、無事で往け」

「山鶴さんも、どうか息災で」

朝日に背を押され、浪岡御所を発つ。

アイヌたちにまじり、北畠具永も自ら見送りに来た。人数分の馬と絹織物や食料を積ませ、扇を高々と翳す。稲姫は贈られた駿馬《しゅんめ》から手を振り返した。

「円かに豊かに。あの方からもっと学びたかった」

浪岡を南に行けばいよいよ津軽の平野部となる。右手側に青い裾野を広げる霊峰岩木山。左手側は奥羽山脈の山塊が地平の果てまで連なっている。二つの山に挟まれて津軽の郷村と田畑が交互に現れる。田畑の開拓はたとえば北畠氏の主導により行われるが、アイヌの住む土地や猟場を奪うことにも繋がっている、と稲姫は気づいた。みなが等しく円かに豊かになるためには、まだ考えが要る。

天を衝くほどの巨大な入道雲が、山向こうに湧いている。アルグンが背を動かした。

「骨が軋む。一雨来ますね」

稲姫は道の先を見遣る。この道をどこまでも南へ行けば、いつか京に辿り着くのだろうか。京におわす帝や公家が、黄金とおなじ価値があるという北の昆布で出汁を取った吸い物を口になさるとき、夷嶋のアイヌと和人に、一瞬でも思いを馳《は》せてくれようか。

「知っていて、くれようか」

もう身分を偽る必要もなく、みな元の服に戻した。稲姫は朱赤の小袖に贈られた鉢巻。悪太夫は藍の小袖に鎧櫃《よろいびつ》を背負い、師季も小具足姿である。アルグンは元の長衣で、俊円は紗の改良衣、シラウキはト・ワタラの長老から譲られた伝統的な樹皮衣に鉢巻を巻き、刀帯に太刀と比呂子のマキリをさげた。

「お前まで来なくてよかったのだ」

松葉緑の素襖に脚絆を巻いた旅姿の平八郎に、シラウキは声をかけた。彼は自ら主君に申し出て、檜山城までの警護と道案内を買って出た。石川高信に向けた新式の火縄銃を、今日も背に負っている。

振り向かず、平八郎は言う。

「愛刀も遺髪も置いて来た。戻らぬ覚悟だ」

「乳飲み子もいるのだろう。かならず浪岡へ戻れ」

「約束はできぬ。妻にもそう伝えた」

「酷い男だ、平八郎は」

「ああ、おれは友が苦しむあいだ、のうのうと生きた酷い男だ」

いまはなにを言っても意思を変えぬだろう。シラウキが平八郎でもそうしたと思う。

石川高信の居城である大仏ヶ鼻城へは、約五里。軽快に馬で津軽平野を南下する。

途中三戸南部方の支城があり、すぐに一行は呼び止められた。ここはわたしが、と平八郎が硬い表情で進みでる。

「某は浪岡北畠御家中、奥井どのが陪臣紺平八郎。こちらは夷嶋守護、蠣崎季廣が次女、稲姫さまである。大仏ヶ鼻城の石川左衛門尉どのに急ぎ取次《とりつぎ》を請う」

平八郎が示した北畠具永の花押が据えられた書状を見て、支城の将は、丁重に兵をつけて送り出した。

兵に聞こえぬよう、師季が稲姫へ囁く。

「検断と昨夜仰ったが、虎穴に押し入るも同然。どのようになさるおつもりか」

稲姫は微笑み返す。

「虎穴に入らばすることはひとつ。獲りに参ります」

シラウキが言う。

「稲。師季の心配はもっともだ。勇敢さと蛮勇はちがう。蔦は富山武通を追い詰めたが、奴は平然としていた。悪党とはそういう奴だ」

懐手で俊円がにやにや笑った。駿馬で名高い八戸の元武士というだけあり、手綱を強く引けずとも馬の扱いは一番巧みだった。

「悪党には悪党の流儀があるということよ、案ずるな。こちらには奥の手がある」

「俊円どのは今朝、姫となにやら密談をしておられましたな。奥の手とはなにか」

「口やかましい婿は嫌われるぞ」

「冗談を言うている場合ではござらん」

師季が大声をあげたとき、先導する三戸南部兵が「着到」と触れた。

津軽平野の南の端。大仏ヶ鼻城は、街道を塞ぐように張りだした山に築かれていた。奥大道を監視するにはうってつけだ。剝き出しの山肌に多数の曲輪を備えた、乱世の城だ。

稲姫らは山を登った本曲輪の主殿へ通された。

諸籠手に戦《いくさ》烏帽子姿の石川高信が、薄笑いで待ち構えていた。

「支城よりの早馬でまさかと思うたが、蠣崎の姫御自ら参られるとは。大館は蝦夷《エゾ》にこんどこそ攻め滅ぼされたのかな」

「わたしの道行は、あなたにはきっと百年たってもわからぬでしょう」

眉を動かす高信へ言って、稲姫は北畠具永の書状を差し出した。

「御所さまよりの御文、御改めを」

高信は三度、念入りに読んだ。

「此度の十和田蝦夷《エゾ》の騒乱において、蠣崎は無関係であるから通せとな。峠で蝦夷どもを先導しておられたのは、姫ではないか」

文を翳すと、高信は真ん中から破った。

「当家と安東は長年敵対しておる。蠣崎は安東の家臣筋。通すことに益はない」

予想された反応だったので、稲姫は動じなかった。脇に控える俊円に目で合図する。俊円は、桐箱をうやうやしく稲姫の前に置いた。「披露仕《つかまつ》る」と割れ声で言って開く。桐箱には、黒々と文字ののたうつ紙が山と入っていた。

一枚を取りあげ、俊円が読みあげる。

「南部方戸来、伝法寺、沢田らの襲撃によって捕らえられた十和田アイヌ三十名、後ろ手に縛られ、麻袋を被せられ、子の口浜にて順繰りに突き殺され候。首は梟首《きょうしゅ》にされ候」

妙に節回しのついた耳障りな声に、居並ぶ石川家臣がざわつく。舌打ちをする者もいた。高信だけは、薄目でどこも見ていなかった。

「それが如何《いかが》した？　十和田蝦夷は三戸襲撃を企てておったため、首謀者を討ったまで。城を焼かれても、蝦夷に甘い顔をしろと？　約十年前に三戸の旧本城が何者かに焼かれたが、あれも蝦夷が手引きしたとの噂もある」

高信は片目だけ開き、胡乱《うろん》に稲姫を見た。

「姫《ひい》さまは、戦さを知らぬと見ゆる。我らも制札《せいさつ》を出し、乱取りや乱暴狼藉を厳しく戒めておる。此度仕掛けてきたのは蝦夷からぞ」

制札。父がシリウチコタンを攻めるときに、出さなかったもの。石川高信は制札を、自分たちに落ち度はないという方便に用いている。

日が翳り、遠雷が聞こえはじめた。稲姫は黙したまま座している。「おれが御膳立てを終えるまで、姫は決して口を開かぬように」と事前に俊円に言われている。まだ戦さははじまったばかり。いまは、八戸南部の元武士だったという彼に、露払いを委ねるときだ。

俊円は二枚目の紙を取った。

「アイヌの娘山鶴、数え十五。十和田の生まれ。かの娘、七つのときに村を襲撃され、和人に攫われ候。はじめ足軽の飯炊き女として使われた。そのとき折檻《せっかん》で火のついた薪を腹に押し当てられた跡がある。一年ほど経ち、飢饉で食い詰めた足軽は、某寺に山鶴を売った。山鶴は稚児姿で働いた。寺持ははじめ山鶴を可愛がり、文字を教えたりなどしたるが、九つのとき、魔羅《まら》をしゃぶれと言われ、その後毎晩――」

稲光で部屋が明滅する。家臣の胴間声と雷鳴がどうじに轟いた。

「騙《かた》りもいい加減にせい！」

「戦さの世ぞ。女子供、足弱《あしよわ》が売られ、ときに死ぬは必定《ひつじょう》」

立ったまま、俊円は武士たちを見おろした。

「弱きが犯されるのを是《ぜ》とするか？」

高信のこめかみに青筋が浮く。

「武士であった和尚もよう知っておろう。制札が守られぬとき、代官や検断奉行に訴えでることができる。まあ姫さまのおられる夷嶋には、馴染みがないやもしれぬが」

家臣たちの追従笑いに、師季が歯を剝く。シラウキは師季に耳打ちした。

「邪魔をするな、稲は待っている」

「なにをじゃ」

「石川が下手を打つのをだ。これはトゥミ、いまは堪えろ」

あのとき武通という悪党は罰を受けたが、己の罪を毛ほども理解しなかった。石川高信という男もまた、悪党だ。このままでは蔦の失敗をなぞるだけだ。

高信の追及の声は甲高く、ぴりぴりと頭に響いた。

「姫さまはなにをしに参られた。蝦夷に憐憫の情を覚えたか？　こちらも南部という家のためにやっておってな。お優しい姫さまは、御自分の住まわれる夷嶋の蝦夷を助けるがよかろう。聞くだに、蠣崎もずいぶん苛烈にやっておられるようだ」

「…………」

黙す稲姫を喝破しえたと思ったのだろう、高信は顎をしゃくった。

「蝦夷どもに御伝えくだされ、文書で訴えを出せと。さすればわしが直々、色狂いの坊主を裁いてやる。以上じゃ」

外で驟雨《しゅうう》が降りはじめた。雨脚はしだいに強くなり、遠雷は近づいてくる。

稲姫は立膝に肘を載せ、身を乗り出した。

「石川どの、それは身勝手が過ぎます」

「なんと？」

「アイヌのため、和人が和人の罪人を正しく裁くことができましょうか。手心を加えるのでは？」

失礼します、と俊円が袂《たもと》から銀の硯を取り出し、墨を磨りはじめた。なにを悠長な、と家臣たちが嘲るなか、高信の目は、俊円の手元に吸い寄せられた。

「その硯――」

言いかけた高信を遮り、稲姫は声を張った。俊円は、硯を出したら御膳立ては成った、好きに戦《や》れと言った。

――石川左衛門尉、逃がしはせぬ。

「裁くは石川どののみにあらず。アイヌにはチャランケという裁きがございます。みなが集まり、討議によって罪人を裁く。御存知ですか、一方の弁舌は何刻でもつづき、反論もまた弁舌で行なわれ、どちらかが力尽きるか、言うことがなくなれば負けとなる。すべてのアイヌの声を御聞きなさいませ」

十和田の長老が言った「あの場」とは、裁きの場《チャランケ》のことだ。アイヌがチャランケで和人を裁く。高信は一笑に附した。

「奴らは言うことをすぐ違《たが》えよる」

「御案じめさるな。此度の聞き取りは、すべて写しを浪岡の御所さまに預けております。必要あらばアイヌも和人も自由に見ることができる」

峠とおなじように、稲姫と高信は睨み合った。押し負けるな、と奥歯を噛む。

「アイヌの流儀で貴殿を検断いたす」

「莫迦を言え！」

拳を板間に叩きつける音と、落雷が重なる。稲姫は、突き動かされるように言葉をのぼらせた。背を支える無数の手を感じた。

「チャランケに参られよ、石川左衛門尉どの。そこで陸奥国におけるアイヌ掃討について御話しください。いかようにアイヌの首を真綿で絞めつけるか、辣腕のほど聞かせ給《たも》う」

後ろに座した平八郎が、拳をついて言上した。

「下座から畏《おそ》れおおくも失礼いたす。浪岡北畠陪臣紺平八郎。チャランケには御所さまも御出ましになる用意があるとのこと。御所さまを軽んじらるる莫《なか》れ」

「蝦夷がおれを裁くだと。笑止」

怒りに耐えかねた高信は立ちあがり、一歩踏み出す。家臣も太刀を取った。

師季が稲姫の前にずだっと滑《すべ》り出る。シラウキも腕を差し出し、俊円を庇《かば》った。

高信の怒りは、俊円の手元の硯に向けられていた。磨りおえた墨を硯に立てかけ、俊円は筆を執《と》って筆先を舐めた。

「喋れ、左衛門尉。一言漏らさずこの悪筆が書き留める」

ついに高信は叫んだ。

「その硯、松風であろう！」

俊円は硯を手に取り、面《おもて》の彫が見えるように縦に掲げた。ぼたぼたと墨が落ち、雷光の閃きに蹲《うずくま》るような麒麟文《きりんもん》が現れる。旧三戸本城焼失とともに所在がわからなくなっていた、麒麟文硯、銘・松風。南部十二代当主政行が京で帝から賜ったという御物《ぎょぶつ》。

帝に認められし南部家の家宝であった。

「貴様、裏切ったな」

高信の狼狽を、俊円が高笑いでかき消す。

「二度目は手慣れたもんじゃ。硯を返してほしくば左衛門尉。手形にしたがって稲姫を通し、自らはアイヌの裁きを受けろ」

「裁く？　おれは大名南部家のため、命をかけ武働《ぶばたら》きをしておる。殺生もときにする。乱取りを黙認することもある。首を落として橋の袂で梟首にするか？　南部は黙っておらんぞ。いままでのような手ぬるい法でなく、アイヌを滅ぼす……いやそんな面倒をするまでもない」

なにかを思いついたように、高信は薄笑みを浮かべた。

「万一の話だが。浪岡の御所に火事があり、書付けが焼失すれば仕舞ではないか。旧三戸本城が焼け落ち、累代の文書が失われたとおなじに」

低く深い声が板間に響く。

「見ているぞ」

父タナサカシが愛した声。姉が羨んだ声。

背筋を伸ばし胡坐をかいたシラウキの大きな目は、高信を射抜いた。

「おれたちは見ているぞ。和人が正しい行いをするかを。文字はないが、アイヌは語り継ぐぞ、和人の行いを。父から息子へ、祖母から孫へ。孫から玄孫《やしゃご》へ」

背を丸めた俊円が凄む。

「お主は弱き小鳥の囀りを侮った。たとえおれを殺したとて、小鳥はあまたおる。逃れられんぞ、左衛門尉」

風が板間の戸板に吹きつけ、雨が吹きこむ。一瞬、白昼のごとく明るくなり、どこかの木か屋敷か、雷が落ちる音で桟木《さんぎ》がびりびりと震えた。

長いあいだ高信は立ち尽くし、やがて家臣を手でさがらせた。

「……通せ。小娘が抜かせぬのに、こちらが抜いては恥」

「殿！」

抗弁する家臣を、高信は一喝した。

「俊円、松風を返せ。さすればそちらの要求を呑む」

「姫、如何《いかが》」

俊円に問われ、稲姫は頷いた。

「よいでしょう。チャランケをお忘れなきように」

「御所さまがまことに参られるなら、某もないがしろにはせぬ」

硯で脅したことはわかっている。それでも交渉は成《な》った。

板間を出て行きぎわ、高信が吐き捨てた。

「蝦夷ヶ嶋に棲む蠣崎の姫、あなたは『日の本』をよく知らぬようだ。辺境に生くる我らは、東戎《あずまえびす》と蔑まれ生き抜くほかない。おれには幾百幾千の、南部の民を食わせる定めがある。卑怯と誹《そし》るなら、乱世を鎮め、静謐《せいひつ》にするがよかろう」

稲姫は立ちあがり、去りゆく高信へ応じた。

「石川どの、あなたはアイヌの習わしをよく知らぬようです。アイヌに斬首はありませぬ。せいぜい両足の腱を切って荒野に置き去りにするだけ。摩利支天か八幡権現か、神仏があなたを正しいと御思いになれば、きっと御助けくださるでしょう」

「左様か」

顧《かえり》みた高信の顔は陰になってよく見えなかったが、口の端がわずかに笑って見えた。

「乱世が鎮まるとき、陸奥の和人はアイヌを滅ぼし『静謐となった』と言うのでしょう。夷嶋は違う道をゆきます」

答えはなく、板戸が軋み閉じた。


土砂降りの雨のなか、稲姫たちは大仏ヶ鼻城を出た。

雨に打たれた俊円は、溺れる鼠のように手を振り、叫んだ。

「急げ、石川高信の気が変わらぬうちに」

雨煙のなか、大仏ヶ鼻城から兵が出た。二十ばかりの手勢と見えた。家宝・松風硯は、この先一里の平川と三ツ目内川《みつめない》の合流地点で引き渡すと、高信側に伝えてある。その先はすぐ、津軽と出羽の国境だ。

悪太夫が舌打ちした。

「嵐に紛れて討つつもりだ、卑怯な奴」

城の先はすぐ急な山道になって、泥色の平川に並走する奥大道は道幅が狭い。嫌がる馬を宥めなんとか進むうち、俊円が馬を降りた。

「紺どの、道案内は任せた。おれは戻って松風を渡してくる。松風さえ取り返せば奴も溜飲をさげる。たった二十騎で国境に入りこむほど、奴も阿呆ではない」

平八郎はしかと頷いた。

「承知した。御武運を」

稲姫は俊円を止めた。

「殺されてしまいます。俊円どのの奥の手がなかったら、城を抜けられませんでした。あの人の御坊さまへの怒りは尋常ではありません」

珍しくアルグンも悲痛な声をあげた。

「小さな土地にしがみつく必要はない。天地はどこにでもある。旅をしましょうよ、夷嶋のつぎは唐渡之嶋、冬の平原を犬橇で走るんだ」

来た道を歩きだし、俊円は編笠をあげて笑う。

「あと半年はやくお主らに出会っておれば、そうしたかもなあ」

「俊円どの」

「奴は納曽利という神への舞を、歌舞音曲を餌にした。それが許せぬ。飛びついた己もな。ゆえにおれは悪党のまま生きる」

誰も止められなかった。けぶる水煙に黒衣が消え、アルグンがぽつりと呟いた。

「あの人は、望んで悪党になった」

◇

雷鳴のなか、黒い僧衣の男が舞っている。

馬上の石川高信は、手綱を緩めた。

「なにをしておる。罠か？」

僧衣の男はすり足で手を広げて回り、両手を高く掲げた。雨が弱まり、小柄で痩せた体の線がよく見えた。

男は手を高く差しあげる。天を呼ぶ。

高信は兵にその場に留まるよう命じ、馬を降りた。一歩歩くごとに雲が渦巻いて、薄くなりはじめる。遠い山の向こうから、雅やかな高麗笛《こまぶえ》の音が聞こえるような気がした。

「納曽利か」

櫛引八幡宮で俊円が舞おうとした舞。あのとき誰かが「まるで土竜だ」と嗤ったが、高信は最後まで舞おうとした俊円に驚嘆していた。やはり南部に必要な男だと思った。

舞手がだん、と地を踏みしめる。

雲が割れ、光が差す。木々から落ちる雫が、光を受けて黄金のごとく輝く。

青空に細くひと筋の白雲が流れ、うねり、消えてゆく。

僧衣の男が天を仰ぎ、口を開けて笑った。

「はは、おれにも龍に見えよったわ」

高信にようやく気づき、聞きなれた嗄れ声が飛ぶ。

「乱の首謀者は弟じゃのうて、おれじゃ。赤沼備中をそそのかして城に火をつけさせ、大事な硯を盗んだのもおれじゃ。はは、騙されおった！」

でまかせだ、と石川高信は思った。この男は、大それたことを平気でする悪党ではない。俊円、いや田中宗祐が朗々と歌い優美に舞えば、かつて京から「蝦夷《えみし》」と揶揄された人々の住む峻険な地で、誰もが雅な夢を見た。歌舞に没頭していればよかったのだ、と高信は思った。しかし現に家宝の硯は、男の手にある。

俊円が銀の硯を差し出す。

「お前の罪業、おれが一足先に地獄へゆき閻魔大王に注進しておく」

高信は太刀を抜くや、腕ごと斬り落とした。上段に構え直し、腰を据《す》えて刃《やいば》を振りおろす。

血飛沫が、高信の顔を染めた。

「見事也」
龍が戯れ遊ぶ舞を、俊円は高く跳んだ。

三

大仏ヶ鼻城を出た日のうちに国境の碇ヶ岡まで行き、翌日、峠を越えて出羽大館《おおだて》へ着いた稲姫たちを待っていたのが、檜山安東家の船だった。北畠具永に贈られた馬を馬借に預け、六人は乗れる立派な川船に乗りこみ、米代川をくだり檜山城へ向かう。

川の道は、陸のそれとおなじく活気に満ちていた。

とろりと深い青緑色の米代川は、津軽海峡の荒れ海を思えば、鏡を滑るがごとくだ。周囲の山から伐り落とした杉を、川下へ流す筏《いかだ》や、あたりに点在する鉱山から掘りだした鉱石を満載にし、丸木舟がゆく。

くの字に山がせり出し川が蛇行する早瀬を、船頭が巧みに声をかけあい、竿と櫓で乗り越えれば白波が砕ける。稲姫も飛沫を浴びた。

「おーいホイ」

老臣が慌てた。畠山何某《なにがし》という安東家の臣で、顔にある細かい向こう傷から、歴戦の士《さむらい》と知れた。もとは安東政季を出羽に招いた安東家の分家・湊安東氏の家臣だという。水滴を手拭で拭き、畠山は舳先に立つ船頭に頼んだ。

「ちと手柔らかに御頼みしますぞ」

手拭を目深に被った三十がらみの船頭は、藍の小袖を尻っぱしょりにし、赤銅色の太い手足にはいくつもの傷がある。川下りは危険な仕事なのだろう。ちらと顧みて、口ひげを整えた唇がにやっと笑みを作る。

「へいへい」

なぜこちらが来るのを知っていたのかと問う稲姫に、畠山は、大仏ヶ鼻城に放っている間諜が変事を狼煙で告げ、急ぎ川を遡ってきたのだと答えた。

夷嶋からはるばる海を越えてきた一行に感嘆した老臣は、道中の話を聞きたがった。悪太夫やアルグンが大仰に話すのを真に受け、目を丸くし、なんと、と繰り返す。

その話も終わる頃合いだった。

おだやかな川面を眺め、みな言葉もない。稲姫は、船尾のシラウキに向き直った。

「シラウキ、そして俊円どのに礼を申します。また助けられました」

もはやいない俊円にも礼を言った。高信を追い詰めたのは、シラウキと俊円だ。俊円は、はじめから命を投げだす覚悟だった。出立前二人きりになり松風硯を見せ、稲姫へ「おれは復讐のためにきた。あなたを利用しすまぬ」と謝ってきた。

靡《なび》くシラウキの髪に白髪がきらと光る。

「蔦は富山武通を裁けなかった。お前は、石川高信の罪を明らかにし奴に理解させた。『おれを糾弾するなら乱世を鎮めろ』と奴が言ったのが証だ」

「そう、だといいのですが」

遠い山をずっと眺めている師季が、独《ひと》り言《ご》ちた。

「此度のことがなければ、某は石川左衛門尉の言うことに賛と言うたかもしれぬ。だがいまは違う」稲姫に向き直り、頭を垂れる。「数々の非礼、御許しくだされ。改めて御供させていただきたく」

　微笑み、稲姫も頭をさげた。

「御願い申しあげます」

　川岸を歩く魚売りの女たちに手を振り、アルグンが言う。

「ずっと不思議でした。次郎さんはなぜわたしに、稲さんに着いて行けと命じたのだろうと」

「見張りだろ」

　悪太夫の返事に、アルグンは首を捻る。

「報告のしようがないじゃないですか。海を隔てて帰れるかもわからないのに」

　アルグンは、次郎基廣と会ったときのことを話しだした。

　次郎基廣が黒竜江ぞいの港町・奴児干《ヌルガン》に現れたのは天文十八年、去年の夏のことだった。アルグンは和人の武士《ムサイ》の用心棒として、黒竜江ぞいの韃子《ターズ》、吉列迷《ギレミ》（ギリヤーク、ニヴフ）やナナイ、ウリチ（オルチャ）、さらには閩南《びんなん》（福建）海賊や倭寇、どこの者かわからない肌の色の濃い男らとともに、三十人ばかり雇われた一人だった。彼らはただ一つ、「腕が立つ」ということだけが共通していた。

なにをするのか問えば、樺太の南にある「夷嶋」という島で、一頭の雌熊を狩るという。次郎は砂金を大量に有していたから文句はなかったが、なぜその一頭に拘《こだわ》るのかわからない。途中樺太で越冬し、かつて元帝国に骨嵬《クウェイ》と恐れられた樺太の狩人を二十人雇った。暇つぶしに、アルグンは和人の言葉を覚えていった。次郎も舌を巻く早さだった。

「年が明けたら、一度和人の国へ見聞に行って来い。南部の動向を探ってほしい」

さまざまな土地を見てみたいと思っていたので、次郎の頼みをアルグンは嬉んで受けた。一方で、次郎の目的の奇妙さも気になった。

「ねえ次郎さん。雌熊なんてどんなに大きくたって八十貫（約三百キログラム）もない。ギレミでもクウェイでも二、三人いれば狩れますよ」

奴児干に現れたときから背負っている火縄銃の手入れをしながら、次郎は答える。

「チュプエムコは百二十貫（約四百五十キログラム）相当。もう五十人殺している」

嘘だろう、とアルグンは思った。黒竜江流域にも羆はいたが、虎のほうが恐れられているし、両者とも集落を襲うことはめったにない。それが五十人を殺すとは。

明らかに人を「餌」と見なしている。

「一度人肉の味を覚えた羆は、山の実など見向きもしない。『あの一件』のあとも、毎年のように子を産み、執拗に人家を襲うようになった。恐ろしく狡猾で、毒餌や罠には絶対に近寄らぬ。毎夏おれは奴を討つため、猟師を連れて山に入ったが、奴はどんどん人を欺くことを覚え、山奥深くへ逃げた。いまや、奴は大千軒岳のまわり五里四方を自由に行き来する」

「五里四方だって。雄熊ならいざ知らず、雌熊は狭い範囲から動かぬもの」

話が本当なら、その雌熊は並の羆でない。

「だから動き回る奴を殺すには、大多数で高山から低山へ追い落とすしかない」


アルグンの話を聞き、皆が絶句した。ただ一人、シラウキが髪を掻きむしった。

「チュプエムコがそんなことに」

アルグンが眩い川面に手を浸す。

「もしかしたら、次郎さんはわたしに見てほしかったのかなと、このごろ思うのです、夷嶋や日の本を。わたしの生まれた黒竜江沿いのウェジ部と夷嶋は似ていて、ちょっぴり違う。夷嶋と日の本も似ていて、ちょっぴり違う。ここまで来ると、だいぶウェジ部と違う。山の形や生えている木、獣、人々や家々」

出羽に入り、風景は夷嶋とずいぶん変わった。空気が蒸して暑く、衣にも鉢巻にもじっとりと汗が染みる。夷嶋にない杉の山は、緑が濃い。山の匂いも違う気がする。米代川のような大河も、すくなくとも嶋南にはない。

気づかないくらいゆっくりと、変わってゆくのだろう。隔《へだ》てる境はないままに。

シラウキが低く問う。

「次郎が嶋に戻った本当の目的はなんだ。お前は信頼されているようだし、聞いているだろう」

芝居がかった身振りで、アルグンは自らの口を塞いだ。

「口止めされていますので」

「……いい。見当はついた」

船頭が途中、川泊に船を寄せた。小さな市が開かれていて、船頭は腰にさげた銭袋から小銭を数え、赤子を背負う少女が売っていた串を買った。

「難しぇえごどぁええがら、食《け》」

言葉も津軽や下北と似ていて、すこし違う。

串には、白く丸いものに茶色いなにかを塗って炙ったものが三つ、刺さっていた。

「団子《シトト》か？」

首を捻ったり匂いを嗅いだりする一行に、平八郎がくすくす笑う。

「いいから食ってみなされ」

口に入れればむっちりとして、しょっぱいたれが絡みあう。キビ団子とも全く違う。みな目を見開いて口を大急ぎで動かした。一番に食い終えた悪太夫が「美味い」と叫んだ。

「なんだねこれは、紺どの」

「夷嶋では育たぬ里芋という芋です。たれは味噌と醬が混ぜてあるのでしょう。味噌は大豆を寝かせたもので、これも夷嶋にほとんどございませぬな」

「稲、夷嶋でも育てよう。寒いのがだめなら、小屋で囲って地面に茅を敷いたらどうだろう。昆布を売った金で種芋を買いつけるんだ。芋は保存もきこう、飢饉の備えになる。蠣崎も小山も所詮は流れ者なんだからさ、円かに豊かにだ」

すこし口が重そうに、師季が説明してくれる。

「武田信廣公は、若狭の武田氏の出と名乗っておられたが、真《まこと》のところはわかりませぬ。姫の母君の河野家も、もとは伊予の海の武士と聞きました。蠣崎は武士でありながらも、各地を流れ、交易で富を築いたのです」

「我らは半士半商、有徳人《うとくにん》なのですね」

次郎が海商を意味する有徳党と名乗った意味が、すこしわかった気がした。


暮れ方。檜山城が見えて参りましたぞ、と老畠山が左岸を示した。

呆気にとられた。峰ひとつがまるまる、城であった。裾野の広さは半里はあろう。幾重にも連なる曲輪には、それぞれ見張り櫓が立つ。斜面は縦に畝状の堀が走って、赤光《しゃっこう》に堀の黒い影がくっきりと落ちていた。

「大仏ヶ鼻城が十あっても足りぬようです」

思わず稲姫が漏らすと、船頭がからから笑った。

「南部の小城とおなじにされては困る。大名の本城じゃぞ」

「こちらに来て『大名』というものをよく聞く気がします。大名とはなんですか」

船頭はひょいと老畠山を見、老臣は目を白黒させ応じた。

「む、難しいものにござるが……おおくは国守すなわち守護職に任じられ、武士を従え、民を安んじ、国を治むる。すべては御恩と奉公、信という盟約からなるもの」

「信じることは、約定《やくじょう》なのですね」

いずれは蠣崎家も信を得て大名家となる日が、来るのだろうか。今更ながら、稲姫は不安になってきた。

「檜山屋形さまは会ってくれましょうか。浪岡の北畠さまは鷹揚な方であられたが」

持っているのは檜山安東家の家紋が入った文箱のみ。父の正式な書状の一枚もない。信ずるに足らぬ与太者《よたもの》と門前払いを食わされても、文句を言える立場にない。

「御案じめさるな」

こう言ったのは老畠山ではなく、灯籠《とうろう》の灯された船着き場へ楫《かじ》を切る船頭だった。汗をかいてもないのに、老畠山が手拭で額を拭い、目を泳がす。

「御無礼を御許しを、稲姫さま。我が御屋形さまは、なにごとも自分で見ると言いだしたらきかぬ御方ゆえ……戦場《いくさば》でも最前に出て冷や汗をかかされることも一度ならず」

まさか、と視線を向けると、船頭はほっかむりの手拭を払い、頭をさげた。

「遠路よく参られた。蠣崎の姫」

日に焼けた浅黒い肌をして、太い眉に大きな目。考えていたよりずっと若く、武士というより、川賊の頭領といった野趣が眼差しに宿る。

「ひ、檜山の御屋形さま?」

「みなはそう呼んでおるようだな」

「わたしは、身分の証となるものがこちらの文箱しかなく」

恐縮して稲姫が文箱を差し出そうとするのを手で制し、ごとりと船を接岸させ、出羽国檜山城主、檜山屋形・安東舜季《きよすえ》は身軽に桟橋へ跳んだ。

「たとえ騙り者であろうと、あなたの話をもっと聞きたい。城へ御足労いただけるかな」

差し出された分厚い手へ、稲姫は手甲のついた手を載せた。

「そのため、八十里の道を参りました」

嶋向こうの檜山屋形に会いに行くと言ったとき、あまりに道は朧で、ほんとうに辿り着けるのか誰にもわからなかった。夢物語だとなんども思った。

シリウチを出て八日目。

夢は現《うつつ》となった。

硬い地面を踏みしめ稲姫は思う。長いといえば長い、短いといえば短い旅。いまは来た道を振り返るまい。まだ折り返しにすぎぬ。それでも深い感謝の気持ちを、稲姫は伝えた。

「みな、ここまで……かたじけのう」

横でぴょんとアルグンが跳ねた。

「玄奘《げんじょう》がガンダーラに着いた心地ですな！」

城域に入り急坂を登ると、冠木門《かぶきもん》が見えてきた。松明に照らされ、安東の家臣が道の両脇に並んでいる。門が軋みをあげて開いた。

手足を清め、慌ただしく本曲輪主殿の大広間に通される。

夷嶋に渡った安東太から数えて四代、安東舜季は三十七歳。船頭姿から改め、雲立涌《くもたてわく》文様が織り出された繻子織《しゅすおり》の直垂は、灯火に艶《あで》やかな光を帯びていた。

鉢巻を巻いた稲姫は、衣の裾を整え名乗った。

「夷嶋守護・蠣崎季廣が次女、稲と申します。こちらは茂別館城主・下国政季が嫡男、師季。こちらはシリウチアイヌの長の右腕、シラウキどの。小山隆政《たかまさ》の孫にあたる悪太夫どの。浪岡北畠家陪臣の紺平八郎どの。あと……」

アルグンの紹介に困った。アルグンは拱手して頭を垂れた。

「女真族、ウェジのアルグン。姫の友にて候」

舜季が笑って頷く。

「すでに知っておるが、ま、こういうのは形式が大事でな。安東舜季である。我が祖は神武天皇に敗れ、外浜へ追いやられた「醜蛮《えぞ》」の安日王《あびおう》。さて当方に参られた件を承《うけたまわ》ろう」

板間に手をつき、稲姫は深々と頭を垂れた。

「勝手ながら、四年前、森山館攻めにおける奉公で、御願いがあり罷り越した次第にて」

すべて聞いた家臣たちは老畠山とおなじく目を丸くして、大広間に驚嘆の溜息が満ちた。夷嶋の蠣崎ら和人とアイヌの和睦の中人として、檜山屋形が渡海する。そのために稲姫が辿った道行。話だけ聞けば作り話をと笑う者もいようが、いま稲姫がここにいる。檜山伝来の文箱を持参して。

文箱を改め、老畠山がたしかに当家のもの、と言上する。舜季も頷いた。

「家譜にも、二代忠季《ただすえ》さまが、河野季通に文箱をひとつ与えた旨は書かれておる。河野父子の忠節に対し太刀を贈ろうとしたところ、娘に与えたいと文箱を所望したと」

安東舜季に、稲姫が蠣崎の者であることを疑うつもりはない。稲姫は早鐘を打つ胸に手を当て、息を大きく吸い入れた。

「ひとつだけ。この道行は、父季廣の許しを得ていない、わたしの独断にございます」

明かせば、舜季の気持ちが変わりかねない。しかし信を欠くと思った。

「見て、考え、自ら決め参りました。夷嶋は、和人とアイヌがとこしえの和睦を成すべきと」

これは自分だけの声ではないと思う。次郎基廣の、比呂子の、河野季通と蔦の、ハワシの、ネウサラの、チコモタインの、すべての願いの声だ。

「なにとぞ御屋形さまの御英断を」

舜季の隣に、十二歳になる嫡子太郎（のち愛季《ちかすえ》）が座り、諸国絵図を熱心に見ている。檜山城を指した太郎の指が、奥大道を北に津軽を過ぎ、下北半島で止まった。それより北は描かれていなかった。

父も絵図を覗きこみ、息子に言い聞かせた。

「その先に思いを致せ、太郎。お前に誂《あつら》えてやった羽織の黒貂《くろてん》の房飾りは、どこからやってきたか。正月の雑煮の昆布は、どこで誰が穫ったか。その地にどんな者が生きているかを」

太郎は黒々とした目をあげ、見慣れぬ格好のシラウキやアルグンをじっと見た。

「その地とは、日の本なのですか」

根源的な問いだった。

夷嶋とは、なんなのか。

諏訪大明神絵詞には「蝦夷カ千島ト云ヘルハ、我国ノ東北ニ当テ大海ノ中央ニアリ」と書かれている。「我が国の東北にあたる」とは、国の中という意識なのか、外つ国と考えられているのか。明確ではない。

「いまは違う。だが今後はわからぬ。醜蛮《えぞ》や蝦夷《えみし》と呼ばれた我らの父祖が朝廷に膝を折ったように」

舜季は違う、と言った。稲姫もそれが一番ちかいと思えた。

「戻るまでの刻限は十五日というたな。一刻もはやく戻りたい心は重々承知しておるが、渡海はわしの一存では決められぬ。家臣と諮《はか》るゆえ一日だけ待ってほしい」

夷嶋を出てすでに八日。おなじ日数をかけて戻っては、まに合わない。砦に立て籠もったシリウチの民は食糧が尽き、皆殺しにされる。

安心させるように老畠山が言う。

「すでに船の手配はしており申す。風も上々」

「船……海路でゆくのですね？」

「左様」

稲姫たちが通った奥大道はもう通れない。稲姫を見逃しても、敵対する安東家の当主を、石川高信は決して通しはしないだろう。時もかかりすぎる。

米代川河口の野代《のしろ》（のち能代）湊から船で北上する、と舜季は言った。風次第だが、内海は夏、比較的荒れない。野代から深浦、小泊の湊を経由し、大館まで約五日だということだった。

こわばった稲姫の体が、ようやく緩む。

「まに合うかもしれない……」

舜季がシラウキに訊《き》いた。一度紹介しただけで、彼はちゃんと名を覚えていた。

「シラウキどのに、ひとつ聞きたい」

胡坐をかいたシラウキは、背筋を伸ばして頷く。

「なんなりと」

「夷嶋のアイヌは安東を恨んでいるか」

思わず稲姫もシラウキを顧みた。師季と悪太夫も目を動かす。舜季の曽祖父・安東太こと安東政季は、享徳三年、南部の監視をかいくぐり、郎党を引きつれ大畑湊から夷嶋へ渡った。コシャマインの蜂起は、安東太の渡海によって起きたといっていい。

シラウキは常の落ち着いた表情のままでいた。

「アイヌも色々な考えの者がいる。おれの気持ちでしか言えない」

「聞かせてほしい」

「恨んでいるし、恨んでいない。生きるために海を渡ったのは安東太だけではない。おれもおなじ思いで海を渡り、ここへ来た。生きるために」

舜季が頷き、シラウキは言葉をつづける。

「どちらも等しく、上下はない。おれは対等な和睦を望んでいる。騙す騙されるはもうごめんだ。檜山の屋形にはそれができると信じている」

目と目が交錯する。驚いたことに、舜季は深く頭《こうべ》を垂れた。

「信に足る者でありたいと思う。それが大名の務めだ」


ささやかな宴が開かれたのち、客殿の掻巻に潜りこんでみな一瞬で眠りに落ちた。シリウチを出てはじめての、安らかな眠りだった。

起きたのは昼すぎで、稲姫以外はまだ寝こけていた。朝粥を腹に入れて戻ると、シラウキが起きてメノコマキリを磨いていた。綺麗な刀身だった。稲姫は声をかけた。

「太郎どの御自ら、安東家の菩提寺を案内してくれるそうです。行きませんか。和人の寺は好みませんか」

その寺が曹洞宗の寺と聞いて、シラウキは行くと言った。

「俊円の寺もそれだった。見てみたい」

太郎を守る数名の供とともに、山を降りる。麓の北側に、菩提寺はあった。安東累代の位牌が並ぶ本堂で稲姫は焼香し、手を合わせた。横を見ればシラウキも和人式に手を合わせている。きっと俊円に祈っているのだろう。

太郎が先に立ち、二人はよく手入れされた寺の庭を見て回った。白い砂利を波の形のように整え、松や青紅葉が切り揃えられている。

「和人は山海や樹花を己の手中に収めるのがうまい」

「褒めているのですか」

シラウキは肩を揺らして笑う。

「半分はそうで、半分は皮肉だ」

庭の奥から「ふっふっ」という奇妙な声がした。

寺の裏手に回ると、馬小屋に鎖で繋がれた子熊がいた。おそらく去年の冬に生まれた子だろう、指先の鋭い爪を除けば肥った犬に似ていた。丸い耳をして目の周りに白い縁取りがある。夷嶋の羆の子よりふた回りほど小さく、胸に三日月の斑紋があった。

「チュプエムコ」

呟くシラウキを見あげ、子熊は「ひゃあ、ひゃあ」と甘く鳴き、近寄ってきた。

太郎が言った。

「春先、猟師が巣穴から見つけ、献上してくれたのです」

供が餌となる乳と木の実を持ってきたが、食わせかたが悪いのか、子熊はぎゃっぎゃっと威嚇する。

「貸してみろ」

シラウキはそのへんの木に「枝をいただく」と挨拶して枝を折り、マキリで削って先端を丸くし、乳を伝い飲ませた。あまりに勢いよく飲むのでシラウキが枝を引くと、子熊は手足をばたつかせて怒った。

「ふふ、愛《う》いこと」

笑ってはじめて、稲姫は気づいた。いままで半ば定めのように笑っていた自分が、心のままに笑っていることに。

飲み終えると重い体をシラウキが抱きあげ、背を叩いてげっぷをさせる。子熊は気持ちよさそうに目を細めた。稲姫も隣に並び、子熊の顎をそっと撫でた。

「太郎どのもいかが」

二、三歩離れて見守る太郎を振り返ると、彼は父親譲りの大きな目を瞬《しばた》いた。

「家臣たちは、わたしの元服の儀に、この熊を討伐して安東の嫡流たることを示してみよと言います。だから情が移らぬようにしています」

「むかし、おれも似たことがあった。おれは子熊を逃がしてしまった」

「まことですか」

ほっと頬を緩める太郎へ、シラウキは低く言った。

「だが母熊から離した時点で、子熊の生き死にを決めるのは人だ。可哀想だと逃がしたことで、おれは責から逃れようとしたのだと思う」

太郎は手を差し伸べ、そっと子熊に近づいた。驚いた子熊は、馬小屋に逃げこんでしまった。中から威嚇する声が聞こえてくる。

空《から》の手を、太郎はじっと見つめていた。

寺からふたたび城へ戻る道中、太郎は問うてきた。

「御二人は、もし和睦が成ったらどうするのです」

さきのことは朧ながら見えている。だがまだ口にできるときではない。

「此度のことを書き記したいのです。みなが忘れぬように」

稲姫は言って、そっとシラウキを見あげる。鳥になって射当てられたいと歌った男は、いまもおなじに思っているのだろうか。

しばらく沈黙したまま歩き、シラウキは答えた。

「おれのことはわからない。が、ひとつわかることがある。次郎は恐らくチュプエムコを送ろ《ホプニレ》うとしている」

城に帰ると、馬場で平八郎が火縄銃を分解し、掃除していた。火薬や弾薬が高価ゆえ、一発分しかないと、平八郎は苦笑した。それから眼差しに真剣な光を宿し、言った。

「だが一発が必要となるときもある。夷嶋へもゆくぞ。誰かにおまえを射落とさせてなるものか」

シラウキは黙ったまま、友の背を二度三度叩いた。

夕刻、ふたたび檜山城の主殿に呼ばれ、舜季から家中の総意が成った旨を伝えられた。

「明朝、野代湊より出港じゃ。本来ならば蠣崎に先触《さきぶ》れの使者を出し、吉日を選んで渡海するのが筋だが、シリウチが持たぬゆえすぐにゆく。よいな」

待ち望んだ報に、真っ先にシラウキが頭を垂れる。両手をすり合わせ、掌を上に向けて上下させた。

「イヤイライケレ」

稲姫はしばし呆然とし、慌てて頭を垂れた。ふわふわとした心地で実感が湧かない。

「慣例になき御決断、深甚《しんじん》にて」

「あまりありがたがられても困る。こちらにも利があるゆえじゃ。蠣崎はちかごろ浪岡の御所さまに近づき、蝦夷管領たる当家を介さず交易を行っているのは、苦々しく思っていた。季廣どのの真意を質す意味での抜き打ちでもある」

蠣崎氏が周辺と独自の関係を築き、自立しはじめているのを、主家である安東は快く思っていない。今回の渡海は、両家の関係の引き締めの意味もあるのだろう。

舜季は嫡男太郎へ重々しく告げる。

「太郎、わしに万一のことあらば、そなたが屋形。心せよ」

頭を凜とあげる太郎の目は、夜の星々のごとく光が宿っていた。

「は。南部と渡り合い、安東の名を北天の星のごとく知らしめまする」

太郎こと安東愛季が分裂していた檜山・湊安東家を合一し、北の斗星《とせい》と名を知らしめるのはもうすこしあとの話である。

〈第八章〉 イオマンテ 天文19年5月

一

湊から湊へ船で伝う地乗りで北上し、小泊で一日風を待ち六日目。

五月十七日、シリウチを出て、ちょうど十五日目の昼すぎ。霞む水平線の先に大館が見えてきた。

師季が垣立《かきたつ》を摑んで、身を乗り出す。

「おかしい」

大館の立つ張りだした台地の北奥、勝軍山《しょうぐんやま》から、黒煙があがっている。山が鳴るような、爆発するような音も聞こえた。船が近づくにつれ、たーん、という火薬の炸裂音に人の叫喚《きょうかん》がまじった。

「おのれ、岡部か厚谷か、逆心しおったか」

いや違う、と平八郎も横に並ぶ。

「鉄炮の音です。謀反にしては兵が見当たらぬ」

「見なよ。みな浜に逃げてくる」

悪太夫が示すように、兵や城下町の民が、大館から逃げだし海目がけて走ってくるのだ。大館は敵に攻められた場合、民も城域に逃げこめる造りとなっている。ふつうなら、「城目がけて」逃げるはずだ。

城内でなにかが起きたに違いない。

稲姫は肩を震わせた。勝軍山に祀られる地蔵菩薩は、大館の危機のさい山を鳴動させ報せるという言い伝えがある。

「シリウチに兵を残し、父上御自身はこちらに引き揚げているやも。館を守る兵はすくないはず」

安東氏の四方旗を掲げた関船が湊に着岸するとどうじに、シラウキが飛び降りた。商いの男を捕まえ、なにがあったと問うまでもなく、男は叫んだ。

「銀色の獣が勝軍山から降りてきた。すこしして、兵が現れた」

だーん、とひときわ長い音とともに唸り声がここまで轟き、群集から悲鳴があがる。

「チュプエムコだ」

シラウキが呟き、アルグンがけたたましく笑う。

「山から追い落とすって、そういうことだったんですか、次郎さん！　すげえや」

アルグンの襟を摑み、シラウキは歯を剝いた。

「チュプエムコを追い、大館を寡兵で襲う。次郎の目論見はそれだな」

「シラウキさんも『見当はついた』って言ったじゃないですか。次郎さんは、あくまで大千軒岳にこもる雌熊を追い討つと言った。だが、追い落とす『さき』のことも考えていたでしょうね」

「有徳党の人数は」

「樺太では五十ほどでしたが、この嶋に来て増えた。いまは百を超えているかも」

小袖の裾をたくしあげ、袖を襷がけする稲姫を、舜季《きよすえ》が止めた。

「姫は船におれ。危ない」

「いいえ。父上と母上を御助けします。娘が真っ先に逃げたとあらば、成る和睦も破れてしまいます」

ともに船を降りようとする他の者を、稲姫は制した。

「みなこそ船に。これは蠣崎の娘たるわたしの役目」

悪太夫は野太刀を抜いて言った。

「約束したろ。あんたの背を守ると。蠣崎次郎基廣を助けたのは妾《わたし》だ。妾にも責がある。アルグン、あんたは次郎の間諜。邪魔をすりゃ百里の仲といえど叩き斬る」

アルグンはへらへら笑った。

「いやあ、どっちも裏切れないや。行きますよ。まずは羆を退治せんと。次郎さんには前金で半分貰ってるし」

シラウキは平八郎と視線を交わす。お互い殺気を放っていた。

「次郎がいるならおれたちの問題でもある。おれと平八郎はここから独断で動かせてもらう」

「あなたがたの向こう見ずときたら！」腰に手を当て、稲姫は怒るふりをした。「シラウキ、あなたは次郎さんと『和睦』してください」

真っ直ぐな稲姫の視線を受けとめ、シラウキはわずかに笑う。

「おれたちはもう、許す、許さないの話ではないんだ」

稲姫は比呂子のマキリに触れた。

「比呂子さんも望んでいる。わたしとともに考えてください。嶋の未来《さき》を」

シラウキが怯み、泣きだしそうな顔になる。重ねて稲姫は言った。

「すべてが終わったら、もう一度聞きますからね。鳥になってどうしたいかと」


舜季の手勢五十を借り、六人は坂道を歩きだす。

振り返りシラウキは、甲板から身を乗り出す檜山の屋形へ問うた。

「このさき、夷嶋は日の本になるのか」

出羽の大名は声を張る。

「いつかはわからねど、日の本は一統される。そのときアイヌは好むと好まざるとにかかわらず、断を迫られる。使者を出し、帝に臣従を誓うか？　あるいは帝の勅《ちょく》を戴いた和人と戦うか？　それとも日の本ではない、別の国となるか？」

ハワシと来たときに見あげるようだと思った大館が、浪岡御所、大仏ヶ鼻城、檜山城を見たいまは小さく見えた。巨大な城を持つ和人の「大名」に、夷嶋のアイヌは勝てるだろうか。

「わからない……だが、戦っては勝てない」

舜季の言葉が背中を押した。

「二十年で答えを出せ！　この一戦が、アイヌのさきを変えるぞ」

道を急ぎ、稲姫は説明した。もし「敵」が攻めてきたら、あるいは城内で反乱が起きたらどう逃げるか。城の縄張《なわばり》と道順、逃げ口は頭に叩きこんである。

「二手にわかれましょう。わたしと師季は兵を率いて大手門へ。逃げる者を助けつつ、本曲輪真北にある奥御殿へゆきます。父上、母上が城に残っておられれば、おそらくそこに」

大館は檜山城に比べれば単純な造りだ。北側から張りだす勝軍山の麓を削った本曲輪が一番奥、高さは十五丈（約四十五メートル）ほど。大手門を境に城下町となってゆるく坂道が続く。

主な出入口は二つ。本曲輪大手門と、東曲輪の虎口《こぐち》だ。

「悪太夫とアルグンは、海に近い東曲輪の虎口へ。退路を確保する役目です。城の人をなるだけ逃がしてください」

東曲輪は大小二つの小曲輪からなり、海側に約六十間（約百九メートル）突き出て、細い登攀路で外に繋がっている。シラウキが稲姫を攫って駆けた道だ。

悪太夫とアルグンは頷いた。

「承知」

シラウキと平八郎は東の深谷へ向かうと言った。かつてウェンカムイとなったチュプエムコの子・四ツ爪が逃げこんだ五輪塔のある谷だ。高さ三丈半（約十・六メートル）、切り立った崖を登れば本曲輪の主殿の真裏に出る。

「おれと平八郎は、チュプエムコを引きつける。谷から主殿を一直線に目指す」

師季が絶句した。

「あの断崖を登るのか」

山から吹きおろす風が、細かい灰を降らせる。一人一人別れを告げる暇はない。

シラウキが言った。

「ヤイトゥパレノ　パイェ　ヤン（無事で行け）」

みな瞼を落とし、六つの拳を突き合わせる。胸の内でそれぞれの神へ祈る。

無事で行け。この先も生きてゆけと願う。

そして征くべき先へ、いっせいに動きだす。

二

灰の降る中、稲姫は逃げゆく人々へ声をかけつづけた。

「鎮まれ。稲が戻りました。兵はわたしとともに留まりなさい」

髪を振り乱し逃げる人々の顔が、はっと正気に戻る。兵に問えば、突然北の勝軍山から「落ちてきた」羆になすすべなく城は混乱し、季廣は少数の兵を従え、主殿の奥、妻子の住む奥御殿に籠城しているという。

鑓を構え先頭に立つ師季へ、稲姫は言った。みなの前では決して言えなかったことだった。

「いざとなれば、父上母上は捨てます」

師季は驚かなかった。無言で前だけを見、二人は大手門へつづく坂を進んだ。右手側を見れば、東曲輪の先端を、悪太夫とアルグンが少数の兵とともに登っていく。

「姉上が嫁がれたいま、長子はわたし。彦太郎（のち舜廣《としひろ》）、万五郎（のち元廣《もとひろ》）、天才丸（のち慶廣《よしひろ》）を先んじて助けます。よいですね」

師季の広い背中で、腹巻の袖ががしゃりと鳴る。

「いままで某は蠣崎家家臣として、主君の娘としてあなたを見ていた。しかし、檜山城であなたは、自らの望みで檜山屋形に渡海を乞われた。某のあるじは稲さま、あなた。そう定め申した」

稲姫ではなく、稲さま、と師季は呼んだ。いざとなれば命を賭《と》す、と暗に言っていた。師季に死ねと命じられるのか。稲姫は唇を噛み、刺繍の入った鉢巻に触れた。

——みなに助けられ、守られてきた。こんどはわたしが生かす番。

開きっぱなしの黒い大手門で、ちらと人影が動いた。敵がいる。稲姫は叫んだ。

「散って！」

たーん、と音が響き、稲姫の足元が抉られた。火縄銃だ。大手門に進むにしたがい、道を狭めて兵が通りにくくしてある。下手に前進すれば隘路《あいろ》で狙い撃たれよう。

また火薬の炸裂音がし、師季に抱きしめられた。汗と土埃の臭いがした。

「稲さま、御下知《おんげち》を」

隣の兵が頭を撃たれてどっと倒れ、坂を血の筋が流れゆく。

「何挺あるか、見極めて。おおくはないはず。平八郎どのの言うには、鉄炮はいちど撃つと弾こめに時が要ると」

もう一発。放ち手のうち一人は門の屋根に登っているらしく、頭上から撃ちおろされた。師季の鎧の袖が弾け飛び、呻き声がした。

「師季」

「掠っただけにて」

火縄銃の戦さというのははじめてだ。音のたびに心臓が縮みあがり、耳を塞いで動けなくなる兵もいる。五十挺でも揃えて敵に浴びせれば、戦さは一変するだろう。舜季が「あと二十年」と言ったのは、それまでの時なのかもしれない。

音が止《や》んだ。稲姫は師季の腕から抜け出、数を数えた。

三十一数えたところで、二発、連続して撃ってきた。兵の足に命中し悲鳴があがる。

さいご、門の上から一発。

これで撃ち尽くしだ。

「敵は三挺。行きます！」

師季が真っ先に地面を蹴った。稲姫も小ぶりの打刀を抜いた。

「下国どの、討ちませい」

「承知」

師季が大手門に踏みこむ。左右の門柱の陰にいた放ち手二人、弾込め役六人がぎょっと立ちあがった。唸り声とともに師季は鐺を振るう。敵の鉄兜を鐺の柄で叩き割り、柄を返して放ち手の手元へ穂先を滑らせる。ぱっと血が散り、手首とともに火縄銃が地面に落ち、火薬が暴発して近くの兵の足が爆《は》ぜた。

「制圧しなさい」

門瓦に伏せていた最後の放ち手を引きずり降ろし、師季が息の根を止める。流れる汗を顎から垂らし、荒く息を吐く師季の隣に、稲姫は並んだ。

見知った城は地獄へと変じていた。左右の屋敷や蔵が燃え、熱風が渦巻く。

炎の中で、動く影があった。

煙と肉の焼ける臭いが鼻をつく。

「オオオオオオッ」

炎を割って飛びだした影が立ちあがる。

体についた火を消そうと転がりながら突進し、稲姫たちを逸れて大手門に突っこんだ。柱が折れ、門が崩れるのももののともせず、巨体が立ちあがる。

一丈（約三メートル）はあった。

献上された羆の毛皮はなんども見たことがある。安東家の寺で会った子熊は、黒々とした毛並みに丸い耳が愛らしいとすら思った。だがこの獣は違う。「チュプエムコ」は、顔の周りから肩にかけて銀色の差し毛が入り、毛の一本一本が光っていた。胸元にはひときわ白い、半月状の差し毛が走る。鼻は曲がって長く、古武者のように無数の古傷が刻まれていた。

ふっふ、と鼻息荒く前脚を降ろすと、逆立つ毛とともに肉が揺れた。

稲姫も、師季も、言葉を失った。

これがエサウシイを壊滅させたチュプエムコ。稲姫を襲った「四ツ爪」の母熊。

シラウキの話から計算すると、齢二十四、五か。間違いなく老齢であろう。稲姫を襲った子・四ツ爪も小さい熊ではなかったが、チュプエムコと比べれば子供だ。雄と遜色ない、いやそれより一回り以上大きい。太い手は稲姫の胴体ほどはある。鎌のような鋭い爪。ひと薙ぎでシラウキの妻がずたずたに切り裂かれるまぼろしが、脳裏に浮かぶ。

小さな、濁った目がこちらを見る。

瞬間、体中の血液が逆流した。人の殺意とは違う。心臓を直接摑まれるような恐怖。周りにいる兵は座りこみ、脱糞する者もいた。背中を見せれば、必ず襲ってくるとわかるから、走りだしたくなるのを必死で堪えた。

「稲さま」

師季の声がする。いつもの通りの、力強い声。真っ直ぐチュプエムコを睨みつけている。

「稲さま、御下知を」

脂汗が噴き出た。駄目だ。死ねと、師季に言えない。

そのときだった。至近距離で火薬の炸裂音がし、チュプエムコが吠えた。

「ギャアッ」

恨みがましく主殿を振り返り、チュプエムコは脚を引きずって東曲輪へ走りだす。稲姫は主殿を見あげた。入母屋破風《いりもやはふ》の上にある望楼櫓の華頭窓《かとうまど》を破って、火縄銃を構える男が見えた。顔まではよくわからないが、蠣崎次郎基廣だと直感した。

男はふたたび筒先を東曲輪に向けて、引き金を引いた。弾こめが速い。

「まさか、助けてくれた？」

「この隙に抜けましょうぞ」

師季の声で我に返った。兵たちに命ずる。

「手の空いた者は井戸から水を汲んで。延焼を防いでください」

二人は主殿の前を抜け、奥御殿へと走った。ちらと見あげると、望楼櫓の男は廻縁《まわりぶち》に出てきた。高欄《こうらん》に足をかけて身を乗り出し、こちらをじっと見ている。対屋《たいのや》の炎が、蠣崎基廣の険しい顔を照らす。

セタナイに行く峠道で遭った男とは、別人のようだった。

いや、こちらが基廣のほんとうの顔なのだ、と稲姫は思う。

北の端にある奥御殿は広縁のある書院造で、唐破風《からはふ》の中門を破った二十人ばかりの敵が囲んで、まさに油を撒《ま》いて火をかけんとするところだった。討たれた蠣崎兵の死骸を踏み越え、師季が斬りこむ。和人の言葉でない驚きの声があがる。

四人斬ったところで背後から師季が矢を浴び、がくりと膝を折る。

力任せに鏃を引き抜き、師季は叫んだ。

「痛くなどないわ！」

あらかた敵を倒したところで、柴垣から屋敷へ火が移った。運ばせた桶の水を、二人は全身に被った。煙を吸わぬよう手拭を口に巻き、広縁から屋敷に乗りこむ。

「父上、母上！　彦太郎！　おりますか」

声を聞き、乳母が万五郎と三歳の天才丸を抱いて飛びだしてきた。数人の兵とともに十二歳の彦太郎は、脇差を抜いて乳母と弟を守り、稲姫を見て声をあげた。

「姉上。御無事で」

彦太郎の眉がさがり、みるみる泣き顔になるのを、稲姫は叱咤した。

「いまは泣くときではありません」

赤らんだ目元を、彦太郎は擦った。

「はいっ」

「父上、母上はいずこに」

「母上が『大切なもの』を取りに帰ると、父上も後を追われ……」

大切なもの？　命を懸けて取りに帰るほどのものがあるのか。

「彦、残兵《ざんぺい》をまとめ湊まで逃げなさい。大手門は崩れたゆえ、東曲輪から。安東さまが来ておられます」

「檜山の御屋形さまが」

驚く彦太郎の肩に、稲姫は手を置いた。

「彦は、弟を守るのです。父上と母上はわたしが」

「承りました。姉上も御無事で」

兵に守られ逃げる弟たちを見送り、稲姫と師季は屋敷の奥へと進んだ。音を立てて、屋根の一角が崩れた。空気が一気に入り、火の勢いが増す。

師季がこれ以上は進めないと判断した。

「稲さまもお退きを。某だけで参ります」

この男は死ぬ気だ。シリウチで犯した罪をこの男はずっと抱えてきた。到底贖《あがな》えぬ罪の果ては、死しかない。師季はいつからか死に場所を探していた。稲姫は薄々気づきつつ、目の前のことでいっぱいで、彼と腹を割って話してこなかった。

血に濡れた師季の籠手を力いっぱい摑み、稲姫はかぶりを振った。

「なりません。辞世は。名高い武士は死ぬとき和歌を残すもの」

「残すような名ではないのです」血と煤がこびりついた男の顔が笑う。「シリウチの娘らには、某の家財をくれてやってくだされ。アイヌは銭を使わぬから」

稲姫は大声を張った。

「師季。あなたの苦しみ、ともに背負わせて」

「稲、さま」

「主命ですよ。生きて贖いましょう」

男が目頭を拭い、声を震わせる。

「かたじけのう」

「あと一か所だけついて来て。それで駄目なら退きます」

気になる場所がある。累代の家宝を納める納戸ではなく、北側の母の自室だ。母はつねになにかを書いて、草紙に閉じていた。文箱二つぶんの紙束は、心情をつづった日記ではないことは、いまならわかる。

母の自室は、杉の戸板の前に焼け焦げた梁が崩れ落ちていて、内側から声がした。稲姫は熱さも忘れて戸板に駆け寄った。

「父上、母上、稲が参りました」

師季が躊躇わず半身を潜りこませ、梁をどかせる。顔を真っ赤にし、梁を摑んだ掌が焼けた。

「お、おおおおお」

わずかに隙間ができ、戸板を引いて長櫃を抱えた父と母が飛びだして来た。すでに室内にも火が回り、隣の間、稲姫の部屋で棚に載った人形が燃えているのが見えた。人形の白い面にひびが入り炎に食われてゆく。

炎に見とれる稲姫に、母の鋭い声が飛んだ。

「長櫃を運びなさい。蠣崎の『さき』に必要なものぞ」

やつれた母の、目だけが飢えた獣のように輝き、稲姫は呑まれた。

まるでチュプエムコだ。これが稲姫の知らぬ母、河野蔦という女だ。

「外へ」

崩れる屋敷を飛びだす際、屋根瓦が弾けた。父と母が覆いかぶさってくる。稲姫は、二人を見あげた。母の髪は焼け、顔に火傷を負っていた。皺の刻まれた父の顔が歪むのを見て、お年を召されたと思った。ああ、この人は口下手だった。めでたい席でも深酒をせず、夜、妻の横で手酌で飲むような人だった。檜山屋形の渡海が実現しないことで酒浸りになった父は、怒りをこらえ、笑うように口を歪ませていた。

一度は稲姫を見捨てたことは事実だ。娘が攫われようとするとき笑ったように見えたのは、怒りゆえだったのかもしれない。

脂汗が浮かんだ二人の顔がぎこちなく微笑み、かわるがわる稲姫の頭を撫でる。父ははっと手を引き、咳払いをした。

「かようなことを言えた義理ではないが、よくぞ無事で戻った。我が娘よ」

轟音とともに崩れる屋敷の前で、稲姫は二人に縋りついた。抱きしめ返す二人の腕がある。

「父上、母上。稲は戻って参りました」

抱き合う親子の外側で、おんおんと師季が声をあげて男泣きした。

あたたかい父の手を背に感じ、稲姫は旅のあいだ思い描いた「和睦のさき」へ心を定めた。

それは心を鬼とし、あたたかい手を突き放す厳しき道だ。

三

登攀路をこえた東一の曲輪に悪太夫とアルグンが辿り着くと、白髪の老兵が待ち構えていた。右頬に酷い火傷痕があり、左耳がない男だ。

鬼丹後、富山三郎武通。

「戻ってきおった、夷狄《エゾ》の仲間が。大館はやらぬ」

すでに次郎の手勢と交戦したらしく、有徳党の屍《しかばね》が足元に転がっている。額が割れた顔は朱に染まり、目は血走って、鬼の異名にふさわしい形相だった。利き手の右腕はだらりとさがり、左手一本で鑓を構えている。

悪太夫は前方の本曲輪大手門を見遣った。いま悪太夫がいる東一の曲輪、奥の東二の曲輪、木橋で結ばれた二つの曲輪の奥が本曲輪だ。さきほどから間断なく火薬の炸裂音がし、稲姫たちは大手門を抜けられないでいる。

一刻もはやく退路を確保すること。勝敗の分かれ目だ。

「あんたは蠣崎家を守りたいのじゃないのか。目的はおなじ。戦いは無駄だ」

武通は、有徳党の屍を蹴った。ギレミか樺太の者か、いずれにせよ武通にとって和人以外は敵である。ぎらつく眼差しを悪太夫に向け、唾を吐いた。

「まがりなりにも和人であるぬしが、夷狄に尾を振るのが我慢ならぬ」

アルグンが猫背で双剣を抜くのを、悪太夫は制した。

「あんたは奥の手。手負いの老いぼれなど、妾でじゅうぶんさ」

不承不承、アルグンが一歩さがる。

「因縁ある相手の様子。危なくなれば加勢しますよ」

鬼丹後武通の高笑いが響きわたった。

「半月前、知内で散々に蹴散らしたを忘れたか、女《め》の子よ」

あれはたった半月前か、と懐かしさすら覚える。悪太夫は、野太刀を正眼に構えた。

「妾は小山隆政が孫。河野の名跡を再興したいあんたの悲願はよくわかる」

「ほう。どこぞの山賊かと思えば、花見岱《はなみたい》の小山悪四郎。懐かしい名だ」武通は唇をめくりあげた。「武田信廣どのに討たれた負け犬じゃ。犬とつるむにはお似合いよ」

「……糞爺ぃ」

すり足で距離を詰める。武通の鑓は古風な短い一間鑓。腕の長さと踏みこみを含めて間合い一間半（約二・七メートル）に踏みこめば、太刀に分がある。武通はこちらを完全に見くびっていたぶるように鑓を揺らし、悪太夫の右側から背後に回ろうとする。背を取られたら負ける。

「女に家は再興できぬ。それもわからぬか」

「耳にたこだ。父上兄上に散々言われたよ。妾も小山の名に拘ってるわけじゃない。だがねえ、妾は戦っていたい」

そのさきは、話す必要を感じない。

この男には死ぬまでわからぬだろう。武士の威信をかけた戦さで、真っ先に犠牲になる弱き者の苦しみのほどなど。「戦さの習い」といって食料を奪われ、土地を侵され、体を犯され、売り飛ばされる者たちは、命があるだけましなのか。

戦わねば。お前の踏み潰す虫けらにも怒りがあるのだと、示さなければ。

悪太夫は突きを繰りだした。武通は鑓の穂先で太刀筋をすうと滑らせ、手首を返すと、悪太夫の右腕の内側を突いた。まず太刀を落とさせようというのだ。

太刀に左手を残し、右腕を貫かれるままにした。

「ぎいっ」

骨を掠め、皮膚が千切れる感触があった。焼けつく痛みに頭の芯が弾け、悲鳴をあげそうになる。悪太夫は舌を嚙まぬよう、歯で唇を嚙んだ。右腕を捨て、左手の太刀を武通の肩へ袈裟切りに斬りおろす。手ごたえは浅かった。

嬉しそうに武通は鑓を引いた。

「つぎは左腕を貫く」

本曲輪の蔵が崩れる轟音がした。焰《ほむら》から巨大な獣が姿を現し、大手門に突っこむ。柱が折れ、門が崩れ落ち、怒りの吼え声はここまで響きわたった。立ちあがる羆を、武通すらも凝視する。

「おう。夷嶋ではあらゆるものが、和人の敵じゃ」

アルグンが狂喜した。

「あれがチュプエムコ！　すげえ、化け物だ」

本曲輪の主殿から、一発の銃声が響いた。主殿の望楼櫓から誰かが火縄銃を撃ち、チュプエムコの脚に命中したらしい。悲鳴をあげてチュプエムコが走りだし、大手門の瓦礫を散らし、こちらへ向かってきた。

大手門を崩された以上、東曲輪《ここ》が唯一の出入口。命と引き換えにしても食い止める、と悪太夫は決めた。

「アルグン」

「言われずとも、わたしの役目は熊送りですから」

アルグンが走り、武通の脇を抜けて東二の曲輪へ進む。

半分千切れかけた悪太夫の右腕から血が抜けてゆく。気を失わず立っているのがやっとで、声が震えた。

「どうだね、あれのためにいったん休戦にするかね」

血のついた鑓の穂先を、武通は嬉しそうに舐めた。

「みな倒せばよいこと」

心臓を狙った本気の一閃が来る。食らわば死。悪太夫は身を捩じり、直撃を避けようとした。左へ、と足が動いた。鑓の穂先は心臓をそれ、右の胸に吸いこまれてゆく。遅れて穂先が胸骨を削る衝撃があった。

「ぬううう」

渾身の力で左腕を振りあげる。視界がぼやけ、武通の頸椎の一点だけを見た。

斬れ。

一撃、二撃。固い肉を断つと、武通の首から血が高く迸った。巨体が膝をつき、それでもなお鑓を繰ろうとする。悪太夫は鑓の柄を踏みつけ、蹴飛ばした。

老いた男が、子の名前を呼ぶ。

「天才丸さまを、御助けせねば」

長子・彦太郎は、将来蠣崎の当主となる。次子・万五郎は他家への養子入りが決まっている。蔦の産んだ三男の天才丸こそが河野の名跡を継ぐと、この男は信じていた。

「あんたは見あげた忠臣だろうさ。だが、妾は字を習うんだ、そうすれば夷嶋じゅうの女が妾についてくる。それだけでは満足せん。村の乙名《おとな》も、代官も、城主も、半分は女がやるといい」

「天才丸さまこそ、河野の――」

「そのときもまだあんたが忠臣と言われるか、地獄で見ていろよ」

白髪の散る頸《くび》へ、悪太夫は野太刀を落とした。

兵を率いた長男彦太郎が、二人の弟を守りつつ、本曲輪から逃げてくる。彦太郎は足を止めた。大手門は崩れ落ち、東曲輪には羆がいる。乳母が抱く三歳の幼子が一瞬、柔らかい指を老将へ向けた。

光が失われた武通の目からひと筋、血のまじった涙が流れ、醜く焼けただれた頬を洗い流していった。

アルグンの前には銀色の化け物がいる。その後方に稲姫の弟たちが。化け物を殺さねば、弟らは逃げられず焼け死ぬ。

銀色の化け物、チュプエムコは涎まみれの口を半開きに、荒い息を吐いて右へ左へ、アルグンの隙を窺うように動く。撃たれた右脚は毛が寝て、地面にどす黒い血だまりができていた。

しばらく使っていなかった女真語が漏れた。

「化け物。会いたかった」

妹を敵の人質に差し出した一族を、アルグンも皆殺しにし、おなじように呼ばれた。なにひとつ悪いことをしたとは思わなかったが、罰を受けねばならぬことは理解していた。

罰を受けるにはどうしたらいい。内海世界をあちこち放浪したが、誰も教えてくれない。次郎も教えてはくれなかった。

「ウウウウウッ」

チュプエムコの唸り声で現実に引き戻される。

距離を開けてはいけない。この巨体に飛び掛かられたら、なすすべなく叩き潰される。あえてアルグンは間合いを詰めた。ふっふ、という息遣いがゆっくりになり、興奮して逆立っていた毛が落ち着きはじめる。戸惑っているのだとわかった。

「そう。お前の心は手に取るようにわかる」

アルグンはゆっくり語りかけた。

「一緒にゆこう。草木も生えない暗い地下の国へ。あるいは閻魔王の治める地獄へ。悪党が行くという国へ。困るよなあ、みな言うことが違うのだもの。でも俊円さんは違った」

俊円は言った。「悪党のまま生きる」と。罰も受けず救いもなく、ただ悪党として生き、死んだ。それはアルグンにとって焦がれるような最期だった。肉体《からだ》が終われば、霊魂《たましい》も仕舞だ。なんと慈悲がなく、やさしい。

「それを聞いたとき、わたしは嬉しかったんですよ。俊円さん」

主殿の望楼櫓でまた火縄銃の火薬が鳴った。こんどは外へ向けてではなく、櫓の中で撃ったような、くぐもった音だった。しかしそれで一瞬、チュプエムコの注意が背後にそれた。いまだと地を蹴る。鼻っ柱へ右の剣先を押しこむとどうじに、チュプエムコの太い腕がアルグンの脇腹を抉った。ぶつぶつ、と腹の皮が千切れ、腸が腹圧で飛び出た。ふしぎと腹がすっとした。

「つぎ!」

アルグンは笑って血を吐いた。眉間から鼻の付け根へ左の刃先を叩きこみ、足で鍔《つば》を押した。たまらずチュプエムコが腕を振り回し、半身を返す。

「いま抜けろ！」

和人の言葉でアルグンは叫んだ。チュプエムコの灰褐色の背の毛を摑み、刃をやたらめったら突き立てた。ぎゃ、ぎゃと短い悲鳴があがるのが楽しかった。足止めを食らっていた彦太郎たちが、アルグンの脇を抜け、城外に逃れゆく。すれ違いざま、彦太郎がアルグンへかすかに頭をさげるのを見て、口元がゆるんだ。

どちらのものかもわからぬ血で手が滑り、体が地面へ落ちる。

目の前に巨大な前脚があった。

一年、友たちと旅をした。黒竜江も、樺太も、夷嶋も、隣の島も。どこも似て、すこしずつ違っていた。馬鹿にしたり、殺し合う奴らは愚かだ。津軽のアイヌはいずれ滅ぶ。自分たち野人女直《ウェジ》も、じきにより強い建州女直《マンジュ》に滅ぼされる。弱いゆえに滅ぼされ蹂躙されるくらいなら。アルグンは思う。

「わたしは、誇り高き悪党だ」

本音を言えば、もうすこし遠くまで、旅をつづけたかったけれども。

楽しい、旅だった。

四

シラウキと平八郎が向かったのは、城の東の谷である。

勝軍山から流れる川が削った谷は深く、城にとって天然の空堀となっている。谷は幅十丈（約三十メートル）、深さ三丈半。城の北奥へ切れこんで、本曲輪の主殿直下までつづいている。

たった一月半前、まだ春だった。シラウキはハワシとともに、手負いの四ツ爪を追ってこの谷へ入った。ハワシが真上を指さし、主殿に四ツ爪が登って行かなくてよかった、と言った。

ふたたび戻ってくることになるとは、思いもしなかった。

泥土を踏み越え、シラウキと平八郎はいま、主殿の裏手真下にいる。主殿は白壁の入母屋造で、二階に望楼櫓がついている。真上では人の叫喚やなにかが崩れる音がするのに、谷底は薄暗く、恐ろしく静かだった。

敵の侵入を防ぐ乱杭《らんぐい》が打たれた土壁を、シラウキはマキリを使って登り、平八郎に縄を垂らした。縄を伝って平八郎も登ってくる。土壁を乗り越えて主殿裏手に降りると、平八郎は背負った筒の紐を解いた。浪岡御所から持ってきた火縄銃に、手早く弾こめをし、火皿に残った火薬を吹く。腕に巻いた火縄に火打石で火をつけ、平八郎は言った。

「お前と次郎、どちらかを選ぶことになれば、次郎を撃《ぶ》つ」

シラウキは短く目を閉じ、開いた。

「行こう」

厨となっている裏口から主殿に侵入する。シラウキはハワシとともに招かれたとき、平八郎も次郎の元服で御目見えにあがったときのみで、一度しか来たことがない。太刀を抜いてつぎつぎ部屋を進んだ。豪奢な山水画の描かれた襖の、金細工のされた引手を引くと、見覚えのある大広間に出る。有徳党の男が数人いて、蔵から引き出した砂金や銅銭を積みあげていた。

頭に血がのぼるのがわかった。

「ごろつきめが」

男たちが得物を構える。狭い屋内で身を屈め、シラウキは足を狙って斬りつけた。男たちは小ぶりの弓を使い、距離を取ろうとする。駆け寄って体当たりし、拳で顔面を殴りつけた。ひゅっと音がし、矢が左肩に刺さる。躊躇わず抜いた。血と肉片がこびりついた鏃は、毒を塗るくぼみがついておらず、安堵した。

平八郎が射手の頭を銃床で殴りつけ、組み敷く。

「次郎はどこだ!」

言葉は通じないが、首魁の場所を聞いているとわかったようで、弱々しく上を示す。

外からは間断なく火縄銃の音がし、屋敷が燃え落ちる轟音がする。獣の咆哮が土壁を震わせる。シラウキと平八郎は顔を見合わせた。

「上階の櫓へ」

大広間を出て、薄暗い廊下を曲がったとき、階上から火縄銃のたーん、という音が聞こえた。次郎だ、と瞬間的に思う。廊下の奥に梯子がかかって、下に見張りが一人立っていた。アイヌの樹皮衣を着て鉢巻を巻いた若い男で、セタナイから有徳党に入った男と見えた。シラウキはアイヌの言葉で言った。

「次郎に用がある。どけ」

若いアイヌは、アイヌ特有の小弓を引いた。狩猟用ではない先の尖った鏃の先は黒ずんで、矢毒が塗られているらしい。

話している暇はない。

狭い廊下でシラウキが低く前に出るのと、男が弦を弾くのはどうじだった。矢の先がシラウキの左の目に吸いこまれる。シラウキは男の襟を摑み、太刀で喉笛を掻き切った。首から血を溢れさせ、男は痙攣して絶命した。

「まずいぞ、毒矢か」

平八郎がシラウキの頭を摑み、舌を嚙まぬよう口へ手拭をねじこんだ。毒は神経を伝ってすぐに体中にまわる。迷っている時間はない。なにをすればいいかはわかっている。鹿を毒矢で射たばあい、矢の周りを抉りとる。富山武通もそうした。おなじことだ。

シラウキは指を矢に掛け、躊躇いなく引いた。

「ぐ、う……」

ぶつぶつ、と血管と神経を引きちぎり、潰れた目玉ごと矢を引き抜く。脂汗が噴き出し意識が遠のく。

平八郎が手拭を左目に巻いてきつく縛った。掠れ声がした。

「お前、ここで死ぬつもりだな。許さんぞ」

シラウキは答えず、梯子を見あげた。

「行こう……時がない」

「許さんからな！」

梯子を登っていくと、ふいに目映い光が差した。望楼櫓は四畳半ほどの狭さで、開け放たれた両開きの扉から炎の光が射しこみ、真っ赤に染まっている。東西南北四方に華頭窓があり、正面の西側の窓は割れて、男が一人、膝立ちになって身を乗り出していた。背中まである長い髪は髷を結わず、乱雑に括られただけだ。

男は火皿の火薬を吹き、弾こめを終えたところだった。

「次郎」

男が振り返る。悪四郎の御堂で別れてから十四年の歳月を経た蠣崎基廣は、薄い眉をあげ、吊り目を見開いてしばらくぽかんとしていた。目の下に染みついた隈と、口元の皺が、年より老けて見えた。その顔に喜悦が浮かぶ。

「二度とおれの前に現れるなと伝えたろう、シラウキ」火縄銃を肩に担ぎ、立ちあがる。「それに、ああ、お前、平八郎か？　嘘だろう？　出羽で死んだと」

平八郎は答えず、火縄銃の床尾を頰に押し当て筒先を次郎に向けた。それでも次郎は早口で喋りつづけた。

「なんて日だ今日は。みんな揃うだなんて、いつぶりだろう。権蔵も呼んだらよかった。ああ」次郎は中空を見た。すっと顔から表情が失われた。「権蔵は死んだのだった。おれを助けて」

「御堂の件はすべておれのせいだ。いまさら許されようとは思っていない」

「義兄《タリコナ》に脅されていたそうだな。あとで知った」空疎な笑いが漏れた。「だがもういい。おれたちのあいだには詫びも許しもない、そうだろう?」

外でチュプエムコの声が聞こえる。ふっふ、ふっふ、と息を吐き、近くをうろついているのがわかる。まるで誰かを探しているかのように。

基廣の瞳から光が消えた。

「積もる話はあいつを殺してからだ」

シラウキは太刀を構えた。左目の奥から頭の後ろが焼けるように痛む。

「なぜチュプエムコを大館へ『落とし』た」

仇を討つなら、山中でチュプエムコだけを狩ればいい。チュプエムコが潜んでいた大千軒岳から、大館のある勝軍山までは、及部川を挟んで七里も離れている。基廣は、ただチュプエムコを殺すのではなく、大人数でじわじわチュプエムコの逃げ場を狭め、あえて大館へと追いこんだ。

「なぜ? 蠣崎がおるかぎり、アイヌは安心して暮らせぬ。お前が一番よく知っているだろう。なぜ怒る」

蠣崎は滅ぼせぬ。仮に季廣を討てたとしても、和人は嫡男の彦太郎を跡継ぎに担ぎ、アイヌとの争いをつづけるだろうし、後見には出羽の安東氏もいる。なにより稲姫たちに自分とおなじ思いを味わわせることになる。

短く長い旅でシラウキは知った。夷嶋と繋がる世のさきを。

「蠣崎とアイヌは対等に和睦する。それがアイヌがこのさきも生きる方法だと、おれは信じている」

目を細めて基廣は溜息をついた。

「お前はわかっちゃいない。おれは季廣の家臣だったからわかる。奴は戦さのやりかたを変えただけだ。鎧や矢でなく、銭で組み敷く方法に。それに気づかんとは、悪党も鈍ったものだ」

シラウキが、ハシタインに言ったのとおなじ内容だった。あのときはシラウキもそう思っていた。

「稲がいる。おれはトノマッを信じる」

「稲？　ああ小さな姫か。賢そうだったな。けれど嫡男でもない女になにができる」

悲しげに眉を寄せ、基廣は火縄銃を壁に立てかけ、打刀を抜いた。

「やはりお前は甘いよ。殺すしかない」

言うや鋭いかけ声とともに、上段からの振りおろしがきた。シラウキも太刀を打ち合わせ、身長差のままに乗りかかるようにして押し返す。鎬《しのぎ》が削れ、火花が散った。血が頭にのぼり、抉った左目の洞《あな》から血が溢れ、基廣の顔面に落ちる。

「手を引け、次郎」

「こちらの台詞」

膂力《りょりょく》では敵わぬと見て、基廣はシラウキの腹を蹴りつけ、唸り声をあげて刀を振り回した。血に塗《まみ》れた顔面を歪めて叫ぶ。

「チュプエムコをテイネポクナモシㇼに送る。頼むから邪魔をしてくれるな。人を食ったウェンカムイはテイネポクナモシㇼに送ると教えてくれたのは、お前だろう」

やはりそうだったのか。

ふるい約束を、彼はいまも守ろうとしている。チュプエムコを逃がしたとき、次郎は「ぜんぶおれが罪を被る」と言ってくれた。妻帯しなかったのも、師季が言うように山狩りに明け暮れたのも。

彼は、一頭の羆を殺し、シラウキとの約束を守ることに生を懸けた。

そのとき、外で叫び声が聞こえた。

蔦の声だ。とっさにシラウキの体が動いた。

基廣も身をひるがえし、立てかけた火縄銃に手を伸ばす。

だん、とシラウキの真後ろで火縄銃が火を噴いた。

それまで控えていた平八郎が、引き金を引いた。基廣の胸から血が散った。至近距離で撃たれた基廣は、火縄銃を握ったまま倒れた。なおも櫓の廻縁へ這いずってゆく。そこで基廣がシラウキを撃とうとしたのではなく、チュプエムコを撃つために火縄銃に手を伸ばしたのだと悟った。

高欄の隙間から銃を差し出し、下へ向ける基廣の、か細い声が聞こえた。

「畜生、目が霞む」

シラウキも走って身を乗り出す。

地獄のような惨状が目に飛びこんでくる。城の西側の建物は焼け落ち、大手門も崩れていた。東曲輪から血の跡をながく残し、チュプエムコが主殿の前に立ちあがっていた。視線の先にあるのは、奥御殿から逃げて来た稲姫たちだった。蔦、稲姫が固まり、季廣と師季が二人の前に出てチュプエムコと対峙している。

我を忘れてシラウキは叫んだ。

「引き金を引け、次郎」

「見えぬ」

弱まる次郎の声に、シラウキは涙声で応じた。

「イチャッケレ！　おれは撃ったことなどないんだ」

上から覆いかぶさるようにして基廣の腕を摑み、シラウキはチュプエムコの灰褐色の脳天へ筒先を向ける。距離五間半。

平八郎も並んで身を乗り出した。冷静に囁く。

「筒先に目当てがついている。眉間を狙え。この距離なら弾ぶれは考えなくていい」

筒先についた鉄の突起を脳天に向ける。ふいに、鳴き声をあげ逃げてゆく二歳のチュプエムコの背がシラウキの脳裏に浮かんだ。

最後の力を振り絞るように、チュプエムコは天に向かって吠えた。

なぜだ、と叫ぶかに聞こえた。

「オオオオオオオ」

基廣が呟いた。

「撃《ぶ》つ」

火ばさみが落ち、火縄が火皿に点火した。衝撃と熱風、火花がシラウキの頬を掠めた。弾はチュプエムコの側頭を貫通し、骨を砕く鈍い音がここまで聞こえた。

巨体がその場に蹲る。どす黒い血だまりが周囲に広がった。

「倒したか、シラウキ」

摑んだ基廣の腕から力が失われてゆく。

「ああ」

「そうか、よかった。あとは頼む」

チュプエムコを送れというのだ。だらりと垂れた次郎の手を、固く握る。

「おれはアイヌじゃない。裏切者のウェナイヌだ」

ごぼ、と喉を鳴らし、基廣はかすかに笑った。

「もう一度アイヌになれ。お前の罪業一切、閻魔王にはおれのことにして奏上してやるから」

すう、と最期の息を吐いて、それぎり体が動かなくなった。

火は主殿にも移ったらしく、煙が充満しはじめた。まだあたたかい基廣の体を見おろし、平八郎は一筋涙を頬に伝わせた。

「撃ったことは後悔せぬ。生きている者を助ける。次郎は置いてゆけ」

兄の遺髪に涙を流した平八郎が、どれほどの思いでそう言うのかわかる。シラウキは基廣の長い髪を一房、比呂子のマキリで切り取って懐に入れた。歯を食いしばり、背を返す。

「地獄へは無事で行け」

二人は煙に巻かれながらも、なんとか主殿を出た。すでに稲姫たちは東曲輪から逃れ、あたりは死体ばかりが転がって、劫火《ごうか》に飲みこまれてゆく。事切れたチュプエムコの巨体も横たわっていた。

チュプエムコの頸椎を太刀で外し、血の滴る首を抱え焔に投げ入れる。テイネポクナモシリへゆけと唱えると、火の神が応じたかのごとく熱風が吹き荒れた。

うつろな小さな目は、炎の中からシラウキをじっと見つめていた。

熱で喉が焼け呼吸が苦しい。煙で涙が溢れ、前もおぼつかない。平八郎がどこにいるかもわからなくなった。駄目か、と思った。

ルルル……という子音の音が、シラウキの耳に届く。

こちらにおいで、と女の声が呼んでいる。

蔦だ。美しい山で、死に向かおうとしていたシラウキを呼び戻したあの声。

トゥミは去り、音曲が来る。

そのさきを、見たい。シラウキは歯を食いしばり、前を向く。

「ごめん次郎。ごめんチュプエムコ。まだおれは行けない」

東曲輪ではアルグンと武通の遺体を見た。連れて行けずすまない、とアルグンに詫びた。何人か生きている者を背負い、あるいは肩を貸した。足を動かし、曲輪の外へなんとか這い出た。向こうから人々が駆け寄ってくる足音がする。そこで膝をつき、意識が薄れた。

おなじく近くでぶっ倒れているらしい、平八郎の声だけが聞こえる。

「なあシラウキ。稲姫どのとの約束を、忘れるなよ」


——鳥になって、これからなにをしたい？

終章　天文19年6月～

潮の流れによって紺碧と深藍の縞を描く海に、白波が立っている。腹を赤くした鮭《カムイチェプ》がシリウチ川に戻ってきたのだ。どの村も鮭獲りで忙しくなる。戦さで村をすべて焼かれたシリウチは、雪が降るまでに小屋の再建に食糧の備蓄など、やることは山のようにある。

天《カント》まで突き抜けるような青空の下、今日も対岸の大間崎が見え、ヤイホムスは夫とともに浜辺で昆布を集めた。夫はシリウチの戦いで左足を負傷し、二度と狩りには行けぬだろう、とのことだった。小屋に閉じこもり、蔓を編んだり、細工物をしていることが増えた。

ヤイホムスは今日無理に夫を誘って、浜に来た。籠にどっさり昆布を集め、木組みの掛け台へ持って行くと、昆布を台に広げ干していたネウサラの弟が、沖を指さした。

船の上で和人が筵帆を畳み、こちらに一礼していた。

「和人が挨拶してる！」

冬の前に大館でひと稼ぎしようと、嶋じゅうの板綴船が南下している。どの船もシリウチ川を横切るさいに筵帆を畳んで、和人の地に入る礼を尽くす。逆に和人の船が北へ向かうときも、おなじくここで帆を畳み、アイヌの地に入る礼をする。

ヤイホムスは眩しそうに目を細める。

「『法度《はっと》』のお陰だ」

夫も目を細め、船上の和人に控えめに手を振った。

「板綴船でおれも大館に、行こうかな」


「大館騒動」から約一月後の六月二十三日。大館の仮御殿に和人とアイヌが集《つど》った。

シリウチの少女、ネウサラも、自ら手を挙げ大館へ来た。顔の腫れはほとんど引いたが、鼻骨は曲がり、大きな男と話すと恐怖で脂汗が浮いてくる。けれどもネウサラは、和睦が成る瞬間をこの目で見たかった。

大館の炎上で、蠣崎はシリウチに兵を置きつづけることはできず、包囲を解いた。噂によると館が賊に襲われたそうだが、緘口令《かんこうれい》が敷かれ、城内の失火ということになっている。

自然に停戦となった。

だが望むのは一時の停戦ではない。

仮御殿には、嶋南じゅうのアイヌが大挙して来ていた。物売りまで現れる始末で、チコモタインはじめ、シリウチの一行が現れると歓声があがった。

棟上げしたばかり、ヒバの匂いも真新しい仮御殿は壁が出来ておらず、中の様子がよく見えた。熱気に押され、ネウサラは仮御殿の外に座る。

上座に和人の惣領。檜山屋形の安東舜季《きよすえ》だという。村の長老のように老人かと思っていたが、案外若いのにネウサラは驚いた。諸籠手に佩楯《はいだて》をつけた半武装で、緋色の戦直垂に烏帽子を被った、日に焼けた美男だった。

屋形の左側に夷嶋の和人、蠣崎季廣と家臣団がずらりと並ぶ。いちばん下座に腕を布で吊った下国師季がいて、ネウサラの視線に気づくとわずかに頭をさげたが、ネウサラは知らんふりをした。

「無事だったのか。憑き神の強い奴」

ほんの少しだけほっとした自分が、忌々しい。

右手側はアイヌの長らだ。右目に大きな傷のあるセタナイのハシタインの横に、チコモタインが腰をおろす。座るや否や、チコモタインは挨拶もせず、口火を切った。

アイヌの人々にも驚くべき要求だった。

「ただの停戦で終えるつもりはない。夷嶋の商船からあがる利のすべてを、毎年蠣崎と東西両アイヌで三等分することを求める」

じつは、要求はすでに内々に和人側へ伝えられている。チコモタインが望むのは、両者の対等な和睦と、交易。交易の利の等分は譲れぬ構えだ。

蠣崎季廣は火傷の痕も痛々しく、腕を組み、瞼を閉じたままだ。かわりに老臣が薄笑いを浮かべて応じた。

「夷嶋を往還する交易船がどれほどあるか、把握しきれぬ。なにせ此度の火事で、累代の文書が焼けてしもうたため……。把握できぬものを三等分というのは易《やす》くはござらん。一定の銭を分配するということで手を打ちませぬか。ま、そちらも物入りであろうし——

ネウサラは、心臓を摑まれるような気持ちになった。和人のあの薄笑い。ネウサラを犯した男らもおなじ笑みを浮かべていた。脂汗が噴きだし、震えが止まらなくなった。隣のアイヌの女が「あんた、大丈夫か」と気遣う声がひどく遠い。

そのとき、柔らかい匂いが鼻を掠めた。

春一番に咲く、コブシのような、かすかな甘い匂い。

和人の女が歩いてくる。肩で切り揃えた黒髪を垂らし、青藤色の打掛を着た四十ほどの女だ。香りは女が打掛に焚きしめた香だった。女は一瞬ネウサラを見、かすかに頷いたように見えた。がちがちに緊張したネウサラの体が緩み、汗が引く。

仮御殿の軒下で、女は一礼した。よく通る声だった。

「無様な身なりで御無礼仕ります。季廣が室、蔦にございます。累代の文書の写しを持参いたしました」

侍女が、長櫃を運んできた。

「殿、命を懸けて持ち出してくださったからには、価値のほどをわかっておいででしょう。披露してようございますな」

妻が現れた瞬間から顔を歪めていた季廣は、長い沈黙ののち、渋々頷いた。

「……よい」

櫃が開かれ、中から取りだしたぶ厚い帳面を、戸惑いながら蠣崎家臣が読みあげる。

「天文六年、夷船三十四隻、津軽油川九隻、津軽小泊七隻、若狭一隻、閉伊二隻、計一千二百貫文也。天文七年……」

これは、と家臣が読みあげを止める。蔦は檜山屋形へ言上した。

「嫁ぎたる天文六年より、勝手ながら商船の往来とあがりを自ら記しております。女の筆ではございますが、正式な文書と御認め戴けますでしょうか」

季廣は腕組みのまま目を瞑って、止めはしなかった。舜季のもとに帳面が渡された。じっくり目を通し、屋形は言った。

「男であれ、女であれ、かように細かく十年以上これを一人で記したこと、我よりも礼を申す。大変な労苦であったろう」

蔦はそっと頭を垂れた。

「その御言葉がなによりの慰めにて」

勘定方が改めて算定し、三等分すると舜季は約した。蠣崎は毎年一定の銭を上納せよ、との念押しも忘れない。アイヌの男たちが喜びの拳を突きあげる。

「それで、いいの？」

ネウサラは唇を噛んだ。シリウチの女たちが受けた強姦は、和睦と銭勘定の前ではなかったことになるのか。我慢しろというのか。誰か声をあげろ、とネウサラは周囲を見回す。うかれる男たちのあいだで、女たちは一様に唇を結び、顔を伏せている。

自分が、とネウサラが震えながら決意したそのとき。下座から聞きなれた声がした。

「まだとこしえの和睦には不足にて」

アイヌの男がつける刺繍のされた鉢巻をした朱色の小袖の娘が、群集の中から立ちあがった。

「蠣崎季廣が次女、稲。此度シリウチ攻めで失われ、傷つけられたすべての人へ衷心《ちゅうしん》を表し、申しあげます」

「控えておれ、稲」

厳しく制する季廣を決然と見据え、稲姫が答える。

「いいえ。これよりわたしは父上の子ではございませぬ。シリウチ、セタナイ両長の信を受け度を越えた乱取り等、申し立てるもの」

どういうことだ、と季廣がアイヌの両長を睨む。チコモタインは睨み返し、ハシタインは平然としていた。アイヌの長は試しているのだ、「裁き」を稲姫に託すことで、和人が自ら和人を裁くことができるかを。

和睦を守る覚悟のほどを。

「先触れの兵がシリウチに到達した、卯月七日、二十三のチセが焼かれ、武器を持たぬ女や老人子供、十一人が殺されました」

群集の間を、稲姫は糸で綴じた紙束を繰り進む。彼女が口を開くたび、アイヌの被害が明らかになる。ざわめきは大きくなり、舜季さえもじっと稲姫を凝視した。シリウチで七日間、見せしめに犯された女についても、稲姫は読みあげた。

「同意を得て女の名を二人。ネウサラとヤイホムスという名です。その名、心に刻んで決して御忘れになりますな」

ネウサラは泣きたくなかった。だが涙が止まらず、隣の女と抱きあって耐えた。

紙束をゆっくりと閉じ、稲姫は顔をあげる。鬼だ、と誰かが言った。それほど険しい顔をしていた。

「鬼で構いませぬ。季廣さま、あなたが和人の惣領として非を認めることで、和人とアイヌの『さき』を変えることができる。その勇気はおありですか」

蠣崎季廣が腕組みのまま、歯を剝く。

「親に刃向かうとは！　富山武通の采配でわしは知らぬ。乱取りは戦さの習い。致し方ない」

間髪入れず稲姫が応じる。

「それは通らぬ道理にございます、季廣さま。貴殿はこれまで、和人間で争乱が起きたとき、かならず乱取りを戒める制札を発給しておられる」

涙を拭い、ネウサラは稲姫の背を見る。朱赤の衣は、彼女の燃える怒りだと思った。

「天文十五年の深浦攻めでも、天文十七年の勝山館での争乱でも、季廣さまは制札を立てました。写しは母上の櫃のなかに。一方、アイヌ相手に制札を出したことはない」

「制札は只《ただ》ではない。銭払いがあればわしとて出した」

「銭を使わぬアイヌにそれも成らぬ道理。和睦ののちも、おなじになさるおつもりか。それは真の和睦でありましょうや」

熱い風が吹き、稲姫の髪が流れ、眦が見えた。

「法度こそ、とこしえの和睦に必要なもの。わたしは求めます。女を犯した者への罰、そしてなにより制札を発給しなかった和人惣領・蠣崎季廣さまの詫びを。三等分の利益はアイヌへの償いでもあります」

場が静まり返った。

アイヌの誰かが「和人など信じられない」と呟き、声が大きくなってゆく。するとチコモタインが立ちあがり、群集を見渡した。鎮まるまでチコモタインは辛抱強く待った。

「おれはふたたび和人を信じる。蠣崎季廣、あなたが勇気を見せるなら」

顔を真っ赤にした季廣の臣が、刀の鯉口を切る。それでも末席の下国師季は太刀に手すらつけず、置いて座ったままでいた。

蠣崎季廣は師季をじっと見、家臣に座れ、と命じた。かすかに頭を垂れた。

「蠣崎惣領として此度の無法を詫びる。その証として、城外のショヤ・コウジ兄弟の供養塔を建てなおす」

人々の頭が揺れる。

安東舜季は季廣、チコモタイン、ハシタイン三人を自分の前で相対して座らせた。

「この地に住まう人は互いに人。ゆえに礼を尽くせ。とこしえの和睦へ」

三人が互いを探り合い、やがてどうじに礼をした。アイヌの両長は両掌を高く上下させ、和人の長は頭を垂れた。

蔦が歩み寄り、稲姫を抱きしめる。泣きながら母は詫びた。

「母は、己が成せなかったことをあなたに託した外道です。恨んでおくれ」

「いいえ。母上がおらねば、わたしは人形のままでした。母上の御父上、タナサカシどの、次郎どの、わたしは先人の足跡をたどり、新雪に小さき一歩を残しただけ」

ほんの一瞬母の背に手を回し、稲姫は身を引いた。

「不孝者は家を去ります。育ててくださった御恩、生涯忘れませぬ」

季廣は口を真一文字に結び、目も合わさなかった。稲姫は悲しそうに目を伏せる。

「煮え湯を飲まされた心地でありましょう。でも一歩を踏み出した人は、この嶋にたくさんいるのです。ずうっと前から」

——河野季通、タナサカシ、次郎基廣。

和人を。アイヌを。相手を信じ行動した人々。

「まだわたしは歩みを止めませぬ。真に正しき道が作られるまで」

裾を翻し、稲姫が去ってゆく。腕を吊った師季がその後を追いかける。

ざわめきが収まるのを待ち、安東舜季が問う。

「季廣、娘に裏切られ無念か」

季廣はかすかに口元をゆるめた。

「さきに娘を裏切ったのは某ゆえ、因果応報にて」

立ちあがり、舜季は檜扇をひろげて掲げ、群集へ触れた。

「もはや戦うときではないぞ。わしの見るところ、戦乱の世はまだつづくが、いつか帝を手中に入れる大名が現れる。それが二十年先か、三十年先かわからぬし、それが三好か、朝倉か、はたまた東海の今川かわからぬ。いまは名も知られぬ国人《こくじん》やもしれぬ。しかし畿内《きない》を掌握した誰かが、かならず天下人となる」

戦乱の世が終わる、ということがネウサラにはわからない。ほとんどのアイヌも、和人もそうだったろう。商船から各地の動静を得ているセタナイのハシタインだけは、髭を撫でて薄く笑っていた。

チコモタインが問う。

「天下人とはなんだ」

「すべての武士の棟梁だ。天下人は、帝の威光とともに諸大名に臣従を迫るだろう。そのとき、蠣崎はどうする？　安東との誼《よしみ》を蹴り、日の本の逆賊となるか」

季廣は手をつき主君へ頭を垂れた。

「蠣崎は、旧恩を忘れるような武士ではござらぬ」

「好し」舜季は扇の先を人々へ向けた。「アイヌはどうする。日の本に入るか。それとも別の国となるか」

ネウサラの鼓動がはやくなる。

彼女ははじめて、灰色の海峡の向こうの隣の島《サモロモシリ》を、おなじ「国」になるかもしれぬ地として捉えた。細かいさざ波のような震えが、体を抜けてゆく。

「この先二十年で決めよ。和睦は天下人が来るまでしか持たぬ」

数日の協議を経て細部を詰めたのち、「夷狄商船往還法度《いてきのしょうはくおうかんはっと》」は定まった。檜山屋形安東舜季の仲介で、蠣崎季廣と東夷尹チコモタイン、西夷尹ハシタインが文書にそれぞれ血判を据えた。

蠣崎とアイヌとの間で交易の利を等分し、さらに蠣崎の上役として安東が収まる法度は、和人の住む地を上ノ国天の川以南、シリウチ川以南と定め、アイヌの出入りを自由とした。天の川沖、シリウチ川沖をアイヌの船が通過するさい、筵帆を畳んで一礼することも定められた。また大館の谷にあるショヤ・コウジ兄弟の供養塔を建てなおし、季廣、室の蔦みずからアイヌ式の先祖供養《シンリッコイチャラパ》に参加した。武通の率いた兵は首を刎ねられた。

ネウサラは、海の向こうの大間崎を見つめている。その横に旅装束の稲姫が立つ。

稲姫は眉根を寄せてそっと漏らした。

「わたしが男子であれば、『裏切者の悪党』と闇討ちにでもされたのでしょうけれど。女子だから、家を出ることで見逃される。悔しいことです」

和睦に対する反応は、喜ぶ者がおおい一方、「敵におもねった」と悪しざまに言う者はアイヌと和人、どちらにもいて、とくに稲姫を「裏切者」と糾弾する和人がすくなくない。

「イネ、あなたに嶋を出て行けと言ったこと、ごめんなさい。あなたもこの嶋で生まれた人《アイヌ》に変わりはないのに」

短い夏の終わりの潮風が、二人の間を通り抜けてゆく。ネウサラは問うた。

「もう一度わたしたち、友だちになれる?」

稲姫はネウサラへ手を差し出した。

「祖父や父の起こした争いに巻きこまれるのは、まっぴらごめんです。わたしと友になってくれますか?」

二人は手を取り合う。

「あと二十年」

稲姫は呟く。海の向こうの山々のさらに先、天下人となるはずの武士はもう、生まれている。

◇

銘々膳に鮭、色餅、吸い物などの椀を載せ、上座には色直衣《のうし》の師季と、朱赤の小袖を着た稲姫が並んで座っている。蠣崎家を出た稲姫はもはやただの身寄りのない女だったが、母の蔦が内々に手を回し、祝いの品を贈ってくれた。

師季も剃髪し出家すると言ったが、主君である季廣が許さず、当面は蠣崎家に仕えつづけることになった。

祝言などできる身ではないと二人は辞したが、内祝いだけはとみなが懇願した。

悪太夫が上機嫌で、漆高台に載せた椀に酒をなみなみ注ぐ。右手を失い、失血がおおく一時は命すら危ぶまれるほどだったが、奇跡的に命を取り留め、いまは文字の練習をしている。

「アイヌの礼儀作法で」

漆塗りの椀へ捧酒箸を渡し、額の前へあげる。皆へ椀が渡り、稲姫が捧酒箸で漉されたばかりの酒を火の神に捧げた。

「アペフチカムイよ、いまここにおられなかった者たちへお酒を届けてください」

亡き者たちの面差しを胸に、それぞれ酒を干す。

稲姫は銚子をとって、隣の夫へ酒を注ぐ。師季は真っ赤になって恐縮した。十六か所に及ぶ傷を負って、いまも片腕を吊っている。それでも戦後処理のため各地を走り回り、ちかぢかシリウチにも行く。稲姫も着いていくつもりだ。

師季は、残念そうに呟いた。

「紺殿にいまいちど礼を言いたかった。いまごろ浪岡に戻られたであろうか」

失った左目に眼帯を巻いたシラウキが、微笑する。

「無事で行っただろうさ。妻子が待っている」

紺平八郎は安東舜季に従い、すでに大館を出港した。

帰国前、シラウキと平八郎は二人だけで勝山館へ足を運び、御堂のあった場所へ向かった。すでに堂はなく、供養塔が建てられていた。次郎の建てたものだと、郷民に聞いた。

次郎の遺髪と比呂子のマキリを一緒に包み、供養塔の脇へ埋めた。

大館の焼け跡から見つかったアルグンの双剣は、大館沖合の小島に沈めた。その海の底は深く透明で青く、外海《そとうみ》へ出てどこまでも旅にゆけるだろう。

シラウキはそうやって、弔いの旅をする。

酒でほんのり頬を赤らめた稲姫が、シラウキへ請う。

「シラウキ、歌を歌ってください。仕舞まで聞けていませんよ」

「歌え、歌え」

悪太夫も椀をがちゃがちゃ鳴らす。師季はもう目を閉じて歌を待っていた。

シラウキは立ちあがり、すこしよろけた。まだ左目だけでは平衡感覚を保つのが難しい。

だがそのぶん、見えるものは増えた。

ホレ　コレンナ　ホレ　ホレンナ
ホレ　ホレ　ホレ　ホレンナ
ホレ　ホレ　チカプ　タ　クネ
とり　タ　クネ　ネワネ　ヤクン
ホレ　コレンナ　タパン　テワノ……

シラウキは鳥となって高く舞いあがる。

その「目」は千里先までも見通す。

その「声」は千年先までも届く。

——これで目出度しではないぞ。おれたちはずっと見ているぞ。法度が守られるかを。ずっと語り継ぐぞ、この地で起きたことを。

稲姫がどこで覚えたのか、アイヌの言葉で合いの手を入れる。

「ア　ウェンコ　ウェンコ　ウェンコ　ホイ！」

父が、義兄が、姉が。次郎と比呂子が、権蔵が。ハワシが、アルグンが、俊円が。

自分のことも語ってくれと、耳元でやさしく囁いている。

まだ新しい物語を語るにはうってつけの、秋の夜長だ。

千年語り継ぐはじまりに、シラウキは円かなる大地の空気を深く、吸った。

「然処にひぼくにて佐藤兄権左衛門殿御智謀を以て、しゃくしゃいぬ始頭立候夷とも大勢被㆓呼寄㆒心易しかけさせられて其方様此度の命助とらせんとて、酒夥敷振廻前後弁もなき程に被㆑為㆑呑候へは、（中略）大勢の人数押寄夷の小屋二重三重に取まき、しゃくしゃいぬ始大勢の夷共一人ももらさず打捕被㆑成候。」

寛文九年（1669）、シャクシャイン蜂起

（「麓家由緒書」『北方史史料集成』第四巻、115ページ）

「此シャリ、アバシリでは、女が十六七にもなり夫を持つべき年頃になるとクナシリへつれてい

かれて、諸国から来ている番人や船方に身をもてあそばれ、男も妻を持つ頃になると連れて行き昼夜の差別なく責め使われ、（中略）さらに、夫婦で連れていかれた者は、その夫を遠い漁場へ遣わし、妻は会所とか番屋へ置いて、番人や稼ぎ人の慰み女にさせられます。それを拒むとひどい目にあわされるので、泣く泣く彼の地で日を送っている有様です。ですから、寛政年間は二千を数えていた人数も、今はその半ば足らずに減り、このままではあと二十年もすればアイヌの種が絶えるのではと案じられ、誠にもって情け無い限りです。」

（松浦武四郎「知床日誌」『松浦武四郎知床紀行集』、76、78ページ）

第一条　この法律は、日本列島北部周辺、とりわけ北海道の先住民族であるアイヌの人々の誇りの源泉であるアイヌの伝統及びアイヌ文化（以下「アイヌの伝統等」という。）が置かれている状況並びに近年における先住民族をめぐる国際情勢に鑑み、アイヌ施策の推進に関し、基本理念、国等の責務、政府による基本方針の策定、民族共生象徴空間構成施設の管理に関する措置、市町村（特別区を含む。以下同じ。）によるアイヌ施策推進地域計画の作成及びその内閣総理大臣による認定、当該認定を受けたアイヌ施策推進地域計画に基づく事業に対する特別の措置、アイヌ政策推進本部の設置等について定めることにより、アイヌの人々が民族としての誇りを持って生活することができ、及びその誇りが尊重される社会の実現を図り、もって全ての国民が相互に人格と個性を尊重し合いながら共生する社会の実現に資することを目的とする。

（アイヌの人々の誇りが尊重される社会を実現するための施策の推進に関する法律　アイヌ新法、２０１９年）

《終》

【主要参考文献】

・函館市史
・江差町史 第五巻 通説一
・松前町史 通説編 第一巻 上
・木村裕俊／訳、松前景廣／著『新羅之記録 現代語訳』無明舎出版、2013
・長谷川成一ほか／編『県史2 青森県の歴史』山川出版社、2012
・服部四郎編『アイヌ語方言辞典』岩波書店、1964
・萱野茂『萱野茂のアイヌ語辞典 増補版』三省堂、2002
・平山裕人『アイヌ語古語辞典』明石書店、2013
・アイヌ文化保存対策協議会編『アイヌ民族誌』上下、第一法規出版、1969
・「アイヌ命名考」（吉田巌『アイヌ史資料集』第2期第2巻上、北海道出版企画センター、1984
・久保寺逸彦『久保寺逸彦著作集1 アイヌ民族の宗教と儀礼』草風館、2001
・北原次郎太『アイヌの祭具 イナウの研究』北海道大学出版会、2014
・中川裕『改訂版 アイヌの物語世界』平凡社、2020
・アイヌ民族博物館／監修、児島恭子／増補・改訂版監修『増補・改訂 アイヌ文化の基礎知識』草風館、2018
・瀬川拓郎『アイヌ学入門』講談社現代新書、2015
・萩中美枝ほか『聞き書アイヌの食事（日本の食生活全集 48）』農山漁村文化協会、1992
・姉崎等・片山龍峯『クマにあったらどうするか―アイヌ民族最後の狩人 姉崎等』ちくま文庫、2014
・公益財団法人 アイヌ民族文化財団「アイヌ生活文化再現マニュアル」

https://www.ff-ainu.or.jp/web/learn/culture/manual/index.html
・北原モコットゥナシ「《研究ノート》近代アイヌ社会のミソジニー・ジャイノフィリア」『千葉大学 ユーラシア言語文化論』22、２０２０
・中川裕一補訂『知里幸恵 アイヌ神謡集』岩波書店、２０２３
・萱野茂『カムイユカラと昔話』小学館、１９８８
・同『五つの心臓を持った神 アイヌの神作りと送り』小峰書店、２００３
・北海道・東北史研究会／編『北からの日本史 函館シンポジウム』三省堂、１９８８
・同『北からの日本史 第2集』同、１９９０
・小口雅史／編『津軽安藤氏と北方世界―藤崎シンポジウム「北の中世を考える」』河出書房新社、１９９５
・入間田宣夫・小林真人・斉藤利男／編『北の内海世界―北奥羽・蝦夷ヶ島と地域諸集団』山川出版社、１９９９
・網野善彦・石井進／編『北から見直す日本史―上之国勝山館跡と夷王山墳墓群からみえるもの』大和書房、２００１
・村井章介、斉藤利男、小口雅史／編『北の環日本海世界―書きかえられる津軽安藤氏』山川出版社、２００２
・海保嶺夫『エゾの歴史―北の人びとと「日本」』講談社学術文庫、２００６
・濱口裕介・横島公司『松前藩（シリーズ藩物語）』現代書館、２０１６
・新藤透『北海道戦国史と松前氏』洋泉社、２０１６
・木村裕俊『道南十二館の謎』北海道出版企画センター、２０１７
・菅野文夫「三戸南部氏と糠部「郡中」」（『岩手大学文化論叢』巻3、１９９５）
・上田哲司「中近世移行期の津軽における開発とアイヌ社会」（『北大史学』54、２０１４）
・熊谷隆次ほか『戦国の北奥羽南部氏』デーリー東北新聞社、２０２１
・誉田慶信『中世奥羽の民衆と宗教』吉川弘文館、２０２２

【歌クレジット】

46、128、394ページの歌は、北海道博物館アイヌ民族文化研究センター編『アイヌ文化紹介小冊子　ポン　カンピソシ7　芸能』より、鍋沢キリ氏による歌（１９９４年採録）を引用しました。277ページの歌は、旧アイヌ民族博物館制作「ソンコdeソンコ」44号（２０１５年11月号）より、白老の野本イッコ氏による歌を引用しました。

https://ainu-center.hm.pref.hokkaido.lg.jp/HacrcHpImage/05/pdf/05_005_07.pdf

【監修ほか】

・本作品の時代考証および南部弁については札幌大学准教授・横島公司氏から、中世蠣崎氏と勝山館の成り立ち、渡島半島に当時集住していた和人とアイヌについては上ノ国町教育委員会学芸員・塚田直哉氏から、取材の上御監修を頂きました。また、先住民族であるアイヌ民族の歴史、文化風習、アイヌ語文法についてはおおくの方に取材および御助言を頂きました。この場をかりて厚く御礼申しあげます。

・本作品のアイヌ語は原則、道南で話されていたものに比較的ちかいと思われる八雲方言を採用し、それにあたる記録がない場合、他地域のアイヌ方言を参照しています。

・本作品にはアイヌや他マイノリティに対する差別表現、差別行為、性暴力などが含まれていますが、差別を肯定するものではありません。筆者はいかなる差別にも断固として反対します。

・本作品中のすべての文責は筆者にあります。

武川 佑（たけかわ・ゆう）

1981年神奈川県生まれ。立教大学文学研究科博士課程前期課程（ドイツ文学専攻）卒。書店員、専門紙記者を経て、2016年、「鬼惑い」で第1回「決戦！小説大賞」奨励賞を受賞。甲斐武田氏を描いた書き下ろし長編『虎の牙』でデビュー。同作は第7回歴史時代作家クラブ新人賞を受賞。2021年、『千里をゆけ　くじ引き将軍と隻腕女』で、第10回日本歴史時代作家協会作品賞を受賞。近著は『真田の具足師』。

＊本書は書き下ろしです。

円《まど》かなる大地《だいち》

2024年9月30日　第1刷発行

著者……武川《たけかわ》佑《ゆう》
発行者……篠木和久
発行所……株式会社講談社
〒112-8001　東京都文京区音羽2-12-21
電話　編集　03-5395-3505
販売　03-5395-5817
業務　03-5395-3615

本文データ制作……講談社デジタル製作
印刷所……株式会社KPSプロダクツ
製本所……株式会社国宝社

定価はカバーに表示してあります。

ISBN978-4-06-536684-4
N.D.C.913 399p 19cm

KODANSHA